dtv

Teils urkomische, teils tragische Episoden mit Zwei- und Vier-
beinern, die beweisen, daß zwischen Harmonie und Abgrund
ein schmaler Grat verlaufen kann – so schildert Ralph Giordano seine Erfahrungen mit den Papageien Tarzan und Coco,
dem Kater Tom sowie anderen Metall-, Fell- und Federtieren
und berichtet von der nicht ganz alltäglichen Begegnung mit
einem australischen Wombat. Im Mittelpunkt steht die Beziehung zwischen Mensch und Tier in all ihren Ausprägungen,
von der fanatischen Taubenliebhaberin bis zum Faible seiner
Mutter für Mücken. Man kann nicht anders als mit Giordano
zu schmunzeln, wohlwissend, daß bei so mancher »fremd-ver-
trauten« Episode vielleicht der Leser selbst an der Stelle des
Autors hätte stehen können.

Ralph Giordano wurde 1923 in Hamburg geboren und arbeitet
als Journalist, Fernsehdokumentarist und Schriftsteller. Zu seinen zahlreichen Veröffentlichungen zählen unter anderem
›Israel, um Himmels willen, Israel‹ (1991), ›Wird Deutschland
wieder gefährlich?‹ (1993), ›Ostpreußen ade‹ (1994) und ›Mein
irisches Tagebuch‹ (1996). Für seine publizistische Arbeit er-
hielt er zahlreiche Auszeichnungen und Ehrungen.

Ralph Giordano

Der Wombat

und andere tierische Geschichten

Mit Illustrationen von Axel Scheffler

Deutscher Taschenbuch Verlag

Von Ralph Giordano

sind im Deutschen Taschenbuch Verlag erschienen:

Ostpreußen ade (30566)

Mein irisches Tagebuch (36110)

April 2000
Deutscher Taschenbuch Verlag GmbH & Co. KG,
München
www.dtv.de
© 1997 Verlag Kiepenheuer & Witsch, Köln
(ISBN 3-462-02642-9)
Umschlagkonzept: Balk & Brumshagen
Umschlagbild: © Axel Scheffler
Gesamtherstellung: C. H. Beck'sche Buchdruckerei,
Nördlingen
Gedruckt auf säurefreiem, chlorfrei gebleichtem Papier
Printed in Germany · ISBN 3-423-20328-5

Inhalt

Meiner Frau Roswitha,
genannt Röschen

Einführung
oder
Was ist ein Wombat?

»Wombats (austral.), Plumpbeutler, Vombatidae, austral. Fam. der Beuteltiere mit 2 etwa bibergroßen Arten; nachtaktive, pflanzenfressende plumpe Sohlengänger, die tagsüber in selbstgegrabenen, bis 30 m langen Erdbauten leben. Das Gebiß ist dem Nagergebiß sehr ähnlich, die Schneidezähne des Nacktnasen-W. (Vombatus ursinus) sind stumpf.«

Die Neugierde erweckende Charakteristik exotischer Fauna entnehme ich meinem schon etwas betagten »Kleinen Brockhaus« – gleich hinter »Wolzogen, Karoline Freifrau von, geb. von Lengefeld, Schriftstellerin, 3.2.1763 - 11.1.1847«, und gefolgt von »Women's Army Corps, Abk. WAC, 1942

gegründet als 'Women's Army Auxiliary Corps' (WAAC),
Abteilung für weibl. Hilfskräfte des Heeres der USA«.

Eine weit ältere Auskunft über den Plumpbeutler bis
zurück in seine Entdeckungsgeschichte gibt ein anonymer
Brite, der, nach langem Segeltörn von Europa vor der Südostküste Australiens kreuzend, am 26. Januar 1798 verblüfft
notiert: »Das Tier ist etwa zwanzig Inches hoch mit kurzen
Beinen, hat einen dicken Körper, einen großen Kopf, runde
Ohren, sehr kleine Augen und Ähnlichkeit mit einem Dachs.«

Dieses erste Zeugnis des weißen Mannes von der Existenz
des Wombats in freier Wildbahn wird zehn Jahre später
ergänzt durch die Schilderung des possierlichen Gebarens
eines sicher gegen seinen Willen deportierten Exemplars
der Gattung in nördliche Breiten: »Es fehlte ihm nicht an
Intelligenz, und er schien sich zu Menschen hingezogen zu
fühlen, die ihm vertraut waren und ihn gut behandelten.
Wenn er sie sah, legte er seine Vorderpfoten auf die Knie, und
wenn er hochgenommen wurde, schlief er auf dem Schoß
ein. Kinder durften ihn herumtragen, und wenn er sie einmal
biß, so schien er das niemals ernsthaft oder heftig zu tun.«

So floß es im Jahr 1808 aus der Feder eines Londoner
Adligen – Sätze, die, gemessen an der notorischen Reser-
viertheit seines Standes, geradezu Hingerissenheit offenbaren
und denen zudem erfreulicherweise entnommen werden
kann, daß besagter Wombat nicht nur die lange Überfahrt
von Australien nach Old England unbeschadet an Leib und
Seele hinter sich gebracht, sondern auch den freundlichsten
Familienanschluß gefunden hatte.

Betrüblicherweise jedoch läßt die Schilderung die drän-
gende Frage unbeantwortet, ob es sich bei dem entführten

Exemplar um einen *Haarnasenwombat* (Lasiorhinus latinfrons) oder um einen *Nacktnasenwombat* (Vombatus ursinus) handelte, übrigens die beiden einzigen Gattungen dieser Plumpbeutler. Der Unterschied zwischen beiden ist allerdings nicht groß, denn wie schon der Name sagt, besteht die ganze Differenz darin, daß die eine Gattung eine behaarte, die andere eine haarlose Nase hat.

Nun könnte noch so manches von mir Erforschtes hinzugefügt werden – etwa, daß der Schwanz zu einem Stummel ohne Fell verkümmert ist, der Penis geschützt in einer Tasche liegt und Plumpbeutler nicht verwechselt werden sollten mit Kletterbeutlern (zu denen der Koala gehört, bekanntlich ein Liebling der ganzen Menschheit, und das im Gegensatz zum Wombat – eine empörende Ungerechtigkeit!).

Doch davon hier vorn erst einmal genug! Und bitte keine Mißverständnisse: Es wird weder über Plumpbeutler noch sonstige Arten und Gattungen unserer Erdfauna gefachsimpelt. *Der Wombat* ist lediglich der Titelträger, sozusagen das Wappentier, stellvertretend für alle anderen Geschöpfe, die in diesen über eine lange Strecke hin gesammelten *heiter-dunklen Geschichten* auftauchen. An keiner Stelle, weder in dieser Ouvertüre noch auf irgendeiner der folgenden Seiten, soll die Leserschaft mit zoologischen Abhandlungen gelangweilt werden.

Das ist ein Versprechen.

Ein anderes hatte ich mir – vor langer, langer Zeit – selbst gegeben: Einmal wirst du etwas zu Papier bringen, das unterschieden sein wird von allem, was du bis dahin geschrieben hast und danach vielleicht noch schreiben wirst: ein Buch, über das auch geschmunzelt, ja gelacht werden kann! Und drehen würde es sich dabei um die ebenso poetischen wie unpoetischen, zwielichtigen wie eindeutigen, gleichermaßen dramatischen wie komischen Beziehungen der eigenen Sippe zur Tierwelt; um unsere leidvollen und herzerwärmenden Erfahrungen mit ihr und um Beobachtungen und Begegnungen, die Menschen in meiner Nähe mit Tieren hatten und haben, in Europa und in Übersee.

Solches Buch wollte ich schreiben – ein früher Schwur.

Aber seine Einlösung hat lang gedauert, wie man sieht. Denn immer wieder hatten sich andere Themen vorgedrängt, hatten über die Jahrzehnte hin gebieterisch Stoffe Klärung gefordert, die weder gedruckt noch gefilmt Frohsinn, Lachen, Scherzen duldeten.

Freunde, Begleiter und Kenner meines Lebens und meiner Arbeit behaupten nun aber seit eh und je hartnäckig, daß der Autor der Hamburger Familien- und Verfolgtensaga »Die Bertinis« und Verfasser des Buches »Die Zweite Schuld oder Von der Last Deutscher zu sein« entgegen dem Augenschein nicht nur sehr wohl und trotz allem zum Frohsinn fähig sei, sondern auch einen angeborenen Humor besitze.

Daß also, so solche Stimmen weiter, in meinem Fall nicht die geringste der biographischen Tragödien eben darin bestehe, daß ausgerechnet diese tröstliche Eigenschaft und ganz besonders sympathische Facette meines Egos einem größeren Publikum bisher vorenthalten worden sei. Das müsse, wenn auch erheblich verspätet, anders werden.

Sei's drum!

Aber bewahre der Himmel: Ein Rückzug aus der politischen Publizistik und Schriftstellerei ist das natürlich nicht! Gegner, die das vermuten, Sympathisanten, die das befürchten, sie frohlockten oder bangten vergebens. Ich halte mein Bekenntnis, daß ein Leben ohne Humor nicht lebenswert ist, vielmehr für eminent politisch, und hoffe weiterhin unverdrossen, daß ich meinen Freunden und meinen Feinden noch lange erhalten bleiben werde.

Und auch sonst keine Mißverständnisse, wenn nach so langer Unterdrückung nun endlich mit dem Spaß Ernst gemacht wird: Hier offenbart sich nicht die Mentalität von fanatischen Tierschützern, ist keine treudeutsche »Ach-du-lieber-Schäferhund«-Attitüde im Spiel, wölkt auch nichts hoch von der blasierten These »Seit ich die Menschen kenne, liebe ich die Tiere«. Hier bricht sich vielmehr Verwandtschaftliches Bahn, waltet der Instinkt für gemeinsame Wurzeln, die Gewißheit vom gleichen kreatürlichen Urschoß in der Tiefe der Evolution. Mit anderen Worten: Die Rede ist von einer ebenso beglückenden wie unheilbaren Passion. Und die hat, wie jede andere auch, ihren selbstverständlichen Preis, fordert also neben Hochgefühlen immer wieder auch Schmerz ein, und oft sehr fühlbaren.

Um aussichtslosen Nachahmungsversuchen gleich vorzubeugen – auf Wunsch herzustellen ist solche Beziehung nicht. Wie die Segnung innerer Gelassenheit oder der unschätzbare Vorzug bleibender Kindlichkeit auch in fortgeschrittenen Lebensstadien, kann solche Passion nicht implantiert werden, sondern muß als innerer Funke von Geburt an vorhanden sein – sie muß einem, um es modern auszudrücken, in den Genen stecken.

Aber damit ist auch schon erschöpft, was hier an Theorie und Philosophie geboten werden soll. Und zwar eingedenk der gruseligen Lehre, daß immer dort, wo das Thema in abstrahierend-moralisches Gerangel umschlägt, in das Pro und Kontra verbissener Tierliebhaber und ihrer ebenso fanatischen Feinde, genau das untergeht, was die Seele dieses Buches ausmachen soll: die ohne jede missionarische oder ideologische Absicht gegebene Schilderung persönlicher Erlebnisse mit Tieren.

Was natürlich nichts anderes bedeuten kann, als eigene Fehler zu offenbaren, angreifbare Handlungen preiszugeben, kritisierbare Praktiken zu entblößen, gemäß dem ehernen Gesetz jeder Art von Liebe: wie immer man auch mit ihr umgeht, ist es falsch – und dennoch legitimiert und erhöht durch jenen unwiderstehlichen Drang, der einen sehenden Auges in ihr Labyrinth getrieben hat.

Darin eingeschlossen ist, dies als Beispiel warnend vorausgeschickt, meine erwiesene Unfähigkeit, Emotionen, die der Anblick von Tieren in mir auslöst, gesittet steuern zu können. Was, wie mir verstörenderweise auch von durchaus geneigten Zeitgenossen versichert wird, nicht selten in eine pathologische Verzückung umschlägt, die für normale Beobachter nur sehr schwer erträglich sein muß. Trotzdem ist Besserung nicht in Sicht, denn selbst, wenn ich es wollte (was aber nicht der Fall ist) – ich könnte meinen Enthusiasmus gar nicht im Zaum halten.

Auch davon wird dieses Buch singen und sagen.

Sollte jedoch meine selbstlose Offenheit von weiterem Lesen abschrecken, was ich nicht raten würde, so hat es bis hierher doch immerhin erste Einblicke in die skurrile Welt des Wombats gegeben (was ja auch schon seinen Preis wert wäre).

Allerdings bliebe dem, der hier den Band zuklappte, die phantastische Geschichte meiner Begegnungen mit dem

Wappentier dieses Buches ebenso verschlossen wie noch manch andere Begebenheit, und das zum schweren Schaden dessen, der solche Entscheidung träfe.

Was gewiß nicht allein der Autor, sondern auch alle finden werden, die nun tapfer das Wagnis der weiteren Lektüre auf sich nehmen.

Über die *seltsamen* Beziehungen meiner Sippe zur Tierwelt

An allem schuld:
die *Mutter der Spatzen*

Jede und jeder von uns war verrückt nach Tieren, besonders nach solchen mit Fell – Brüder, Eltern, Großeltern, jung und alt, groß und klein, Mann und Frau, vor allen aber meine Mutter, Lilly Giordano. Sie war es, die mit ihrem mächtigen Atem den Funken in mir angeblasen hatte, und Schauplatz dieser ersten Glut war im Hochparterre des Hamburg-Barmbeker Altbaus in der Hufnerstraße 113 jene Dreizimmerwohnung, deren langer Flur in meiner Erinnerung die bevorzugte Stätte ebenso gefährlicher wie ständig gesuchter Spiele zwischen Mensch und Tier werden sollte.

Darunter aus der fluktuierenden Schar heimischer Fellgenossinnen und -genossen die unvergeßliche Begegnung mit einem Kater namens Tom (so getauft nach dem Helden »Tom Shark« in den gleichnamigen Groschenheften).

Der graugestreifte Gefährte meines vorschulischen Daseins pflegte sich an der Tür zur Küche zu postieren, den Bauch auf den Fußboden gepreßt, bei der Suche nach der besten Absprungposition hin und her ruckelnd, mit wildem Blick auf mich, der am anderen Ende des Korridors hockte, sich den Bewegungen der Katze anzupassen suchte und meist voller Ungeduld das Duell eröffnete.

Der Zusammenstoß erfolgte gewöhnlich in der Mitte des Flurs, wo unter Fauchen, Greinen, Beißen und Kratzen Kämpfe hin- und herwogten, die nicht nur bis in die vierte und höchste Etage des Hauses zu hören waren, sondern auch mich, der Legende nach, meistens als Sieger gesehen haben sollen.

Nachträglich neige ich dazu, meine berühmten Triumphschreie weit eher für Schmerzensbekundungen zu halten, da es in diesen Raufereien aus purer Zuneigung zueinander keineswegs dabei blieb, daß ich mich fest in ein Ohr oder in den Schwanz des Katers verbiß, sondern Tom mir in unverkennbarer Notwehr auch mehr als einmal seine krallenbewehrten Pfoten in höchst verwundbare Körperstellen schlug.

Dazu zählte mein linkes Auge – an einem Märzmorgen des Jahres 1928, ich war eben fünf geworden, sah ich auf ihm plötzlich nichts mehr!

Vor Schreck muß ich so laut aufgeheult haben, daß meine ohnehin stets alarmbereite Mutter herbeirannte und nach einer ersten Untersuchung mit mir schnurstracks zu unserem Hausarzt an der Ecke Fuhlsbütteler Straße/Hellbrookstraße rannte, Dr. Koelln (ein guter Freund, auch später dann, in schwerer Zeit, Ehre seinem Andenken). Er bewaffnete sich mit einem riesigen Vergrößerungsglas, setzte eine bedenkliche Miene auf, untersuchte mich lange, lächelte dann aber. Ich werde nie vergessen, wie die Schatten auf dem Gesicht meiner Mutter verflogen, gleich Wolken, die sich blitzschnell in nichts auflösen. Was ich wieder mit beiden Augen wahrnehmen konnte, da die Sehstörung inzwischen vorüber war. »Der Hieb hat den Augapfel buchstäblich nur um Haaresbreite verfehlt, um weniger als einen Millimeter.« So der Doktor, gleichermaßen vorwurfs- wie liebevoll in Richtung meiner von ihm innig verehrten dreißigjährigen schönen Mutter, ehe er mir über den Kopf strich und sagte: »Beinahe wärest du wie ein Pirat durchs Leben gezogen.«

»Was hatte denn das zu bedeuten?« wollte ich auf dem Heimweg aufgeklärt werden.

»Eine schwarze Klappe über einem ausgelaufenen Auge«, sagte sie.

Das saß.

So wurde Tom denn, nach einer langen Reihe von Katzen, die bei uns Unterschlupf und Heimstatt gefunden hatten, das letzte Exemplar der Gattung – mein eben gerade noch heil davongekommenes Auge war dann doch eine allzu nachhaltige Lektion gewesen.

Aber wenngleich wenig später diese Art gefährlicher Liebschaften auch beendet wurde, die Summe unserer Vernarrtheiten blieb die gleiche. Wo immer Tiere mit Fell auftauchten, ob näher oder ferner, ob nur zu bestaunen oder

auch anzufassen, sofort gab es Stürme der Begeisterung und
der Rührung bis zu Tränen, vulkanische Eruptionen, die oft
genug zu verwundertem Kopfschütteln der Umstehenden
führte:

Tiere? Nun ja, gewiß ... Aber wurde hier nicht wirklich
zuviel Wind um das bißchen Fell, um schwarzblanke Lefzen,
um dicke Pfoten und mähnige Halskrausen gemacht? So die
Reaktionen von Nachbarn, Spielgefährten, Mitschülern.

Wer auch immer von uns zum Zeugen solch törichten
Unverständnisses wurde, zeigte sich im Innersten erschüttert.

Konnte es denn Bewegenderes geben als den Ausdruck
von Zutrauen, von Zorn oder Freude im Auge eines Tieres?
Als die Freiwilligkeit, mit der eine Katze ihren Kopf gegen
ein Menschenbein stupst? Oder gar Weicheres als die Unter-
seite eines Pferdemauls?

Daß ich dann sehr bald nach dem Augenhieb von Kater Tom
fast unter einen Pferdehuf gekommen wäre (so jedenfalls die
Deutung erschrockener Passanten und später auch die meiner
noch viel erschrockeneren Mutter, worüber gleich zu berichten
sein wird), änderte nicht das mindeste an meiner Begeisterung für die großen, geduldigen und damals schwer arbeitenden Tiere (was heute geradezu prähistorisch anmutet).

Ich sehe noch, wie die Gäule hoch mit Bierfässern bela-
dene und von dicken, peitschenbewehrten Kutschern gelenkte
Gefährte der Holsten-Brauerei durch die Hufnerstraße zogen,
während schlankere Rosse vor die gelbgestrichenen Kasten-
wagen einer Wäscherei gespannt waren, manchmal ungebärdig in ihrer Kraft, keuchend, mit Schaum vor dem Mund
– ein erregender, nahezu feierlicher Anblick, der mir durch
und durch ging.

Eines dieser Arbeitspferde, Zugtier eines Kohlenwagens und am Bordstein unserer Straße mit hängendem Kopf vor sich hin dösend, muß eine besondere Anziehungskraft auf mich ausgeübt haben, vielleicht, weil der schwere Gaul einen Vorderlauf so anmutig eingeknickt hatte, als wollte er im nächsten Moment zu tanzen anfangen. Jedenfalls klammerte ich mich Sekunden, nachdem ich ihn erblickt hatte, schon fest und wortreich an das mächtige Pferdebein. Über mir der warme, runde, dünstende Bauch, um das Pferd und mich herum eine gestikulierende Menge, aus der heraus dann und wann jemand hektisch Anlauf nahm, bis zu mir vorzudringen und mich von meinem Platz zu holen, obwohl ich mich dort doch sehr wohl fühlte. Seltsamerweise jedoch stockten alle Rettungsversuche, noch bevor jemand nach mir greifen konnte, und das natürlich, um das Kind nicht noch mehr zu gefährden, als es nach Ansicht der Erwachsenen bereits war. Bis plötzlich mit entgleisten Gesichtszügen mein Vater aus dem Kreis der ratlos Umherstehenden hervorschoß, sich todesmutig unter das Pferd stürzte und mich mit einem Griff wegzog von dem großen, immer noch graziös eingeknickten Bein, das ich gar zu gern noch länger umschlungen hätte.

Daß es mir überhaupt gelungen war, dorthin zu gelangen, verdankte ich dem Umstand, daß mein Vater auf der Straße im Gespräch mit einem Nachbarn gewesen war und gegen alle Gewohnheit nicht auf mich geachtet hatte. Die Gardinenpredigt seiner sonst eher sanften und nachgiebigen Ehefrau, die er wortlos hinnahm, habe ich noch im Ohr. Was alles hätte mir, so nahe den schweren Hufen, doch passieren können! Wenn es je einen Menschen gegeben hat, auf den der Begriff »jiddische Momme« lichtdicht paßte, dann auf meine sich ständig in schlafloser Sorge um ihre Kinder befindliche Mutter Lilly Giordano.

Daß sie nicht nur die leibliche, sondern auch die Mutter unserer verrückten Tierliebe war und somit ihren Anteil zu der nicht ungefährlichen Situation beigetragen hatte – ich glaube, der Gedanke ist ihr nie gekommen.

Da nach dem gerade noch einmal gutgegangenen Augenhieb mit Tom die letzte Katze aus der Wohnung verbannt worden war, meine Mutter aber ohne Fürsorge für Tiere nicht leben konnte, wandte sie sich den Geschöpfen einer Fauna zu, die zwar weit niederer waren als die Klasse der Säugetiere, dafür aber von bösartiger und höchst unerbetener Aufdringlichkeit. Kein Wunder, daß sie den meisten Menschen nicht willkommen waren. Anders bei uns.

Ich meine jene Phase, in der meine Mutter von »ihren« Spinnen, »ihren« Fliegen, »ihren« Mücken sprach, Insekten, die je nach Jahreszeit in unserer Wohnung herumschwirrten oder -krabbelten und deren Unversehrtheit nun von ihr zum Prinzip unseres Zusammenlebens erhoben wurde. So durften wir, zum Beispiel, sogar auf der eigenen Haut ertappte Blutsauger nicht etwa erschlagen, sondern mußten sie behutsam entfernen. Was, wie ich rasch herausbekam, immer dann besonders schwierig war, wenn eine Mücke oder ein anderes Stechtier den Stachel schon in einer Pore versenkt hatte und sichtbar an meinem Blut sog.

Die Forderung meiner Mutter hatte, wie ich heute meine, fast etwas von der Metaphysik jener indischen Sekten an sich, deren Angehörige stets darauf bedacht sind, keine Lebewesen zu töten, und die sich deshalb darüber grämen, daß dennoch mit jedem ihrer Fußtritte Kreatürliches ausgelöscht wird, und seien es Bazillen, Spaltpilze oder andere sporenbildende Gruppen.

Seltsamerweise glaubte meine Mutter auch, daß es sich bei »ihren« Mücken, »ihren« Spinnen, »ihren« Fliegen über Jahre hin immer um dieselben Exemplare handle, was bekanntlich gegen alle biologischen Gesetze dieser Fauna verstoßen haben dürfte.

Dennoch ging sie nicht davon ab, uns drei Brüder auf jene Insekten, denen sie Namen gegeben hatte, aufmerksam zu machen, und das unabhängig davon, daß wir inzwischen aus gläubigen Kindern zu Knaben geworden waren, die längst nicht mehr alles hinnahmen und gerade die wahre Existenz des Weihnachtsmanns ausgemacht hatten – in Gestalt unseres geliebten Großvaters »Opa Rudolph«.

Irgendwann dazwischen lag die Periode, in der sich Lilly Giordano zur »Mutter der Barmbeker Spatzen« ausrief, was nun nicht etwa der Name einer Musikgruppe war, sondern jener ohrenbetäubend lärmenden Vogelgemeinde galt, die seither sowohl vom Balkon vorn zur Straße wie auch vom Küchenfenster zum Hinterhof hinaus regelmäßig und reichlich gefüttert wurde, vornehmlich im Winter.

Da sich die Speisung mit eigenen und von der Nachbarschaft gespendeten Brotkanten, sogenannten Knusten, unverkauften »Rundstücken« (wie die Brötchen in Hamburg genannt werden) und extra für den guten Zweck vom Bäcker nebenan zusammengefegten Kuchenresten offenbar unter der ganzen Spatzenschaft des ausgedehnten Stadtteils herumgesprochen hatte, flogen die fordernd pickenden Geschwader von Tag zu

Tag zahlreicher an. Was so lange gutging, bis selbst der äußerst tolerante Inhaber des Tabakgeschäfts im Parterre unter uns etwas von einer »Verdunkelung des Himmels am hellichten Tag« gemurmelt haben soll. Dieser Ausspruch, der das Ohr meiner Mutter über verschiedene Umwege erreichte, sollte zum abrupten Ende der übertriebenen Fütterung führen. Denn kostbarer noch als die Gunst der Spatzen waren für Lilly Giordanos zunehmend bedrohtes Lebensgefühl die Sympathien der Nachbarn, und zwar desto dringlicher, je länger der 30. Januar 1933 zurücklag.

Daß sie dennoch gegenüber den »armen Leuten unter den Vögeln« (so ihre Definition des Spatzengeschlechts) ein schlechtes Gewissen hatte, blieb innerhalb unserer vier Wände. Kein Zweifel, die Mutter hatte uns Kinder mit dem Virus eines höchst ungewöhnlichen Verhältnisses zu Tieren infiziert.

Mein älterer Bruder Egon ging über Jahre hin mit einem hölzernen Affen, der jüngere, Rocco, mit einem Nilpferd aus Elastolin und ich mit einem höchst naturgetreuen Panzernashorn aus dem gleichen Material zu Bett.

Spielzeugtiere übten auf mich schon früh eine so magische Wirkung aus, daß ich mir immer wieder über eine lange Zeit hin an den Schaufensterscheiben der einschlägigen Läden die Nase platt drückte, ja, deswegen sogar zu spät zur Schule kam. Noch heute frage ich mich, wie ich angesichts des dauernden Geldmangels in unserer Familienkasse dennoch zum Besitzer eines Zoos werden konnte, in dem es einen fauchenden indischen Löwen gab, einen weißen Elefanten, Nilpferde und Dromedare (jene einhöckerigen Kamele, die ich schon damals von ihren zweihöckerigen Artgenossen unterscheiden konnte). Dazu Perlhühner, Gürteltiere, Pfaue, nicht zu vergessen Schlangen, Krokodile und weitere Exoten, an denen ich mich bis zur Erschöpfung ergötzen konnte.

Es war »Opa Rudolph«, unser innig verehrter Großvater mütterlicherseits, der für würdige Unterkunft und sicheren Gewahrsam gesorgt hatte, für Zäune und Gatter, Freßtröge und Käfige, Überdachungen und kleine Wasserstellen, ein jedes an seinem Platz. Im Lauf der Zeit hatte sich so ein wahrer Zoo angesammelt, in dem sich auch Eisbären und Pinguine, Walrösser, Seelöwen und Robben tummelten (während mein großer Wunsch, daß sich ein Wal dazu gesellen möge, zu meinem Leidwesen nicht in Erfüllung ging – offenbar versprachen sich die Fabrikanten nichts von der Herstellung der Riesensäuger). Trotzdem waren Spiellust und Vergnügen an der pittoresken, wenn auch immobilen Fauna groß, so daß die künstlichen, aber täuschend naturgetreu nachgeahmten Geschöpfe über Jahre ganz oben auf den Wunschzetteln vor Geburtstagen und Weihnachten standen.

In Gegensatz zur lebenden Tierwelt hat diese Vorliebe nie gestanden, vielmehr ergänzte sich das eine harmonisch mit dem anderen. Hagenbecks Tierpark zu besuchen gehörte deshalb zum häufig praktizierten Ritual der Familie (jedenfalls so lange, bis Juden auch dieser Zutritt verboten wurde).

Die Schönen faszinierten, die Häßlichen *entflammten* mich

Es gab wenig, was sich hinsichtlich Erwartung und Aufregung messen konnte mit den Ausflügen nach Hamburg-Stellingen: mit dem sanften Rot der Flamingogeschwader; den fordernden Elefantenrüsseln über den breiten Graben hinweg; den blutunterlaufenen Augen der Bisons (die mir viel uriger erschienen als alle verbliebenen und ausgestorbenen Büffelarten der Alten Welt); der Grazie und Eleganz der Antilopen! Die körperliche Wucht der Bären, pelzige Gebirge für den kleinen Jungen von damals, hatte es mir ebenso angetan wie die lauernde Trägheit der Echsen oder die gähnenden Majestäten in den Löwengehegen. Und nach dem beizenden

Gestank aus den Raubtierkäfigen war ich sowieso von Jahr zu Jahr süchtiger geworden.

Zu den Grundwahrheiten meiner Beziehungen zur Tierwelt zählt jedoch auch, daß es nichts gab, was mich unwiderstehlicher anzog als die Häßlichkeit – die Schönen faszinierten, die Häßlichen entflammten mich.

Und so strebte ich denn, sobald ich Hagenbecks romantisch drapierten Eingang mit den Meinen hinter mich gelassen hatte, hastig jenem Platz zu, an dem ich wahre Ausgeburten optischer Scheußlichkeit wußte, richtige Monstren, Ungeheuer höchsten Grades: afrikanische Warzenschweine!

Da selbst extreme Wortgewalt keine adäquate Schilderung ihres Anblicks geben könnte, versuche ich es gar nicht erst. Vielleicht wird es verstanden, wenn ich sage: Nichts ist erhabener als die Schönheit – ausgenommen ihr Gegenteil.

Wer bis hierher immer noch keine rechte Vorstellung vom Warzenschwein hat, dem empfehle ich, sich durch die Begegnung mit *Phacochoereus aethiopicus* in freier Wildbahn, durch einen Besuch im Zoo oder durch die Lektüre der umfangreich bebilderten Fachliteratur zu überzeugen, wie berechtigt meine verbale Exaltation angesichts dieses Wunders an Häßlichkeit ist.

Von den Treffen zwischen mir und den Hagenbeckschen Warzenschweinen war eines, 1928 oder 1929, so denkwürdig, daß es in die Annalen unserer Familie eingegangen ist. Nach dem Report meiner Mutter ist es wie folgt abgelaufen:

Der heiße Sommertag hatte die Schweine mit den komischen Höckern auf der Schnauze in die gelbliche Suhle getrieben, ein Wasserloch, aus dessen trübem Spiegel nur ein paar Nasenspitzen hervorlugten, ohne daß sich darunter etwas bewegte. Das änderte sich erst, als eines der Tiere, und zwar das stärkste, wie sich später herausstellte, zunächst die Vorderbeine aufstemmte, sich schlammsprühend schüttelte und dann sehr langsamen Schrittes direkt zukam auf mich, der seit beträchtlicher Zeit am äußersten Rand des Geheges gestanden und unverwandt und sehr entrückt auf die Szene gestarrt hatte. Was nun geschah (so jedenfalls die Version meiner Mutter bis in ihr hohes Alter, aber auch mir noch schemenhaft im visuellen Gedächtnis), soll mich zur Tatzeit sowohl bei den anderen Besuchern wie auch bei der eigenen Familie in den Verdacht gebracht haben, über hypnotische Kräfte zu verfügen – ließ doch das Warzenschwein kein Auge von mir. Mehr, es sollen, unsichtbar, aber dennoch zu spüren, Wellen hin- und hergeflossen sein, eine Art zwischenkreatürlicher Korrespondenz von großer Dichte und träumerischer Gelöstheit. Dabei wurde die nicht gänzlich zu verwerfende Vermutung geäußert, einzig die Absperrung, die auch hier aus guten Gründen zwischen Mensch und Tier gelegt war, hätte das Schwein und mich daran gehindert, einander in die Arme beziehungsweise die Vorderbeine zu fallen. So jedenfalls (immer nach meiner Mutter) wollte es jenes halbe Hundert Besucher gesehen haben, das während des denkwürdigen Ereignisses jede eigene Aktivität aufgegeben und ihm, teils betreten, teils hingerissen, auf alle Fälle aber stumm, zugeschaut hatte.

Es soll auch beträchtlicher Anstrengungen und Überredungskünste elterlicher- und brüderlicherseits bedurft haben, mich von der Stätte wegzubringen, nachdem ich wie in Trance einige verzweifelte, wenngleich von meinem Vater sanft verhinderte Versuche unternommen haben soll, doch noch zu physischem Kontakt mit dem mächtigen Afrikaner zu kommen.

Erst nach langer Dauer, mühsam mit den Tränen kämpfend, ständig rückwärts schauend und gegen seinen Magnetismus, konnte ich von meinem leider ungestreichelt gebliebenen Freund getrennt werden. Das allerdings mit der Genugtuung, daß das kolossale Schwein, nun von der ganzen Herde achtungsvoll umstanden und den Schwanz hoch erhoben, meinem Abgang regungslos so lange nachsah, bis ich, in der Mitte der Familie geborgen, um die nächste Wegbiegung verschwunden war.

Was immer an dieser Schilderung der Wirklichkeit entsprochen haben mag oder nicht (hypnotische Kräfte sind mir nie wieder angedichtet worden), die Begegnung mit den Warzenschweinen in Hagenbecks Tierpark zählt unbestritten zur nichttraumatischen Ära unserer merkwürdigen Beziehungen zur Tierwelt. Wann sich das änderte, wann jener stille und dramatische Verdacht in uns aufkam (von dem ich bis heute nicht weiß, ob er berechtigt ist oder nicht), nämlich daß gerade wir auf Tiere so Versessenen kein Glück mit ihnen haben sollten, oder besser vielleicht, sie nicht mit uns – diesen Zeitpunkt genau zu bestimmen ist mir immer noch nicht möglich.

Sicher ist nur, daß das kuriose Verhältnis zwischen der Mutter meines Vaters und jenem sonderbaren Vogel, von dem nun die Rede sein wird, bereits in die glücklose Phase unserer seltsamen Beziehungen zur Tierwelt gehört. Eben weil der Ausgang keineswegs nur »Oma Emma«, sondern auch unsere ganze Sippe empfindlich in Mitleidenschaft gezogen hat.

Tarzan *oder* Die Geschichte einer verfehlten Ehe

Nach einem schweren Dasein mit meinem Großvater Rocco Giordano – einem berserkerhaften Musikgenie aus Sizilien, das nach stürmischen Erfolgen als Maestro eines großen Blasorchesters in ganz Europa durch den Kriegseintritt Italiens im Juni 1915 von einer auf die andere Stunde unumkehrbar gescheitert, in Hamburg gestrandet und 1930 dort gestorben war –, nach seinem Ableben also hatte Emma noch nicht einmal das Jahr der Pflichttrauer abgewartet, um einen, wie sie glaubte, neuen »Bund fürs Leben« einzugehen. Der Auserwählte war allerdings kein Mann, sondern ein Angehöriger der Vogelordnung Psittaciformes, also ein Papagei.

Der Amazone (den Emma in einer Vogelhandlung in der Hoheluftchaussee unter all dem übrigen Gefieder so rasch erstand, als fürchtete sie, ein anderer Kunde könnte ihr zuvorkommen, obschon niemand außer ihr im Laden war), dieser vielversprechende Jungpapagei würde zwar, so die überlieferte Anpreisung der Verkäuferin, nicht die Größe eines ausgewachsenen Ara erreichen, wohl aber ein tüchtiger Sproß seines Stammes werden.

Nun hätte es solcher Auslobung wahrlich nicht bedurft, denn es war, jedenfalls von Emmas Seite aus, Liebe auf den ersten Blick. Und dabei blieb es, obwohl sich bald herausstellte, daß Tarzan, wie Emma in unerforschlichem Ratschluß das Tier sogleich getauft hatte, niemals auch nur annähernd die Größe eines Ara erreichen würde, ja, nicht einmal die Maße kleinerer Papageienarten. Der Betrug, der da so offensichtlich einen Zwerg für einen Goliath ausgegeben hatte, drang gar nicht erst in Emmas Bewußtsein, da bei ihr ohnehin von Anfang an nur ein Organ im Spiele war: das Herz.

Was wir Enkel aus zwei Gründen höchst erstaunlich fanden.

Erstens, weil der liliputanerhafte Vogel das abstoßendste Aussehen vorwies, das sich denken ließ, so über und über giftgrün, wie er war, ausgenommen zwei stechendrote Flecken unter den Augen, deren Ausdruck selbst bei bestem Willen nur als hinterhältig bezeichnet werden konnte (einmal ganz abgesehen davon, daß Tarzan fortwährend bösartig krakeelte und dabei in regelmäßigen Abständen auch noch drohend die rechte Greifzehe hob).

Zweitens fanden wir Tarzans Anbetung durch unsere Großmutter auch deshalb so befremdlich, weil sie auf keinerlei

Erwiderung, nicht auf die Spur von Gegenliebe stieß, sondern auf nichts als blanke Abwehr. Das hatte sich schon beim Kauf gezeigt, den der damals noch nicht als solcher entlarvte Zwergpapagei schnabelhackend und flügelschlagend zu vereiteln trachtete, ohne damit jedoch bei Emma andere Reaktionen hervorzurufen als schieres Entzücken mit hohen Obertönen. Die waren, zur Verblüffung vieler Passanten, auch zu hören gewesen, als Tarzan auf dem Weg zu Emmas Wohnung so kreischend gegen die Verschleppung protestierte, daß seine Wut das trotz der warmen Jahreszeit mit einer Wolldecke umwickelte Bauer zu sprengen drohte. Dies übrigens eine Deutung, die zwar stimmt, von Emma aber natürlich so nicht akzeptiert worden wäre. Ihrer Ansicht nach war der Höllenlärm nichts als ein Zeichen von Tarzans unbändiger Sehnsucht, aus dem Metallkäfig heraus baldmöglichst zu seiner neuen Besitzerin zu gelangen.

Als der Papagei oben in der Wohnung unter Emmas zärtlichen Kommentaren sogleich aus dem Bauer entlassen worden war, wußte er nichts Besseres zu tun, als sie immer wieder wütend anzufliegen und dabei zu versuchen, ihr mit dem krummen Schnabel kleine, aber schmerzende Wunden beizubringen.

Auch wenn wir aus Barmbek, immer wieder neugierig auf die Streiche des mißratenen Gefährten der Großmutter, zu Besuch in die Hoheluftchaussee kamen, zeigte sich Emmas neuer Hausgenosse keineswegs milder. Eher durch unsere Anwesenheit noch gereizter als üblich, trieb Tarzan es so toll, daß er unter Emmas Wehklagen in einem Abstellraum eingeschlossen werden mußte.

Ebenfalls arrestiert wurde der Papagei zu seinem Leidwesen, wenn er, nach behutsamstem Transport in dem zu allen Jahreszeiten wolldeckenumwickelten Bauer, zu uns zu Besuch kam.

Denn eben eingetroffen, fing Tarzan so unmäßig an zu toben, daß er auch hier nach allseitigen, wie immer jedoch vergeblichen Beruhigungsversuchen in die Besenkammer eingesperrt werden mußte, damit wir unser eigenes Wort verstehen konnten.

An dieser Stelle müssen ein paar Ausführungen über Großmutter Emmas Äußeres verloren werden wie auch über gewisse, sagen wir »landesunübliche« Sitten, die sie pflog. Leserinnen und Leser sollten darüber aufgeklärt werden, welchen Anblick sie außer Haus bot, ihn übrigens auch dann geboten hätte, wenn ihr vermummter Zwergpapagei daheim geblieben wäre.

Als ich mit drei, vier Jahren meine Großmutter bewußt wahrzunehmen begonnen hatte, war sie Mitte Fünfzig und bereits die alte Frau, die sie für mich bis an ihr Ende im Jahre 1952 unverändert bleiben sollte. Unterstrichen wurde dieser Eindruck noch dadurch, daß Emma Giordano sich in ihrer Kleidung nie von der Mode vor 1914 getrennt hatte, also auch weiterhin fußknöchellange Kleider trug, und dazu Hüte, die vorsintflutlich waren.

Vor dem Haus in der Hufnerstraße ungeduldig auf die Großmutter wartend, sehe ich sie noch von der Fuhlsbütteler Straße einbiegen und mit dem verhüllten Bauer in der Hand die Drögestraße herunterkommen: eine dürre Frau in einem Kapotmantel von verschossenem Gelb, unter dem das lange

Kleid noch ein Stück hervorlugte, ja, manchmal gar über die Straße schleifte. So kam sie heran, von seltsam unsicherer Gehweise, immer einen ihrer unmöglichen Hüte auf und den beschützten Käfig mal in der Rechten, mal in der Linken. Ihr kleiner Kopf wackelte dabei um so heftiger, je näher sie kam, bis wir uns in die Arme sanken, ohne daß das Bauer dabei die Erde berührte. Um nichts in der Welt hätte Emma ihren gefiederten Liebling auch nur eine Sekunde aus den Händen gelassen.

Es braucht wohl nicht erwähnt zu werden, daß sie dafür keinerlei Dank erntete, sondern sich Tarzan auch in unserer Wohnung wie beschrieben aufführte und schließlich in die dunkle Kammer gesperrt werden mußte, wo sein infernalisches Gezeter immerhin so gedämpft wurde, daß die gutnachbarlichen Beziehungen nicht darunter litten.

Da oben etwas von Emmas »landesunüblichen« Sitten verlautete, will ich hier einschieben, was damit gemeint ist, und das auch in der Absicht, bei Leserinnen und Lesern um Verständnis dafür zu werben, warum es ihren Enkelkindern nicht immer leichtfiel, sich gemeinsam mit der Großmutter in der Öffentlichkeit zu präsentieren.

Zunächst sei nachgetragen, daß Emma von skandinavischer Herkunft war, nämlich halb Dänin, halb Schwedin. Nur so ist es zu erklären, daß sie, wie viele Frauen dort, rauchte – und zwar *Pfeife!*

Das erste Bild, das sich mir von ihr eingeprägt hatte, war denn auch eine in Qualm gehüllte Alte, die gewaltig an ihrer Pfeife sog und dabei gurgelnde Schmatztöne erzeugte – damit wuchs ich auf, ohne den geringsten Anstoß zu nehmen. Bis Emma eines Tages in der Hochbahn irgendwo zwischen den Stationen Sierichstraße und Hoheluftbrücke in meiner Gegenwart den Schmauchkolben, Tabak und Feuerzeug hervorholte, und sich daran so lange zu schaffen machte, bis dem an den Rändern verkohlten Pfeifenkopf ein dunkler Rauch entstieg, der mir und allen anderen Mitfahrenden beißend in die Nase kroch. Damals, muß ich gestehen, schämte ich mich meiner geliebten Großmutter, die, quietschvergnügt und völlig unberührt von den mißbilligenden Blicken ringsum, mit sichtlichem Behagen vor sich hin paffte.

Natürlich hatte meine Scham nicht das mindeste zu tun mit dem mir damals gänzlich unbekannten Spruch »Eine *deutsche* Frau raucht nicht« (was ja auf Emma gar nicht zugetroffen hätte).

Nur spürte ich, daß hier etwas schlechthin Regelwidriges geschah, ohne daß ich mein Unbehagen hätte formulieren können.

Zu Hause, ob bei ihr, ob bei uns – gut! In den vier Wänden – nichts dagegen! Keiner in unserer Familie, obwohl alle Nichtraucher, stieß sich daran, schon weil es sich um so etwas wie eine geheiligte Familientradition handelte, ein gewohntes Ritual. Aber auf der Straße, in öffentlichen Verkehrsmitteln, und nicht etwa mit zierlicher Zigarette, sondern einer Rauchmaschine von geradezu männlichem Zuschnitt? Zumal Emma auch dort wie wild auf ihr Feuerzeug einzuschlagen pflegte, da sie trotz dauerndem Ziehen die Glut im Pfeifenkopf nicht halten konnte, und deshalb ebenso unbeabsichtigt wie gerechtfertigt den Eindruck einer Dilettantin erweckte, die nichts anderes im Sinn hatte, als ihre Umgebung ungezogen zu provozieren.

Sooft ich dessen Zeuge und also Mitbetroffener wurde, zog sich mir die Kopfhaut zusammen, während sich darunter der inständige Wunsch auftat, um Gottes willen nicht zur Begleitung dieser seltsamen Erscheinung gezählt zu werden (was mir in seiner Feigheit natürlich der Großmutter gegenüber ein schlechtes Gewissen suggerierte, das mich dann vollends ratlos machte).

Nun wird es Tarzan völlig gleichgültig gewesen sein, ob seine Gebieterin rauchte oder nicht, wie ihm auch der Unterschied egal sein konnte, ob sie an einem Pfeifenstiel sog oder eine Zigarette inhalierte (was nur sehr selten vorkam).

Überhaupt war schwer zu ergründen, was in dem Vogel vorging, aber daß etwas in ihm arbeitete, daß er keineswegs stumpf und schicksalsergeben vor sich hin vegetierte, das sollte sich schon bald auf die dramatischste Weise offenbaren.

Von einem gewissen Zeitpunkt seiner mißlungenen Zähmung an gab es in Tarzans Verhalten Emma gegenüber einen verblüffenden Wandel, dessen eigentliche Absicht die Unglückliche nicht vorhersehen konnte. Also schwamm sie zunächst in verklärter Glückseligkeit.

Denn Tarzan verwandelte von einer auf die andere Stunde, ja, von einer Minute auf die nächste seine gehässigen Aggressionen in eine Zutraulichkeit von solcher Überzeugungskraft, daß sie Emma Tränen der Freude in die Augen trieb. Damals, gleich am Anfang der neuen Ära, fiel übrigens aus dem Munde meiner Großmutter jener Ausspruch, den nur der für verwunderlich halten konnte, der nichts von dem finsteren Leben an der Seite ihres gewalttätigen Mannes wußte. Dieser historische Satz lautete wörtlich: »Tarzan macht mich zur glücklichsten Frau der Welt.«

Und wirklich, von Stund an präsentierten sich die beiden als perfektes Paar, verkehrten sie im buchstäblichen Sinne miteinander wie Vermählte. Tarzan aß von Emmas Teller und schlief in ihrem Bett, ließ sich hingebungsvoll kraulen und begehrte sogar bei Emmas Schwüren von »Treue bis in den Tod« nicht auf, sondern ließ alles geduldig über sich ergehen. Wobei es angesichts der unterschiedlichen Altersstadien der Partner und der langen Lebenserwartung von Papageien keinen Zweifel geben konnte, wer von beiden zuerst abtreten würde, nämlich Emma. Daß es dann doch, sozusagen gegen die Statistik, anders kam, das, sei prophylaktisch vorausgeschickt, hatte sich Tarzan allerdings höchstselbst zuzuschreiben.

Der Gipfel seiner Gunst, der absolute Höhepunkt dieses tief in innige Zweisamkeit eingedickten Verhältnisses aber war erklommen, wenn der gefiederte Zwerg sich nach längerem Anflug auf Emmas Kopf niederließ, unbeholfen in ihrem schütteren Haar herumtappte und sich dann dort oben – die Feder sträubt sich, aber es muß heraus – mit allen Anzeichen sichtlicher Erleichterung seiner Notdurft entledigte!

Durch diesen, Emmas Ansicht nach überzeugendsten Beweis ihrer unlösbaren Gemeinschaft, jedesmal wieder einer keineswegs simulierten Ohnmacht nahe, glaubte sie nach gut einem Jahr die Stunde für gekommen, ihrem Liebling nun endlich auch noch die äußerste Bestätigung von Liebe und Vertrauen erweisen zu müssen. Und so tat Emma denn eines Nachmittags, was sie zuvor nie getan hatte – sie öffnete die Fenster! Zuerst das im Wohnzimmer, gleich darauf auch alle anderen, eingeschlossen das Klappfenster in der Toilette, dazu sämtliche Türen in der Wohnung, ausgenommen die Haustür.

Der grünliche Zwerg, dem Emma sich, allen unseren Beobachtungen nach, förmlich angetraut fühlte, mit dem sie ohne jede Furcht vor der Pagageienkrankheit stundenlang schnäbelte, der gefiederte Trost ihrer späten Tage – Tarzan muß seinen stieren Augen über den hektischen roten Flecken nicht getraut haben! Was tat sich da?

Ich versuche, späteren Satzfetzen der Großmutter folgend, die Ereignisse fragmentarisch zu rekonstruieren: An dem Platz, wo er sich gerade befand, auf der Kommode im Korridor, soll Tarzan zuerst förmlich erstarrt sein. Dann soll er in Ruhe die Entfernungen gemessen, gleich darauf aber mit schrillem Laut Emmas Kopf beflogen und sich auf dem arglos hingehaltenen Haupt noch einmal reichlich erleichtert haben, ehe er – unfaßbar – auf das weit geöffnete Küchenfenster zuflog! Dort, am Tor zur Freiheit, jedem Zugriff entzogen und sich unter triumphalem Gekrächze plusternd niederlassend, soll der Zwergpapagei (immer den gestammelten Erinnerungen der Großmutter nach), seine tränenblinde und vor Enttäuschung nur noch lallende Wohltäterin in unflätigster Weise ausdauernd beschimpft und selbst bei geringster Annäherung schon seine Flügel hämisch zum Abflug gespreizt haben – ein Anblick, der Emma schier den Odem zu nehmen drohte.

Schließlich, eben vor Einbruch der Dunkelheit, beendete Tarzan die offenbar stark genossene Folter und hob sich nach draußen in die Lüfte. Aber nur, um im nächsten Moment unter Emmas Entsetzensschrei von einem Pulk stiebender Spatzen eingekesselt und mit großer Sinkgeschwindigkeit aus der Höhe des vierten Stockwerks zwischen zwei Häuser-schluchten in die Tiefe gezwungen zu werden.

Es war das vorletzte, was Emma von dem undankbaren Gefährten sehen sollte. Denn ihre Hoffnung, daß Tarzan, trotz allem, was er ihr angetan hatte, seinen plebejischen Feinden entkommen sei, erfüllte sich nicht. Noch am gleichen Abend legten ihr Nachbarn aus dem Parterre mit schlecht verhohlener Schadenfreude zu Füßen, was der Angriff von dem unglücklichen Zwergpapagei übriggelassen hatte, und das war, in der Tat, nun wenig genug. Tarzan sah aus, als wären ihm alle Federn einzeln gerupft worden, abgesehen von einer winzigen Partie am Hinterkopf, die seine Nacktheit nur noch gräßlicher hervorhob.

Wann immer »Oma Emma« die Tragödie dieser verfehlten Ehe vor der Verwandtschaft ausbreitete (und das tat sie im Lauf der Zeit lieber und lieber, zuletzt noch kurz vor ihrem Tod, fast fünfundzwanzig Jahre später), stets waren die Schilderungen begleitet von feuchten Augen und dem Tremolo ihrer zitternden Stimme.

Von Danny, Krotti und Bob –
ein Abschied

Der nicht ganz unverdiente Untergang des Zwergpapageis in einem Hinterhof der Roonstraße im Hamburger Stadtteil Hoheluft, dieser fatale Ausgang einer ebenso leidenschaftlichen wie einseitigen Liebe, vollzog sich übrigens fast zeitgleich mit dem Ende jener üppigen Fütterung, die Lilly Giordano (mit den bereits geschilderten chaotischen Folgen) zur legendären »Mutter der Spatzen« Hamburg-Barmbeks gekürt hatte.

Von da an, seit dieser deutlichen Doppelzäsur, begann unser Verhältnis zu Tieren zu kränkeln, um es vorsichtig auszudrücken.

Die Krise setzte sich fort, als meine Mutter zwei Waldvögel ins Haus holte, einen Zeisig und einen Hänfling, der eine bunt, der andere von sanftem Braun, und beide in Emmas verwaistes Bauer einsperrte. Das nämlich war inzwischen bei uns gelandet, nachdem die Großmutter hoch und heilig geschworen hatte, niemals wieder ein Tier in ihre Wohnung zu holen (was sie dann tatsächlich auch standhaft durchhielt).

Rasch wurde der Zeisig »Danny« gerufen, während der Hänfling einfach »Hänfling« getauft wurde, der ruhigere, gesetztere von beiden und deshalb für uns Kinder (sage ich heute mit dem Ausdruck postumen Bedauerns) von minderem Interesse als der lebhafte und deshalb hochfavorisierte Zeisig.

Da hüpften die Neuankömmlinge denn von Stange zu Stange, klammerten sich hilflos am Gitter fest, flogen auch innerhalb des jämmerlichen Radius, den der Käfig ihnen ließ, flatternd hin und her und waren bald mit ihrem sichtbaren Elend die Objekte langanhaltender Familienberatungen.

Ich sehe uns, Großeltern, Eltern und Söhne, noch sinnend vor dem Bauer an der Küchenwand stehen und über der Frage brüten, ob es nicht eigentlich recht grausam sei, flugfähige Wesen gegen ihre Naturbestimmung in ein so beengtes Gefängnis zu sperren und sie dort auf eben die erbarmungswürdige Weise herumschwirren zu lassen, die »Danny« und »Hänfling« uns Tag für Tag wieder vorführten.

Gleichzeitig aber konnten wir uns auch nicht vorstellen, ohne befellte oder gefiederte Lebewesen, also gleichsam tierlos, dahinzuvegetieren, ein Konflikt, der uns zunehmend bedrückte.

Und das, wie ich heute finde, reichlich spät, da ähnliche Skrupel im Zusammenhang mit Emmas Zwergpapagei nie aufgetaucht waren. Dabei war das Bauer für ihn doch noch beengter gewesen und Tarzan sehr wohl des Fliegens mächtig, wie sein finaler und deshalb von ihm wohl auch rasch bereuter Fluchtversuch aus Emma Küche dann erwiesen hatte.

Einer Entscheidung sahen wir uns allerdings enthoben, und zwar durch ein Versehen unseres Vaters. Hatte er doch einmal beim gemeinsamen Verlassen der Wohnung vergessen, den Hahn des Gasherds abzudrehen, so daß sich der Familie nach der Rückkehr ein schockierendes Bild bot: »Danny« und »Hänfling« lagen tot auf dem Boden des Bauers, die Beine starr von sich gestreckt und die Schnäbel weit aufgerissen.

Wir fühlten uns wie gelähmt – war mit diesem Unfall vielleicht ein neuer, ein dunkler Abschnitt unserer Beziehungen zur Tierwelt eingeleitet worden?

Und tatsächlich, die zudringlichen Vorahnungen nahmen festere Konturen an, nachdem meinem Bruder Egon und mir auf dem Weg von der Volksschule in der Bramfelder Straße nach Hause ein Hund begegnet war, in den wir uns sofort verliebten – groß, jedenfalls nach unseren damaligen Maßstäben, eine Mischung aus Schäferhund, Dogge und Collie, mit flauschigem Fell und von unserer vehement bekundeten Begeisterung so hingerissen, daß der Rüde uns nicht mehr von den Fersen weichen wollte, ja, zu unserem großen Entzücken auch immer wieder in diese hineinzubeißen versuchte – was wir schamlos ausnutzten.

Da das Delikt längst verjährt ist, kann ich straflos gestehen, daß wir dem Hund die Marke vom Halsband lösten, sie unterwegs auf den Grund eines Ascheimers versenkten und, zu Hause angekommen, das zutrauliche Tier vor den Eltern für herrenlos erklärten – und das alles ohne das geringste Unrechtsbewußtsein. Dennoch beschlossen wir Brüder, den Hund beim Ausführen stets an der Leine zu halten – mußte er doch, als er von uns aufgegriffen worden war, irgend jemandem ausgerissen sein. Wir waren also gewarnt.

Seltsamerweise blieb der Hund namenlos, was uns nicht daran hinderte, ihn auf das verkehrteste zu verwöhnen, obwohl er schnell eine kostspielige Eigenschaft erkennen ließ: Das starke Tier fraß unmäßige Mengen von Pansen und schnappte außerdem besinnungslos nach allem, was irgendwie vertilgbar schien, mit einer sichtbaren Vorliebe für Süßigkeiten übrigens.

Nun waren wir, wie schon gesagt, alles andere als begütert, mußten vielmehr mit dem Pfennig rechnen, angesichts einer bereits jahrelang andauernden Arbeitslosigkeit meines Vaters, eines stellungslosen Musikers – Schwierigkeiten, Engpässe, Nöte, aus denen uns nur die findige Selbstaufopferung meiner Mutter mit Waschen, Nähen und Stopfen für Nachbarn bis in die Nächte hinein gerettet hat. Trotzdem wäre Geldmangel nie Grund gewesen, ein Tier von unserer Seite zu stoßen, und gerade darum traf uns der Ausgang dieses Falls besonders heftig.

Streng gerecht, durfte jeder von uns den Hund spät noch einmal der Notdurft und Bewegung halber auf die Straße führen, aber das nur an der Leine. Dabei geschah es, eines Abends, als mein Vater an der Reihe war. Ganz der Sohn seiner Mutter, die erinnerlicherweise mit ungerechtfertigtem Vertrauensvorschuß dem Zwergpapagei Tarzan die Fenster geöffnet hatte, ließ Alfons Giordano plötzlich, wenn auch unter unserem unüberhörbaren Protest vom Balkon aus, den Hund von der Leine, nicht ohne zuvor siegessicher zu uns heraufzurufen: »Ihr werdet ja sehen!«

Was wir dann, im Gegensatz zur väterlichen Vision, tatsächlich sahen, war, daß die märchenhaft befellte Mischung aus Schäferhund, Dogge und Collie, unser Liebling, in mächtigen Sprüngen wie befreit davonhetzte und um die nächste Ecke auf Nimmerwiedersehen verschwand – gerade, als wären wir seine Gefängniswärter gewesen. Eine Auffassung, der ich letztlich nur zustimmen kann, war unsere Wohnung auf der Etage doch eigentlich viel zu klein für den großen Hund. Was uns hier einmal mehr um die Ohren geschlagen wurde, war ganz einfach, daß unsere Liebe zu Tieren und die Verhältnisse, unter denen sie sich austoben konnte, nicht miteinander zu vereinbaren waren.

Danach, traurige Wahrheit, flauten unsere Anstrengungen so sichtlich ab wie unsere Zuversicht. Genaugenommen, lockerten wir die inneren Bindungen zur Tierwelt, um uns vor weiteren Enttäuschungen zu schützen. Ob das nun eine bewußte Handlung war, sei dahingestellt, nur zeigten sich, wie mir später aufging, in der eher zufälligen Auswahl neuer Hausgenossen Hemmschwellen, die vorher nicht existiert hatten.

Erstes Beispiel dafür war das verkrampfte Zwischenspiel mehrerer Generationen weißer Mäuse, deren ungezügelte Zeugungs- und Gebärkraft den Untergang der Nager sozusagen wie von selbst einleitete. Weil wir Männchen und Weibchen nicht trennen wollten, war unsere Wohnung bald von den beweglichen Huschtieren geradezu flockig überflutet, so daß die Einsicht gebot, ihrem unverschuldeten Treiben ein Ende zu setzen, ohne unsere Prinzipien zu verletzen. Und so wurde denn die ganze Brut eines Tages von jener streng nach Landwirtschaft riechenden Frau eingeladen, die vor den Toren Hamburgs in Berne lebte und bei uns regelmäßig per Fahrrad die angesammelten Kartoffelschalen für ihre Schweine abholte (von denen eines namens »Ucke« unsere besondere Gunst besaß).

Was sie mit den Mäusen anstellen wollte, blieb allerdings unklar. Als wir bald darauf wieder einmal zu einem Gegenbesuch in Berne auftauchten, fanden wir kein einziges von den schneeweißen Pärchen und ihrem Nachwuchs mehr vor. Auf unseren scherzhaft-kindlichen Verdacht, ob die Mäuse etwa von den Schweinen gefressen worden seien, lachte die Bäuerin erst, fragte dann: »Seit wann sind Schweine denn Raubtiere?«, setzte aber gleich hinzu: »Ucke vielleicht schon!«

Ich muß zugeben: Obwohl wir davon kein Wort glaubten, betrachteten wir unseren Favoriten im Schweinestall fortan mit anderen Augen.

Aber hatte sich durch den mysteriösen Abgang der weißpelzigen Nager nicht nur abermals bewahrheitet, daß es Tiere bei uns, aus welchen Gründen auch immer, nicht lange aushielten? So kam es zu dem offen besprochenen Familienbeschluß, Emmas Beispiel zu folgen und künftig keines von ihnen mehr über unsere Schwelle zu lassen.

Das ging jedoch nur so lange gut, bis Oma Selma, die Großmutter mütterlicherseits, in gehörigem Zeitabstand zu dem Mäusedesaster mit zwei Zierfischen samt einem Aquarium eintraf, das für die golden schimmernden Winzlinge viel zu groß zu sein schien. Das änderte sich jedoch rascher als gedacht, da der ohnehin ungestüme Wachstumsprozeß noch zusätzlich durch jene erheblichen Mengen von Wasserflöhen gefördert wurde, die Oma Selma über alle vernünftige Dosierung hinaus den beiden Fischen mehrere Male am Tag ins Wasser zu schütten pflegte.

Nun spräche jedoch die Unwahrheit, wer behauptete, meine Mutter sei ihr dabei in den Arm gefallen, im Gegenteil – manchmal setzte sie noch einen drauf, wodurch das Aquarium dann vollends in eine einzige Wasserflohbrühe verwandelte wurde.

Damals begann ich insgeheim zu argwöhnen, daß die Frage, mit der wir Gebrüder groß geworden waren und die eine geradezu mythische Sorge meiner Mutter um ihre Kinder belegte – »Habt ihr Hunger?« –, von ihr offenbar auf alle Lebewesen in ihrer Nähe ausgedehnt worden war. Anders jedenfalls war die übertriebene Mästung, die sie den beiden Goldfischen zuteil werden ließ, kaum zu erklären.

Mit den zarten Phantasiegeschöpfen nämlich, die ursprünglich in den Glashafen gesetzt worden waren, hatten die kräftig gewachsenen Gestalten bald keine Ähnlichkeit mehr. Nach oben und unten weit ausgelegt, auch breiter geworden und deshalb von uns »Schlachtschiffe« genannt, schwammen sie in vornehmer Ruhe dahin. Dabei hatte sich die Seltsamkeit ergeben, daß aus einem der beiden inzwischen ein »Silberfisch« geworden war, wie dieses Exemplar dann auch von uns genannt wurde, nachdem ihm die goldenen Schuppen abgefallen waren und darunter eine bläßlich glänzende Haut zum Vorschein gekommen war.

Wir haben übrigens nie herausbekommen, ob es sich um Männchen oder Weibchen handelte, Nachwuchs stellte sich jedenfalls nicht ein. Er hätte sich der Elternschaft auch nicht lange erfreuen können, da wir beide Fische eines Morgens statt in ihrem Glashafen auf dem Fußboden der Küche fanden, wo das nun so plötzlich leere Aquarium seit Jahren stand. Was die beiden bewogen hatte, ihrem ureigenen und lebensnotwendigen Element zu entsagen und sich dadurch sozusagen selbst zu entleiben, blieb der Gegenstand lang andauernden Rätselratens und trauernder Selbstbefragungen.

Aber obwohl die Häufung der Unglücksfälle uns nun vollends bestärkte in der Überzeugung, daß irgendein geheimer Fluch auf unseren Beziehungen zur Tierwelt lastete, daß da etwas Böses walten mußte, auf das wir keinen Einfluß hatten und dem wir tückisch ausgeliefert waren, kam es dennoch zu einer weiteren Liaison, dem zweiten jener insgesamt drei Rückfälle, mit denen wir unser Versprechen – »Nie wieder ein Tier bei uns!« – gegen alle Vernunft und Erfahrung brechen sollten.

Und das in Form einer Schildkröte, die mein jüngerer Bruder Rocco als Geschenk eines Mitschülers mit nach Hause gebracht hatte – kein spektakuläres Exemplar dieser Kriechtiere, eher mickrig und unscheinbar, aber von großer Anhänglichkeit und unvermutetem Zärtlichkeitsbedürfnis. Denn »Krotti«, so wurde die Schildkröte sogleich von uns gerufen, schob nicht nur den Kopf weit nach vorn, wenn wir darüber strichen und ihre schuppige Lederhaut sanft befühlten, sondern streckte dabei auch alle viere wie in äußerstem Behagen weit aus – ein Schauspiel, von dem wir nicht genug kriegen konnten!

Und so wurde »Krotti« denn auch bald der salatverwöhnte Mittelpunkt, den die ganze Familie unter Vernachlässigung manch anderer Pflichten über weite Teile des Tages (und nachts!) auf geradezu widernatürliche Weise hätschelte – ein Zustand, der ohne jede Besserung beider Seiten über drei Jahre nahtlos anhielt.

Der Abschied kam aus heiterem Himmel, und wieder von einer Sekunde auf die andere.

Wer von uns den schweren Stuhl umgestoßen hatte, wußte nachher keiner mehr zu sagen. Aber die Lehne schlug wie auf den Millimeter berechnet so knallhart neben »Krotti« ein, daß sie vor Entsetzen einen Satz tat, buchstäblich vom Fußboden abhob und eine lange, sehr lange Sekunde mit dem Panzer in der Luft stehenblieb, ehe sie wieder alle viere von sich streckte, diesmal jedoch für immer: Der Schreck hatte Krottis Herz zum Stillstand gebracht.

Von Stund an sollte – diesmal auf Eid! – nun wirklich kein Tier mehr über unsere Schwelle treten, laufen, krabbeln oder gehoben werden – was nach dem immer umfassender werdenden Entrechtungskatalog und seinen »Durchführungsverordnungen« gegen Rasseverfolgte im nationalsozialistischen Deutschland inzwischen ohnehin längst verboten war. Wenn uns damals dennoch in diesem Punkt nichts passierte, so verdankten wir das dem Umstand, daß sich unter unseren Nachbarn kein Denunziant befunden hat.

Denn es sollte noch ein drittes, und nun wahrhaft allerletztes Beispiel für unseren Wortbruch aus reiner Liebe geben.

Wir nannten ihn Bob, einen Spitz, wenige Wochen alt, als wir ihn zu uns nahmen, ein Fellknäuel, wie wir es uns immer gewünscht hatten und das uns im Sturm eroberte. Auf die Straße durften wir nicht mit ihm, es war schon bedenklich, daß er bellte, obwohl jedermann im Haus von der Hundeexistenz wußte. Wie wir die Probleme hätten lösen wollen, die der Spitz unweigerlich gemacht hätte, wenn er gewachsen wäre – Auslauf, Nahrung, Fäkalien, solcher Sorgen wurden wir bald enthoben, denn Bob wurde nicht alt.

Hunde durften bei Fliegeralarm nicht mit in den Schutzkeller. Dennoch hatte eine Nachbarin unseres Hauses während des ersten der schweren Angriffe auf Hamburg durch die Royal Air Force, vom 24. auf den 25. Juli 1943, ihren Hund in einem Raum unter der Kellertreppe eingeschlossen, und sie hatte das in der Nacht vom 27. auf den 28. Juli wiederholt. Dort wäre auch für Bob Platz gewesen. Aber ohnehin gefährdet, da ein einziger Einspruch schon genügt hätte, unsere Familie aus dem Schutzraum zu verbannen, wagten wir nicht, danach zu fragen.

Und so verbrannte unser Spitz beim Untergang Barmbeks in den frühen Morgenstunden des 30. Juli 1943, dem Tag unserer Ausbombung, im Haus in der Hufnerstraße 113, vier Monate und drei Tage alt, von denen »Bob« drei Monate und zwei Wochen in unserer Obhut war.

Sie hatte ihn nicht retten können.

Soll doch *ihr Geheimnis* bleiben, wie die Fabelgeschöpfe untergegangen sind

Der Report über die seltsamen Beziehungen unserer Sippe zur Tierwelt kann jedoch nicht geschlossen werden, ohne von meinem Verhältnis – was sage ich? –, meiner pathologischen Verflechtung mit einem Sondergeschlecht aus dem Reich der Wirbeltiere zu berichten, dem ich auf eigene Weise verfallen bin, seit ich die ersten Reproduktionen ihres Artenreichtums und ihrer Formenvielfalt mit ungläubigem Entsetzen berauscht in Händen hielt. Ich spreche von jenen ungeheuerlichen Schöpfungen der Evolution, die wie Wahngebilde länger als hundertzwanzig Millionen Jahre über die Erde trampelten, ehe sie nachkommenlos von der Bildfläche verschwanden, um dann doch Äonen später mit ihren Fossilien die menschliche Phantasie, besonders die meine, zu beflügeln wie keine andere Spezies der Fauna – *die Saurier!*

Sie jagen mir einen bewundernden Schauder nach dem anderen über den Rücken, haben mich immer fasziniert, diese Kolosse, meine Phantasie entzündet wie keine andere Tiergattung auf dem organischen Schorf unseres Planeten, ja, sind mir sogar bis in begeistert herbeigesehnte Alpträume gefolgt.

Die Fischigen und die Schlangenhalsigen, die Ichthyosaurier und die Plesiosaurier! Iguanodon, Diplodocus, Triceratops und Brontosaurus! Geschöpfe von der Kleinheit einer Maus bis zu dreißig Meter langen Giganten mit Lebendgewichten von bis zu fünfzig Tonnen; im Wasser lebende Pflanzenfresser, deren Eigengewicht sie auf festem Boden erdrückt hätte, und Fleischfresser, deren Wuchs und Ausstattung alle Höllenphantasien hinter sich lassen; die größten und stärksten Raubtiere, die je von der Natur hervorgebracht worden sind:

Mäuler mit Zähnen und Schneiden von zwanzig Zentimetern und mehr!

Gewiß, sie interessierten mich alle, die Sauropoden und die Ornithopoden; Proterosaurus und Saurolophus; die Ungeheuer in den Lüften und die Scheusale in den Weltmeeren; die Baumkletterer, die Entenschnabelechsen und die Grünzeug fressenden Riesen, deren zyklopische Fußabdrücke einen ungläubig staunen lassen. Aber kein Sproß der Saurierzeit, nicht aus dem Devon und nicht aus dem Karbon, weder die Kopffüßer noch die Vogelfüßer, keiner von ihnen konnte es aufnehmen mit der magischen Anziehungskraft der Krone aller Echsenkronen, dem König der Räuber und Schrecken der späten Kreidezeit: Tyrannosaurus rex!

Und bei dieser magnetischen Attraktion der Saurier auf mich ist es bis heute geblieben, also über mehr als ein halbes Jahrhundert hin.

Wo immer ich bin, in welchem Buchladen, welcher Bibliothek ich auch stöbere, kaum einmal versäume ich es, nach Saurierliteratur zu forschen, eingeschlossen die Bücherregale bei Freunden und Bekannten, wenn mir nur ein bißchen Zeit belassen ist. So habe ich, bei Verwandten zu Besuch, über viele Jahre hin immer wieder nach demselben Werk gegriffen, einer tief ins Detail gehenden Abhandlung jener Ära, in der Saurier souverän über die Erde geherrscht haben, »Donnerechsen« in des Wortes wahrer Bedeutung, denn wo sie hintraten, bebte der Boden.

Endpunkt der Lektüre aber war stets das Kapitel über die königliche Freßmaschine von vierzehn Metern Länge und bis zu fünf Metern Höhe, das Entsetzen einer ungeheuren Strecke in der Geschichte der Fauna bis zum Ende der Kreidezeit – den Tyrannosaurus rex.

Nur irrte, wer da Assoziationen zu meiner oben eingestandenen Anfälligkeit für das Ultrahäßliche witterte, wer die Faszination des afrikanischen Warzenschweins auf mich verwechselte mit meiner Verlorenheit an den dreißig Tonnen schweren Apatosaurus, an die Fünfzehn-Meter-Flügelspannweite von Quetzalcoatlus, an die allein zweieinhalb Meter messenden Armgerüste von Deinocheirus oder an das Urmeerkrokodil Metriorhynchus, das vom Land- zum Wasserräuber mutiert war.

Saurier! – Das kommt von einem anderen Archipel der Erdgeschichte her, reicht zurück in eine Fabelwelt von

höchster Realität, versetzt nach Gondwana, dem zusammen-
hängenden Urkontinent, der sich Millimeter um Millimeter
in erdteilgroße Schollen auflöste – Südamerika, Afrika, Vor-
derindien, Australien, die Antarktis! – und mit seinen inter-
maritimen Driftungen die Spuren der Saurier über den ganzen
Globus verteilte – von Montana bis in die Wüste Gobi, von Feu-
erland bis Alaska, vom Eis Spitzbergens bis zu den Glet-
schern am Südpol.

Saurier! – Das ist ein anderes Universum, hat einen entle-
generen Ursprung als die samtene Welt von Fell und Haar,
von Pfoten und Tatzen, von Hecheln und Bellen, von Tieren,
die berührt, gestreichelt, gekost, verwöhnt werden können,
nahe und anfaßbar.

Saurier! – Da bleibt nichts als Staunen, meist sprachloses,
wenn es nicht gerade, wie hier, in eine lang angestaute Orgie
der Begeisterung ausbricht. Doch auch das nur, um das
Ventil, aus dem sie hervorzischt, bald wieder zu schließen.

Es gibt Autoritäten, vor denen man nur verstummen
kann.

Nach wie vor stehe ich den phantastischen Hervorbrin-
gungen jener Erdepochen fassungslos gegenüber, mich oft
dabei ertappend, die Reptilien in ihrer schieren Unglaublich-
keit eher für synthetische Ausgeburten fehlgeleiteter Wissen-
schaftler zu halten als für Wesen, die tatsächlich gelebt
haben, und das über einen für menschliche Endlichkeiten so
völlig unvorstellbaren Zeitraum hin.

Aber die Beweise ihres Daseins sind überwältigend, die
Grabungen und Entdeckungen von einem Formenreichtum,
den sich niemand vorstellen konnte, seit vor wenig mehr als
hundertfünfzig Jahren, einem Lidschlag der Geschichte nur,

Knochenfunde von verstörenden Dimensionen zu wissenschaftlichen Forschungen provozierten, deren Ende nicht abzusehen ist, ganz zu schweigen von dem brennenden Interesse einer stetig wachsenden Laienschar in der ganzen Welt, zu der naiverweise auch ich mich zähle.

Wer einmal im Naturkundemuseum der Berliner Humboldt-Universität neben *Brachiosaurus brancai,* dem Skelett eines der größten Saurier aller Zeiten, gestanden hat, der kann sich nur fragen, wieso diese gewaltigen Tiere überhaupt abgetreten sind und nicht bis in alle Zeiten, also auch in unsere Gegenwart, ihr herrschaftliches Dasein fortgesetzt haben.

Doch dürfte wahrscheinlich jeder aufmerksame Beobachter spätestens dann nachdenklich werden, wenn ihm zum erstenmal der frappierende Gegensatz zwischen den Riesenleibern und den winzigen Köpfen, oft nicht mehr als ein Knoten am Ende des Halses, aufgefallen ist. Hier hat die Evolution in eine Sackgasse geführt, und deshalb bin ich von Anfang an allen Theorien skeptisch entgegengetreten, und kämen sie auch in wissenschaftlichem Gewand daher, die das plötzliche Verschwinden der Saurierordnung vor rund fünfundsechzig Millionen Jahren auf außerirdische Einflüsse zurückführen wollen. Etwa auf kosmische Geschosse, die mit tödlicher Wucht auf die Rinde unseres Planeten einschlugen und zu Klimaveränderungen führten, denen sich die hirnarmen Reptilien angeblich nicht anpassen konnten. Ich glaub's nicht.

Im übrigen – soll es doch ihr Geheimnis bleiben, wie die Fabelgeschöpfe untergegangen sind, ob plötzlich oder in Millionen Jahren, wenn wir nur von ihrer Existenz wissen, einer Megafauna, die alles in den Schatten stellt, was die

Natur davor und danach gezeugt hat. Gewiß, anzufassen ist davon nichts mehr, es sei denn die in Museen ausgestellten Riesenknochen. Aber meine Beziehungen zur Tierwelt wären nur unvollkommen dargestellt, hätte ich nicht dieses starke Interesse auch für die Ausgestorbenen bekannt, das bizarre Geschlecht der Saurier, das so unendlich fern in der Vorzeit lebte und uns doch durch die Mittel der Paläontologie, der Wissenschaft, der Technik und des unbesiegbaren menschlichen Forschungsdrangs so nahegekommen ist.

Eine trennende Wirkung von der Welt der anfaßbaren, selbsterlebten, der zeitgenössischen Tiere hat die Saurierfaszination aber nie gehabt.

Über alles familiäre Glück und Unglück hinaus stellte und stellt die Liebe zu ihnen eine außergewöhnliche Kontinuität im Leben aller Familienmitglieder dar, derer, die inzwischen gestorben sind, und derer, die noch leben – verrückt nach Tieren, dem übertriebenen Umgang mit ihnen oft genug bis zum Unwohlsein überdrüssig und ihnen dennoch hoffnungslos verfallen, vornehmlich denen mit Fell.

So beginnt der familiäre Einschub in diesem Buch, und so soll er auch enden – ohne daß damit aber auch schon die Kette meiner Tiererlebnisse und die Kunde davon abgebrochen wären.

Sansibar

oder

Ostpreußen in Köln-Süd

»Kaum ist ein ungewöhnlich großer und mit angewinkelten Flügeln erschreckend niedrig fliegender Storch vorbeigezogen, da sehe ich auf der Spitze eines Baumes und hoch darüber hinausragend eine Rohrweihe – mit ihrem eleganten Kopf, dem langen Hals und dem dünnen Schnabel eine einzige Schlankheit. Als das Boot näher gleitet, wird sie unruhig, hebt mit langen Schwingen ab, zieht mit künstlerischer Bewegung den geschwungenen Hals ein, wird dadurch kürzer und ist bald verschwunden.«

So steht es in meinem Buch »Ostpreußen ade – Reise durch ein melancholisches Land«, Momentaufnahme während einer einsamen Bootsfahrt durch masurische Seen und Flüsse. Dieser Reiher war natürlich nicht der einzige, den ich in jener immer noch fast unberührten Landschaft entdeckte. Überall dort hatte seinesgleichen im Röhricht, an den Ufern der Seen, im Schilf gestanden, gewatet, gelauert, mit den langen Stelzbeinen auf der Jagd nach Fischen, Mäusen, Fröschen. Überall hatte ich ihnen atemlos zugeschaut, bemüht, keine Bewegung zu machen, um sie nicht zu verscheuchen, und immer darauf aus, ihre Nistplätze in hohen Bäumen zu entdecken. Weißgraue Schönheiten sind das, mit langen Schulterfedern, aerodynamische Wunderwerke, die sich schwerelos in die Lüfte heben, dabei den S-förmig geschwungenen Hals einziehen und davonsegeln wie das Urbild der Flugfähigen.

Und dann, lange nach meiner Rückkehr aus Ostpreußen, sehe ich plötzlich – es kann nicht wahr sein! – ein herrliches Exemplar dieser Schreitvögel am Teichrand jenes Biotops herumstolzieren, das grün und dicht den wohltuenden Mittelpunkt des Wohnparks bildet, wo ich hause und nun aus der Höhe konsterniert auf das unwahrscheinliche Bild da unten blicke.

Eine Halluzination? Keineswegs, denn dort stolziert wahrhaftig ein Reiher durchs Wasser, ganz vorsichtig, mit langem Hals und in eindeutiger Absicht – nämlich möglichst viele von den Goldfischen, die da in Schwärmen herumschwimmen, aufzuschnappen und seinen Schlund hinabgleiten zu lassen. Welch ein Anblick!

Sansibar – so tauft meine Frau den Reiher in der ersten Minute –, Sansibar watet wie eine fremdländische Erscheinung gravitätisch daher, fast bis zum Rumpf im Wasser, das Auge schwarz gezeichnet, mit einem Strich nach hinten, und der Schnabel gelb.

Nach der ersten Überraschung die natürliche Frage: Wie kommt ein solcher Wildvogel hier mitten in die Zivilisation? Was treibt ihn aus der Natur in die Nähe des Menschen? Sind es die Gifte in den Flüssen, die den Fischreihern den Appetit verderben, oder der chemische Dünger auf den Äckern, der die Beutetiere verseucht?

Ich weiß es nicht, und im Augenblick ist es mir auch, ehrlich gesagt, ziemlich egal, ja, will mir kein ökologischer Preis zu hoch erscheinen, der Sansibar da unten an den Teich getrieben hat.

Wie in Zeitlupe schreitet er an der festen Kante des Ufers entlang, dippt dann und wann den Schnabel ins Wasser, als wollte er trinken, und läßt jäh den langen Hals wie ein Teleskop ausfahren, wenn knapp unter der sonnenfunkelnden Oberfläche ein goldener Happen ahnungslos in seine gefährliche Nähe schwimmt.

Dann schwingt der Kopf nach unten, wird ruckhaft, in Etappen gesenkt, tiefer und tiefer, ehe Sansibar zustößt oder sich wieder aufrecht stellt, je nach Lage der Dinge, ob Erfolg oder Mißerfolg.

Da seit dem ersten Anblick Monate vergangen sind, weiß ich, wovon ich rede, wenn ich sage: Sansibar hat sich zu einem äußerst arbeitshemmenden Faktor in meinem Leben gemausert. Habe ich mir doch inzwischen angewöhnt, nach jeder Viertelstunde den Schreibprozeß zu unterbrechen, vom Stuhl aufzustehen, die Wohnung im Geschwindschritt von der einen zur anderen Seite zu durchqueren und hinunterzulugen, ob sich Sansibar zwischen Schilf und Busch erneut eingefunden hat.

Oft genug sind Mühe und Aufwand vergeblich, aber immer wieder habe ich auch Glück – Sansibar hat das Biotop ganz offenbar seinen anderen Jagdgründen zugeschlagen. Verkehrt er nun doch regelmäßig, wenn auch ohne feste Zeiten, zwischen seinem unbekannten Nistplatz und dem Goldfischteich da unten, silbergrau das Federkleid, gelb-beinig, hochalarmiert, ein deplacierter, aber wunderbarer Fremdkörper – Ostpreußen in Köln-Süd!

Kurioserweise erheben sich aus dem Teich, wie eine ungeplante Einladung an Sansibar, fünf seiner Artgenossen, wenn auch nicht aus Fleisch und Federn, sondern in Gestalt dunkel glänzender Metallplastiken, die lange vor Sansibars Ankunft dort aufgestellt worden waren. Eine Zweier- und eine Dreiergruppe, getrennt an den gegenüberliegenden Ufern postiert, hoch aus dem Tümpel ragend und, wie ich hinreichend beobachten konnte, von ihrem natürlichen Ebenbild auch nicht eines einzigen Blicks gewürdigt.

So ist Sansibar für meine Frau und mich in kurzer Zeit zu einer Institution geworden, einem Gespielen, wie ein guter Freund, obschon er keine Ahnung hat von unserer Existenz. Vom Fernstecher irritierend nahe herangeholt, kenne ich Sansibar in allen Lebens- und Fluglagen. Wie er in seine Habachtstellung verfällt, auf einer kleinen runden Plattform mitten im Teich nur ein Bein herabläßt und so stundenlang da steht; wie er vorsichtig am Ufer entlanggleitet, gleichsam schleichend, als rollte er auf Kugeln dahin. Aber auch, wie er plötzlich losstürmt und sich flügelschlagend, wenn auch ungern, ins Wasser stürzt, um so an seine Beute zu gelangen.

Leicht macht die es ihm wahrlich nicht: Von zehn Schnabelstößen gehen, nach meinen statistischen Beobachtungen, durchschnittlich neun ins Leere – soweit Sansibar überhaupt dazu kommt.

Die meiste Zeit wartet der Reiher, wenngleich in einer Haltung von vollendetem Stolz. Nicht etwa, daß Goldfische unserer Tage klüger wären als ihre Vorfahren und sich bewußt von dem hochbeinigen Jäger fernhielten. Das wird eindeutig widerlegt durch jene Schwärme, die sich zahlreich und in durchaus erreichbarer Distanz vor Sansibars gierigem Schnabel tummeln. Die Tücke des Jagdplatzes besteht vielmehr darin, daß die weitaus meisten dieser leckeren Edelhappen für Sansibars Möglichkeiten einfach zu groß sind, zu prall, zu breit und zu lang. So kommt es denn immer wieder zu der grotesken Szene, daß der Reiher, den Hals weit ausgefahren und vor Heißhunger taumelnd, mit der Schnabelspitze ganz nahe über der Wasseroberfläche giert, während seine Augen, wie das Fernglas offenbart, ihm fast aus den Höhlen treten wollen. Und zwar um so weiter, je größer der verdammte Fisch ist, der da provokant vor Sansibars stoßbereitem Schnabel hindümpelt, als wüßte er von seiner Unangreifbarkeit.

Doch dumm ist der Reiher nicht, sondern er weiß ganz genau, daß er solche Brocken nicht hinunterkriegt. Und so läßt er es denn lieber, als Energien zu vergeuden.

Aber natürlich lächelt ihm auch immer wieder das Jagdglück, muß einer dran glauben, ob nun der Unterart *Kometenschweif*, *Schleierschwanz* oder *Löwenkopf* zugehörig, immer wieder ist Sansibar erfolgreich. Dann zappelt ihm blinkend, schlundgerecht und ohne jede Hoffnung auf Entkommen ein Fischlein im Schnabel, um mit kunstvollen Manövern aus der Quer- in die Längslage gebracht und lebendigen

Leibes in die lichtlose Höhle des salzsäuregesättigten Reiher-
magens befördert zu werden.

Da habe ich es denn wieder einmal so richtig plastisch
vor mir, das Gesetz der Natur in der angeblich so herrlichen
Schöpfung – »fressen und gefressen werden«! Und zwar
fressen immer die Stärkeren die Schwächeren, wobei fast
jeder Stärkere einen noch Stärkeren über sich hat, und jeder
Schwächere einen noch Schwächeren unter sich. In Ordnung, denke ich bei der beklemmenden Vorstellung des
japsenden Goldfischs tief in Sansibars engem Bauch, vollkommen in Ordnung sogar, wenn nichts als die Natur die
Hand im Spiele und sie dieses Gesetz (woran *ich* glaube)
aus sich und ihren Notwendigkeiten heraus gezeugt hat.
Fragwürdig wird es doch nur, wenn ein Allmächtiger und
Allgütiger mit der Natur auch gleich jenes erbarmungslose
Gesetz geschaffen haben soll, dieses ununterbrochene Hacken,
Beißen, Schlingen, Würgen und Aufschlitzen. Hätte es da, frage
ich mich angesichts des satten Nachklapperns von Sansibars
Schnabel, hätte es da nicht auch eine andere Methode zur Ar-
tenerhaltung geben können als diese grausame Massentötung
von oben nach unten? Die selbstverständlich nicht »grausam«
ist, wenn, es sei wiederholt, die Natur das »Fressen und Gefres-
senwerden« aus sich heraus, ohne »Schöpfer«, geboren hat
(woran ich »glaube«).

Womit meine kritische Bewertung des Bibel- und Gottes-
worts »Und siehe da ... er fand es gut« auch schon abgebrochen wird, zumal ihre Ausdehnung auf den Menschen, angeblich Gottes Ebenbild, aber dennoch der größte Töter aller
Zeiten, Weiterungen nach sich zöge, die das Thema dieses
Buches klar verfehlen würden (zumal die allbekannten

theologischen Antworten ohnehin an Überzeugungskraft nichts dazu gewonnen haben).

Sansibar, von solchen Erwägungen frei, hat sich inzwischen einen zweiten Fisch zu Gemüte geführt, größer als der erste, doch klein genug, um durch seine Speiseröhre zu rutschen.

Nun setzt er sich auf den metallenen Podest mitten im Teich und wird dort, allen Erfahrungen nach, so lange bleiben, bis sein weißes Federkleid langsam, ganz langsam von der Dunkelheit verschluckt wird.

Längst ist Sansibar eine lokale, ja, regionale Berühmtheit geworden, alle Menschen der Umgebung kennen ihn. Wenn er auftaucht, füllen sich die Balkons des Wohnparks, und auch Fotoapparate mit »langen Tüten« habe ich schon klicken gehört.

Ich bin einmal bei einem späten Spaziergang auf wenige Meter an ihn herangekommen, habe leise und werbend auf ihn eingesprochen und wurde dafür mit seiner bleibenden Nähe und würdevollen Aufmerksamkeit über die Maßen belohnt.

Ich kann mich nicht satt sehen an Sansibars Silberkleid, seinem geschwungenen Hals und dem stromlinienförmigen, von einem schmalen schwarzen Strich wie künstlerisch gezeichneten Kopf.

Doch alles, was der Reiher zu bieten hat – und das ist, wie wir gesehen haben, nicht wenig –, alles wird bei weitem überboten von der Pracht, nein, von der Aufführung seines Anflugs.

Allein schon das Vorspiel! *Wie* er einschwebt, *wie* er einsegelt, einschwenkt – eine ehrliche Wiedergabe meiner Gefühle käme dabei um die Vokabel hysterisch kaum herum.

Meist sehe ich Sansibar zuerst durch das Fenster meines Arbeitszimmers, wenn er sich aus südlicher Richtung, von seinem unbekannten Nistplatz her, auf immer der gleichen Route größer und größer nähert und dann hart rechts vorbei übers Dach des achtgeschossigen Hauses auf die andere Seite des Wohnparks rauscht. Sogleich haste ich hinüber, um die Ellipsen und die Kreise zu verfolgen, die der Reiher, eine Flugschönheit sondergleichen, schwungvoll zieht, ehe er sich irgendwo da unten mitten in Grün und Feuchtigkeit niederläßt: die Flügel in voller Spannweite ausgebreitet, jede Bewegung von betörender Eleganz, und perfekt in den Kurven, wenn er niedergleitet und zwischen Baum und Busch genau auf die Stelle fällt, die sein scharfer Blick schon von weit oben ausgemacht hat.

Manchmal jedoch laufe ich, nachdem Sansibar angeflogen kommt, auch vergeblich auf die andere Seite. Lange herrschte Ungewißheit: Hatte er abgedreht, nach rechts, dem Rhein zu, oder über ihn hinweg, wo, wie es heißt, noch andere Reiher nisten sollen? Keineswegs – Sansibar macht dann nur halt auf dem Dach des Hauses, zwei Stockwerke über mir, mit prächtigem Blick nach allen Seiten und sicherlich die potentielle Beute, die da unten gülden schwimmt, schon scharf im Auge.

Eine kurze Zeit sorgte Sansibar für Verwirrung, da er unerklärlicherweise plötzlich eine andere Gestalt angenommen zu haben schien – ein wenig geschrumpfter als sonst, nicht mehr so kräftig wie üblich und außerdem, sagen wir – lieblicher. Des Rätsels Lösung: Sansibar hatte eine Gefährtin bekommen, ein Reiherweibchen war dazugestoßen, oder weilte vielleicht schon länger bei ihm, war hier aber bisher nicht aufgetaucht (muß ich mich eines Stichs von Eifersucht schämen, als ich das traute Paar dann da unten nicht nur nacheinander, sondern auch nebeneinander schnäbelnd gewahrte?). Da die Begegnung mit dem Reiher in der Gegenwart stattfindet und nicht etwa weit zurückliegt, also in der Mitte meines achten Lebensjahrzehnts erfolgt, erkenne ich mit Freuden, daß sich an den alten Verrücktheiten wenig oder gar nichts geändert hat, ja, daß der Virus unserer seltsamen Tierliebe sogar fröhliche Urständ feiert. Muß ich doch bekennen, daß Tagesverfassung und Wohlbefinden nicht zuletzt davon abhängen, ob Sansibar auftaucht oder ob er mir die Gunst seines bis tief in die Dunkelheit schimmernden Anblicks zu entziehen beliebt.

Im Moment strahle ich – Sansibar steht unten auf dem runden Metallpodest, mitten im Teich, hat den Hals und das rechte Bein eingezogen, läßt sich die Sommersonne auf die hellen Federn brennen und kehrt mir seine volle Silhouette zu. Vor dem dunkelgrünen Hintergrund der wuchernden Teichvegetation, dem Röhricht und dem Schilf, den Schatten, die die Bäume werfen, und den windgekräuselten Wellen sieht es aus, als befände Sansibar sich ganz woanders – Ostpreußen in Köln-Süd!

Die Hyäne
von
Oud Wassenaar

Es geschah während einer Dreharbeit fürs Fernsehen in den Niederlanden, nahe Scheveningen.

Der Termin eines Interviews schob sich hinaus, wir hatten Zeit, und der Zoo von Oud Wassenaar war nahebei. Das Interesse für den Tierpark beschränkte sich allerdings auf meine Person, die Wartestunde, die wir hatten, wollten Kameramann, Assistent und Toningenieur mit solchem Besuch »nicht vertun« – sie hatten, wie sie sagten, Besseres vor (ich weiß heute nicht mehr was, argwöhne aber, daß die Ursache dafür in einer anderen Beziehung zur Tierwelt als der meinen lag).

So betrat ich denn den Zoo allein, und müßte schwindeln, wenn ich auch nur das geringste über ihn im Ganzen sagen sollte. Zum Beispiel, wie er angelegt und mit welchen Tieren er ausgestattet war, oder was Oud Wassenaar hergab im Vergleich zu anderen Zoos, die ich kenne – ich müßte stumm bleiben.

Die Ursache dafür ist simpel: Ich bin über den Eingangsbereich nicht hinausgekommen – diesmal nicht und bei späteren Besuchen, von denen noch die Rede sein wird, ebenfalls nicht.

Hier die Zusammenhänge.

Mit der Eintrittskarte in der Hand, schlendere ich ziellos ins Innere des Zoos, biege um die nächste Ecke – und bleibe gleich vorn schon wie angewurzelt stehen. Zwanzig Meter von mir entfernt sehe ich zwei kleinwüchsige Männer, unverkennbar Japaner, vor einem Käfig, in dem sich ein unheimliches Tier auf den Hinterbeinen hochgereckt hat: Es ist mehr als einen Meter groß, von gelbgrauer Grundfarbe, mit gewaltigem Kopf, dichtem Fell und buschigem Schwanz, hat die Vorderpfoten an das Gitter gestemmt und beiden Besuchern die dunkle Schnauze weit aufgerissen zugekehrt – eine Hyäne!

Die Wirkung auf die Japaner muß ambivalent gewesen sein.

Da der Anblick des aufgebrachten Tieres selbst unerschrockene Zeitgenossen das Gruseln hätte lehren können, nimmt es nicht wunder, daß die Japaner vor der Wut der Hyäne förmlich zurückprallten, obwohl sie doch durch die starken Gitterstäbe hinreichend geschützt waren. Dann fanden die beiden Asiaten an der Szene offenbar aber dennoch ein so lustvolles Gefallen, daß sie ihrem Fluchtinstinkt nicht nachgaben, sondern sich mal weit vorwagten, dann wieder zurücksprangen, wobei sie sich gegenseitig schrill ermutigten – Laute, die seltsam exotisch in der Luft stehenzubleiben schienen.

Nie jedoch kamen die beiden der fauchenden Bestie näher als bis zu jenem Staket, das sich in Hüfthöhe vor dem Käfig hinzog, von beiden Seiten jedoch den Zugang zu ihm offenließ – ein Zwischenraum von gut fünfzig Zentimetern, in dem ein Mensch ohne weiteres Platz gehabt hätte. Aber die Besucher aus dem Fernen Osten hielten Distanz, und zwar aus guten Gründen, so, wie das gewaltige Tier sich gebärdete: fauchend die Vorderläufe durch die Gitterstäbe nach draußen gestreckt und mit hochgezogenen Lefzen sein eindrucksvoll bezahntes Gebiß fletschend. Wahrlich, niemand, der davor Reißaus nahm, hätte deshalb der Feigheit bezichtigt werden dürfen!

Zum Verständnis kommender Geschehnisse sei hier angemerkt, daß zu dieser Stunde, früh am Morgen eines Werktags, außer den beiden Japanern und mir kein Mensch in der Nähe war, auch kein Wärter noch sonstiges Personal. Also konnte das, was sich nun zutrug, auch keinem anderen gelten als mir.

Die rasende Hyäne hielt nämlich plötzlich inne, abrupt, verharrte so, kehrte dann den mächtigen Kopf in meine Richtung und erschlaffte sichtlich, gerade, als beende sie einen bisherigen Zustand, um in einen nächsten, ganz anderen, überzuwechseln.

Und das geschah dann auch.

Denn nun drehte die Hyäne sich um, das heißt, sie warf sich mit dem Rücken gegen das Metallgitter, reckte sich dabei noch höher auf, holte gleichzeitig tief aus ihrem Inneren orgelnde Kehllaute hervor und kehrte mir, den Kopf weit nach hinten gebogen, das eben noch wilde Auge mit einem Ausdruck so flehender Erwartung zu, daß ich meiner Wahrnehmung nicht trauen wollte.

Was ging in diesem rauh behaarten Schädel vor sich?

Fortwährend und mit großer Wucht rücklings gegen das Gestänge gepreßt, das dunkle Haupt mit aufgerissenem Maul und heraushängender Zunge fast um die eigene Achse gekehrt, verlangte die Hyäne eindeutig nach Körperkontakt.

Aber wäre das nicht gefährlich?

An dieser Stelle muß ich einschieben, daß ich eine seltsame Mischung aus ständig wacher Furcht und geradezu törichter Furchtlosigkeit bin, übrigens auch immer schon war. Als kleiner Junge, des Schwimmens noch unkundig, balancierte ich im Hamburger Stadtpark auf schmalen Geländern hoher Brücken; ließ mich später auf den Schrägdächern vierstöckiger Häuser bis zu wackligen Regenrinnen herunter, dem letzten Halt zwischen mir und dem Straßenpflaster achtzehn Meter tief unten; und noch im fortgeschrittenen Alter habe ich, ohne zu zögern, Andenflüsse überquert, und zwar dort, wo sie am reißendsten sind, also an ihrem Oberlauf.

Ebenso aber wittere ich überall notorisch Ungemach, an sämtlichen Ecken und Enden, bin ich im Auto ständig unfallbewußt, schätze jede Situation auf ihre physischen Gefahren hin ein und trete Bahnfahrten, wie überhaupt alle Unternehmungen, bei denen mein Schicksal in den Händen anderer Leute liegt, mit grundsätzlich unguten Gefühlen an.

Hier aber, im Zoo von Oud Wassenaar, war mir, als hätte es Furcht nie gegeben, als sei das eine fremde, unerfahrene Empfindung, mit der sich mein bisheriges Leben nicht auseinanderzusetzen hatte. Warum sollte ich der unverblümten Einladung aus dem Käfig auch mißtrauen? Ging hier nicht so etwas wie eine geheimnisvolle Zähmung vor sich?

Also trat ich zwischen Vorgitter und Käfig ebenso unerschrocken wie nahe an die Hyäne heran, was sie sofort damit belohnte, daß sie ihr Fell fest gegen die Stäbe drückte und mir damit nach Herzenslust eine Massage ermöglichte, die das Tier vor Wonne an den Rand einer Ekstase zu bringen schien. Denn wieder und wieder warf es sich mit dem Rücken derart heftig gegen die Stäbe, daß sie bebten, wobei der große dunkle Kopf mit dem aufgerissenen Maul und den bettelnden Augen so weit wie möglich zu mir hin gedreht war.

Nun wissen Leserinnen und Leser natürlich, daß Hyänen nicht gerade zu den Schönheiten der Tierwelt zählen (so weit es zulässig ist, solche Bewertungen unseren Kriterien zu überlassen). Die Räuber sehen tatsächlich ganz abscheulich aus, mit dem nach hinten stark abfallenden Rücken, den kurzen, gebogenen, irgendwie feige wirkenden Hinterbeinen und den großen Ohren. Nein, man kann sich drehen und wenden, wie man will, attraktiv sind sie wirklich nicht, diese nachtaktiven Aasfresser und gnadenlosen Beutereißer, deren greuliche Erscheinung das Fernsehen mittlerweile bis in die letzte Hütte ausgestrahlt hat.

Aber obschon mir Reaktionen der Abscheu und des Widerwillens durchaus verständlich sind − in mir haben Hyänen immer eine gegenteilige Wirkung hervorgerufen, ungeachtet ihres wenig einnehmenden Aussehens. Sei es, daß die von mir bereits eingestandene Anziehungskraft des Häßlichen dabei eine Rolle gespielt hat, sei es, daß es ein Reflex auf die allgemeine Ablehnung ist, die Hyänen entgegenschlägt – ich fühlte mich bei ihrem Anblick jedenfalls auf merkwürdige Weise berührt und neugierig angestoßen. Und das so sehr, daß ich mir Bücher über sie beschafft und nach ihnen geforscht habe, wo und wann immer sich die Gelegenheit ergab. Dabei trieb ich es so weit, daß ich bald nicht nur die vier Arten der *Hyaenidae* voneinander unterscheiden konnte - wie die *Streifen-Hyäne*, den *Erdwolf* oder die *Schabrackenhyäne*, die auch *Strandwolf* genannt wird –, sondern auch meine Lieblingsvariante gefunden hatte: die *Tüpfelhyäne*.

Und im Fell einer Tüpfelhyäne wühlte ich hier nun!

Ich hatte sie sofort erkannt, *Crocuta crocuta*, sozusagen die Hyäne aller Hyänen: einmal an den charakteristischen dunkelbraunen bis schwarzen Flecken, die ihr den Namen gegeben haben, aber dann auch, weil die Begegnung im Zoo von Oud Wassenaar nicht die erste war – ich kannte Tüpfelhyänen schon aus ihrer angestammten ostafrikanischen Heimat: aus Uganda, Kenia, Tansania.

Dort, in der Wildnis, hatte ich sie beobachtet, hatte ich ihr photographische Hinterhalte gelegt, bin ich Hyänen über die Steppe nachgejagt, sobald die Dreharbeiten es erlaubten.

Ein Film über diese Tiere, wie es meine Absicht war, ist dennoch leider nie zustande gekommen, widrige Umstände haben ihn verhindert, wie dieses und jenes andere Projekt auch. Bei manchen von ihnen hat es mich später nicht geschmerzt, doch diesen einen, den Film über Hyänen, hätte ich gar zu gern in die Scheuer meiner Autorschaft eingebracht. Es hat nicht sollen sein.

Die krause Vorliebe für sie bedeutete natürlich nicht, daß ich kein Auge, Ohr und Herz gehabt hätte für die sonstige Tierwelt in dem einmalig phantastischen Großwildbiotop Ostafrika – nichts weniger als das.

Wie ginge das auch bei all den eingebrannten, unvergeßlichen Bildern?

Die große Wanderung der Gnus, Zebras, Büffel und Antilopen von der Serengeti zum Masai-Mara-Wildreservat, aus der Luft beobachtet – Hunderttausende bewegter Punkte auf *einen* Blick, *einem* Gesetz gehorchend, Herde auf Herde, und alle in die gleiche Richtung ziehend. Zeitlos die große Migration, wie vor zehntausend Jahren schon, gelenkt von Kraft, dem sichtbaren, und von Instinkt, dem verborgen arbeitenden Wunder da unten.

Wie die Flüsse aufblitzen, wenn ihr Spiegel von unzähligen Hufen zersplittert wird, und der Staub hochwallt von den Abhängen, die erklommen oder herabgeglitten werden müssen.

Am Boden dann Nähe – die Löwin mit ihren halbstarken Jungen, bei sinkender Sonne, unweit der Lodge. Und am nächsten Morgen der schon halb ausgeweidete Büffel, den die große Raubkatze nachts, keine zweihundert Meter entfernt, gerissen hatte, ohne daß auch nur *ein* Laut von Jagd und Tod bis zu uns gedrungen wäre.

Der jähe Stopp auf einer Fahrt quer durch die Savanne: ein filigraner Gepardenkopf über den schaukelnden Gräserspitzen, regungslos, erschütternd in seiner unbewußten Grazie, wie ein von der Natur selbst gemaltes Porträt.

Die Nilpferdherde vor der Kulisse des Mount Elgon, ihrer Hunderte auf einmal im Wasser eines ugandischen Sees, den Kot mit dem Schwanzstummel propellerhaft verspritzend. Und über allem ein ungeheuerliches Geräusch, als gäben sich die Flußpferde ganz Afrikas hier ein grunzendes Stelldichein.

Dort an Ort und Stelle dann auch, mir nur *zu* erinnerlich, die heilsame Lektion durch unseren schwarzen Fahrer und Freund. Als ich den Wagenschlag öffne, hält er mich am Arm fest: »Wohin willst du?«

»Ein bißchen näher an die dicken Viecher heran.«

»Siehst du den Busch da? Und den, und den?«

»Ja, und?«

»In jedem von ihnen, chap, kann ein Löwe lauern!«

Mein Lachen klang nicht echt, wie stets, wenn man Unbedachtes tun wollte und gleich darauf seine Torheit erkennt.

Ich habe den Geruch der ostafrikanischen Erde inhaliert, diesen roten Grund; habe das Türkislicht des Indischen Ozeans zwischen Mombasa und Lamu in mich eingefiltert; war durch den nach langer Trockenheit von verdursteten Tierkadavern übersäten Tsavo National Park gekarrt, und bin immer wieder an den Rand des Rift Valley zurückgekehrt, trunken beim Anblick dieses geologischen Kellergeschosses von kontinentalen Ausmaßen.

Oft sind wir Monate unterwegs gewesen, zwischen dem Turkana-See und dem Kilimandscharo, der Hafenbucht von Dar-es-Salaam und den Ufern jenes Binnenmeeres, das sich Lake Victoria nennt. Aber wo immer ich war, wo es auch entlang ging, von Bagamojo an die Gebirgskette der Ruwenzori oder von Nairobi an die Grenze Somalias – immer habe ich, staunend vor der unglaublichen Realisierung solcher Lebensträume, ausgespäht nach Tieren, nie gesättigt von ihrem Anblick und stets nach ihnen süchtig. Am süchtigsten aber war ich nach dieser windschiefen, schwanzeinkneifenden, Spott provozierenden Kreatur in Tiergestalt, dieser verkannten, verachteten, gefürchteten und gehaßten Mißgeburt einer übellaunigen Zeugungsstunde der Arten – der Tüpfelhyäne.

Selbstverständlich bin ich auf freier Wildbahn nie einer von ihnen habhaft geworden, ist keine je in wirklich greifbare Nähe gekommen – was ja auch nicht sonderlich ratsam gewesen wäre, wie sich denken läßt.

An meinem Wunsche danach hatte das allerdings nicht das mindeste ändern können.

Daß der dann mit dieser Tüpfelhyäne doch noch unerwartet in Erfüllung ging, nach so langer Zeit, und dazu in einem Zoo, also um den schrecklichen Preis ihrer Gefangenschaft – das dürfte nur zu sehr in die Chronik jener seltsamen Beziehungen passen, die sich seit eh und je zwischen Tieren und mir hin- und hergesponnen haben.

Vielleicht begreifen Leserinnen und Leser nach einiger Kenntnis der biographischen Ingredienzien und ihrer Vorgeschichte nun ein wenig besser, wie es zu dieser Explosion im Zoo von Oud Wassenaar kommen konnte, und warum ich meine Hände so begeistert und tief in das Fell der Tüpfelhyäne grub. Das übrigens, allem Anschein nach, so professionell, daß sie die Massage mit geradezu zügelloser Wonne genoß. Auf ihren kurzen Hinterbeinen noch höher gereckt, den gewaltigen Körper noch weiter gedehnt, mit dem vollen

Gewicht rücklings gegen die Gitterstäbe gepreßt und mit verzücktem Auge nach mehr bettelnd – wir beide müssen ein denkwürdiges Bild geboten haben!

Nur hatte uns niemand zugesehen.

Neue Besucher waren nicht dazugekommen, und die beiden Japaner waren wie weggefegt: Das ungewöhnliche Zusammenspiel von Hyäne und Mensch muß sie so verschreckt haben, daß sie wie vom Erdboden verschwunden blieben. Und da auch kein Wärter aufgetaucht war, oder sonst eine Seele, hatte das Schauspiel unter Ausschluß der Öffentlichkeit stattgefunden.

Was mir nicht unlieb war, wenngleich mich Zuschauer nicht gestört hätten. Denn was sich da tat zwischen der Tüpfelhyäne und mir, war vegetativ und von außen nicht zu steuern, etwas, das weder herbeigewünscht noch herbeigeflucht werden kann, sondern sich *ereignen* muß.

Es hatte sich ereignet, und nun waren wir, die Tüpfelhyäne und ich, matt und ausgelaugt von der gegenseitigen Anstrengung.

So nahmen wir Abschied voneinander.

Der letzten Stunde noch voll, wollte ich gleich danach das Erlebnis an den Mann beziehungsweise an das Team bringen, stieß jedoch auf nichts als ausgeprägtes Mißtrauen.

Wie könne sich, so wurde mehr geraunt als artikuliert, wie könne sich dergleichen tun zwischen Mensch und Tier? Mochte die Hyäne Japaner nicht, Deutsche aber wohl? Man glaube durchaus an meine Begabungen und Fähigkeiten, darum lehne man sich ja auch nicht auf gegen meine Arbeitswut und die ständigen Überstunden – die Bekehrung einer

Hyäne von einer Bestie zu einem Schoßtier aber, das sei wohl ein besonders starkes Stück von Zoolatein ...

Was konnte der Verkannte anderes tun, als seinerseits scherzhaft zu reagieren – und dennoch zu fühlen, wie ihn die Anzweifelung wurmte?

Doch es gibt sie, immer noch, die Mühlen der Gerechtigkeit, die da mahlen, wenn auch bekanntlich langsam. In diesem Fall brauchten sie rund eineinhalb Jahre – vom Mai der ersten Begegnung bis zur zweiten im Herbst des darauffolgenden Jahres.

Es war, als würden höhere Mächte walten: dasselbe Team, derselbe Drehort, der Zoo von Oud Wassenaar also nahebei.

Diesmal nun, nachdem ich die Kollegen wieder zu einem Tiergartenbesuch animiert und ihnen das vorjährige Ereignis kurz, aber prägnant in Erinnerung gerufen hatte, diesmal fällten Kameramann, Assistent und Toningenieur eine verdächtig rasche Entscheidung. Sicher doch, klar, gern würden sie mitkommen, je eher, desto besser, die Sache mit der Hyäne sei ihnen oft im Kopf herumgegangen – sie könnten gar nicht abwarten, was sich da tun werde ...

Es gibt ein Grinsen, das man mitgekriegt haben muß, um es sich vorstellen zu können – und in so eines, nur dreifach, sah ich jetzt. Wenn sich Menschen je unfähig gezeigt haben, ihre wahren Gedanken hinter falschen Worten zu verbergen, dann dieses Trio.

Aber ihr Werk tat die Ironie schon. Was, wenn ich zu voreilig war? Was, wenn die Hyäne mir einen Strich durch die Rechnung machte und ein anderes Gebaren als bei der ersten Begegnung an den Tag legte und damit nicht nur mich, sondern auch sich selbst Lügen strafte? Es waren also nicht die sichersten Gefühle, die mich begleiteten, als ich im Zoo von Oud Wassenaar, immer einen Schritt voran, den unvergessenen Weg zu nächsten Ecke nahm und gleich dahinter einbog – aber nur, um schon in der nächsten Sekunde sämtlicher Unsicherheiten und Ungewißheiten enthoben zu werden. Denn was sich da vor unser aller Augen tat, übertraf die bereits höchst eindrucksvolle Darbietung vom Mai des vorigen Jahres bei weitem.

Die Tüpfelhyäne – eben noch vom Schwanz bis zur Nasenspitze flach auf dem Käfigboden hingefläzt, eine einzige Lethargie in Tiergestalt –, die Tüpfelhyäne: mich sehen, aufjaulen, blitzschnell hochfahren, sich mit dem Rücken voran gegen das Gitter werfen, dabei den inzwischen noch gewaltigeren Kopf weit nach hinten biegen und das Maul mit geblecktem Gebiß aufreißen – das alles war eins.

Die Verwandlung ging so ungestüm vor sich, daß die diesmal zahlreichen Besucher verwundert und staunend stehenblieben, während ich, wie von unsichtbaren Kräften getrieben und die warnenden Zurufe meiner plötzlich sehr kleinlauten Kollegen souverän überhörend, auf die Tüpfelhyäne zuschritt und ihr kräftig in das struppige Fell griff – eine Behandlung, unter der sie, abermals, schier zu vergehen schien. Um mir dabei möglichst nahe zu kommen, versuchte sie immer wieder, die weit nach hinten gebogene Schnauze durch die Gitterstäbe zu drängen (was mißlingen mußte, da sie ja mit dem Rücken zu mir stand, und das in der richtigen Erwägung, daß ihr Körper so die größte Grifffläche bot).

An der übermäßigen Wonne, die ich in den Alltag des Raubtiers brachte, konnte es keinerlei Zweifel geben. Sein sonst so wildes Auge zeigte einen derart hingebungsvollen

Glanz, daß er sogar meinen (endgültig verstummten) Kollegen auffiel, mir jedoch nur noch einmal eine über eineinhalb Jahre konservierte Zuneigung bestätigte, deren Wurzel unsere gegenseitige Wertschätzung war.

Weit über das lang anhaltende öffentliche Interesse hinaus, haben die Tüpfelhyäne und ich im Zoo von Oud Wassenaar an diesem Tag miteinander ausgeharrt, sozusagen Fell an Haut, mit schwächer werdendem Gestreichel und dabei irgendwo tief in meiner Brust von düsteren Vorahnungen beunruhigt, es könnte das letzte Mal sein.

Es was das letzte Mal.

Ein dritter Besuch, vier Jahre später auf einer privaten Reise durch die Niederlande unternommen, ergab, daß die Tüpfelhyäne verstorben war, ohne daß mir der genaue Zeitpunkt und die Umstände ihres Ablebens genannt werden konnten.

Der Eindruck, den der indifferente Nekrolog eines Wärters auf mich machte, muß so verstörend gewesen sein, daß ich nicht sagen könnte, wer als Nachfolger in dem Käfig der Dahingeschiedenen steckte. Ich weiß nur noch, daß ich, da es kein Exemplar der Gattung Hyaenidae war, der erinnerungsbeladenen Stätte einen zweiten Blick nicht mehr gegönnt habe.

Überzeugt, daß sich die wahrheitsgemäß geschilderte Begegnung würdig in die Kette meiner seltsamen Beziehungen zur Tierwelt eingliedert, erzähle ich dann und wann Freunden und Bekannten davon. Wie übrigens manch sonstiges Erlebnis mit Befellten, wobei ich mich ein bißchen zu üben versuche in der untergegangenen Tradition mündlicher Überlieferung, wie sie auch bei uns vor dem Zeitalter des

Radios, der Schallplatte und des Fernsehens lange gepflegt worden ist.

Aber aufgeschrieben – aufgeschrieben wird die Story von der Tüpfelhyäne im Zoo von Oud Wassenaar, wie die anderen Geschichten auch, hier zum erstenmal.

Tutti und Frutti –
Versuch
einer Annäherung

In diesem Kapitel geht es – Vorsicht! – um *Tauben.*

Die spalten bekanntlich, wenn auch nicht gleich *die* Deutschen, so aber doch einen nicht unbeträchtlichen Teil von ihnen, in zwei spinnefeindliche Gruppen: Die eine liebt Tauben, die andere verabscheut sie. Was beide dennoch verbindet – wir wären andernfalls wohl nicht in diesem Land –, ist, daß jede von ihnen ihre Sache zur »Weltanschauung« hochstilisiert hat und also die eine an Verbissenheit der anderen in nichts nachsteht.

Ich weiß, wovon ich rede, denn ich bin nicht nur bösartigen Taubenhassern, sondern auch Taubenliebhabern begegnet – wobei mir ein Fall in besonders eindringlicher Erinnerung geblieben ist.

Es war an einem Sonntagmorgen auf Hamburgs fast menschenleerem Jungfernstieg, als ich den Fehler machte, einer jungen Frau zuzusehen, die neben dem Alsterpavillon eine riesige Schar von Tauben fütterte – mit professionellen Gebärden und jenem entrückten Gesichtsausdruck, der auf eine besondere, ja, singuläre Beziehung zwischen dem Individuum und seinen Schützlingen schließen läßt. Und tatsächlich, mir blieb in der nächsten halben Stunde an eifernder Indoktrination nichts erspart: wie und womit die Tauben Hamburgs – und nicht nur hier! – mißhandelt und dezimiert würden, und das mit dem Ziel ihrer vollständigen Ausrottung. Ganze Behörden, ja, Senat und Bürgerschaft selbst seien beteiligt, und während sonst bekanntlich in den öffentlichen Kassen der Hansestadt ständige Ebbe herrsche, flössen bei der Verfolgung der Tauben die Mittel so reichlich, daß es nur eine Frage der Zeit sein könne, wann die letzte von ihnen ihr Leben qualvoll ausgehaucht haben würde.

Die einzige Rettung, so die Taubenliebhaberin vom Jungfernstieg am Ende ihres ununterbrochenen Redeflusses, die einzige Chance für das Überleben der ganzen Gattung bestehe darin, daß ich meinen publizistischen Einfluß geltend machen und dem Taubenmord, seinen Anstiftern und Helfershelfern durch ein revolutionäres »Ich klage an!« – im »Hamburger Abendblatt« oder in der » Zeit« – das längst- und wohlverdiente Ende bereiten müsse, wenn auch im letzten, im allerletzten Moment.

Das alles war durchtränkt von dem beißenden Vorwurf an mich, warum ich mich nicht schon seit langem für die bedrohten Tauben in die Bresche geworfen hätte, dies verbunden mit der gebieterischen Forderung nach meiner Adresse und Telefonnummer. Daß ich ihr, nicht zuletzt in der verzweifelten Hoffnung, wenigstens danach der jakobinischen Vereinnahmung zu entrinnen, eilends nachkam, würde ich heute, milde ausgedrückt, als meinen zweiten großen Fehler an diesem Sonntagmorgen auf dem Jungfernstieg bezeichnen, denn die Folgen meines unüberlegten Gehorsams waren fürchterlich.

Wurde ich hinfort doch mit Taubengazetten, Postern wider den Taubenmord, Aufrufen zum nationalen Taubenschutz und selbstgemalten großformatigen Taubenporträts und -stilleben der Hamburger Taubenliebhaberin so ausdauernd und umfangreich eingedeckt, daß der mir sonst überaus gewogene Postbote mit unverbergbarem Stirnrunzeln die Frage stellte, wieso ich mich »mit dieser Verrückten« eingelassen hätte ...

Ich habe ihm das nicht übel genommen.

Denn nachdem mein ursprünglich verhaltener Einspruch gegen die Papierflut nicht das mindeste bewirkte und auch die nächste Reaktionsetappe, eine höfliche, aber deutlichere Sprache, ebenso wenig nützte, blieb mir nur eine Gewaltkur: nämlich die Annahme der Sendungen samt und sonders zu verweigern.

Die Folge war ein telefonischer Ansturm, der nicht nur den Rückschluß zuließ, daß die Anruferin auch nachts und bis in den frühen Morgen hinein unentwegt für die Tauben kämpfte, sondern der mich auch so zermürbte, daß sich mir die Idee aufdrängte, eine Geheimnummer zu beantragen.

Als es dann, von einem Tag auf den anderen, endlich vorbei war, hatte sich der früheren Erfahrung, daß Haß, und sei es auch Haß gegen Tauben, ein schlechter Ratgeber ist, eine neue hinzugefügt, nämlich daß auch mit Taubenliebhabern nicht gut Kirschen essen ist, sobald man ihren Fanatismus provoziert.

Ähnlich unangenehm berührt hat mich aber der Bierernst, der schon auf den ersten Blick staatlicherseits in Erscheinung tritt, sobald es um Tauben geht, etwa wenn man liest, daß umfangreiche *Rechtsverhältnisse* geschaffen werden, mit Paragraphen im Bundesgesetzblatt und in Ländergesetzen, die alles und jedes bis ins einzelne bestimmen. Dazu gehört, was man schließlich wissen muß, daß das Schießen mit Schrotflinten auf eingefangene *lebende Wildtauben* verboten ist (wie auch in Österreich und der Schweiz, worauf mit triumphierendem Unterton hinzuweisen nicht vergessen wird).

Ich, der sich weder den oben zitierten Gruppen noch etwa den Schöpfern einer überregulierenden Gesetzgebung für Tauben zugehörig fühlt, ich möchte berichten von einem zugleich wunderbaren wie auch schmerzlichen Erlebnis mit zweien von ihnen.

Doch bevor ich zu Tutti und Frutti komme – dem Taubenpärchen, um das es eigentlich in dieser Geschichte geht, zwei simplen blaugrauen Ringeltauben (Columba palumbus), an denen nichts Bemerkenswertes ist, außer daß sie es mir gestatteten, ihr Herz zu erobern –, also bevor von Tutti und Frutti die Rede sein wird, sollte verstanden werden, daß es sich hier nicht um irgendein Thema, gar einen banalen Stoff handelt, sondern um eine uralte Facette menschlicher Kulturgeschichte.

Tauchen Tauben doch schon in den prähistorischen Fruchtbarkeitsriten Vorderasiens auf, mit ältesten Darstellungen im irakischen Tell Arpatschija aus dem 5. Jahrtausend vor unserer Zeitrechnung. Und das Alte Testament, 1. Mose 8, 8-12, berichtet, daß Noah von seiner Arche drei Tauben ausfliegen ließ, von denen eine mit dem Ölzweig zurückkehrte, während die Gravur auf unmittelbar nach dem Dreißigjährigen Krieg geprägten Münzen davon zeugt, daß die Taube schon vor Hunderten von Jahren zum Symbol des Friedens geworden war.

Nach allen Erfahrungen dämpfen diese Tatsachen jedoch in keiner Weise die weitverbreitete und durchaus verständliche Empörung über die Verschmutzung von Dächern, Balkons und Fensterrahmen mit Taubenkot, und wer sich darüber beklagt, sollte nicht gleich den Taubenhassern zugeschlagen werden. Denn das ist sie nun gewiß nicht, die Penthouse-Bewohnerin zwei Stockwerke über mir, wie ich aufrichtig versichern kann. Vielmehr zeigte die Dame eine erstaunliche Gelassenheit, als sie nach längerer Abwesenheit entdecken mußte, daß ihre Terrasse aussah wie manche Küstenplateaus von Inseln an der Pazifikküste Südamerikas, die mir ob ihres giftigen Anblicks und penetranten Gestanks unvergeßlich in Erinnerung geblieben sind: nämlich über und über bedeckt von den Exkrementen unübersehbarer Vogelscharen, Ablagerung über Ablagerung, dicke Schichten, phosphoreszierend und scharf gen Himmel dünstend.

Die Ausscheidungen unserer heimischen Tauben aber – das mag mir glauben, wem eigene Vergleichsmöglichkeiten fehlen – stinken nicht weniger ätzend als die Exkremente von Seevögeln. Ich schicke das voraus, um nicht in den Verdacht zu kommen, in blinder Liebe zu Tutti und Frutti jene

Problematik zu übersehen, die dann schließlich auch zwischen uns dreien zu einem von beiden Seiten beweinten Ergebnis führen sollte.

Doch bis dahin war es noch eine Weile hin, zumal sich zwischen uns erst einmal alles so anließ, als gälte es für eine Taubenewigkeit.

Mir gegenüber, auf der Seite, aus der Sansibar anzufliegen pflegt, recken sich noch weit übers Dach hinaus die Wipfel hoher Pappeln. Ein erhabenes Bild ist das, wenn sich im Frühling, Sommer und Herbst mit wechselnden Farben ihr Blätterwerk im Wind hin- und herwiegt, oder sich in den Wintermonaten die Silhouetten der kahlen Äste, wie klagend über das verlorene Grün, von der niedrigen Wolkendecke filigran abheben.

Aber ob nun heiß oder kalt, trocken oder naß, da drüben wimmelt es nur so von Leben. Das huscht, klettert, krallt sich fest oder fliegt umher: Eichhörnchen, Drosseln, Krähen, Elstern, Eichelhäher und – eben Tutti und Frutti.

Nicht, daß die beiden die einzigen ihrer Gattung wären, keineswegs, Tauben schwirren hier in Scharen umher, und doch sind Tutti und Frutti mit keiner anderen zu verwechseln. Ich habe das Duo nie anders als eng zusammen gesehen, in verschworener Gemeinsamkeit, egal, ob sie nun anflogen, wegstoben, unten auf dem Rasen herumpickten oder in der Krone einer der Pappeln Halt suchten – Tutti und Frutti waren unzertrennlich.

Ihre eingestandenermaßen etwas lächerlichen Namen sind mir übrigens ebenfalls zugeflogen, ich weiß nicht, wie und warum, sondern nur, daß sie ungeachtet ihrer kitschigen

Anrüchigkeit sofort da waren und sich seither, einiger hilfloser Umbenennungsversuche zum Trotz, als unaustauschbar erwiesen haben.

Die Ehe, die sie so innig führten, hatte etwas Rührendes an sich, und obwohl auch ein Eichhornpärchen und herrlich gefiederte Eichelhäher in enger Zweierbindung lebten – mein Blick ging immer wieder hin zu Tutti und Frutti.

Wie sie sich so angurrten, beschnäbelten und die Köpfe aneinanderrieben, benahmen sie sich genauso wie Angehörige beiderlei Geschlechts der Spezies Homo sapiens sapiens in der begnadeten, aber vorübergehenden Periode jugendlichen Schmelzes – kopflos ineinander verliebt!

In einem ähnlichen Zustand jedoch befand auch ich mich, und zwar Tutti und Frutti gegenüber, was nicht zu verbergen war, weder vor mir selbst noch vor ihnen. Die beiden müssen davon etwas gespürt haben, denn wo sonst stammte es her, jenes Zutrauen, das sie zunächst von ihren luftigen Baumplätzen immer häufiger auf die Ecke des Nachbarbalkons postierte, von wo sie mich halsruckend und -zuckend beäugten, ehe sie dann im Lauf von etwa vierzehn Tagen langsam, sozusagen Taubenzehe um Taubenzehe, auf die Brüstung unseres Balkons überwechselten (wenngleich immer in so sicherer Entfernung, daß sie zu jeder Zeit unbehelligt hätten davonfliegen können).

Offenbar aber hatten Tutti und Frutti an meinem Benehmen nichts auszusetzen, weshalb sie denn auch so lange blieben, wie sie es für richtig hielten. Erst dann machten sie sich flügelschlagend davon. Doch nur, um am nächsten Tag wiederzukehren, und zwar immer auf genau den Platz, den sie zuletzt eingenommen hatten.

So begann die Geschichte unserer Annäherung, und die Wahrheit ist, daß Tutti und Frutti zu meinem Entzücken dabei die Initiative übernahmen.

Ich habe nie auf die Uhr geschaut, aber die gegenseitige Begutachtung muß sich jeweils über beträchtliche Zeiträume erstreckt haben – gerade, als könnten wir nicht genug voneinander bekommen. Um das Paar nicht zu verscheuchen, verhielt ich mich meist so regungslos, ja, starr, daß mir mehr als einmal ganze Gliedmaßen wie abgestorben schienen. Alles mußte leise und begütigend geschehen, in Moll, jeder Fistelton so bewußt vermieden werden wie eckige Bewegungen oder selbst hörbares Atmen.

Dennoch kommunizierte ich mit Tutti und Frutti, dies allerdings in einer Sprache, die mit der deutschen nicht das mindeste gemeinsam hatte, sondern aus sich selbst heraus geboren und von beiden allem Anschein nach auch verstanden wurde.

Denn langsam rückten sie näher und näher, oft nicht mehr als wenige Zentimeter, doch stets hin zu mir. Und das bis zu dem Punkt, wo meine Reichweite begonnen hätte, eine offenbar ebenso unsichtbare wie unüberschreitbare Grenze (die ich jedoch nicht anerkennen wollte).

Immerhin konnte ich mir die beiden nun genauer betrachten, wenngleich nicht von so nahe, wie ich es mir wünschte: die runden Augen, die sanften Köpfchen, die zierlichen Schnäbel – Tutti, das Weibchen, Frutti, das Männchen. Und niemals, bei meiner Ehre, habe ich die beiden miteinander verwechselt.

Dann, eines Tages, noch bei Licht, zogen sie von ihrem gewohnten Sitz auf der Brüstung auf den schmalen Spalt zwischen dem Balkonboden des nächsthöheren Stockwerks und der oberen Türkante des »Kabuffs«.

Zur Erklärung: Das ist ein äußerst nützlicher Abstellraum, in den alles mögliche gebracht werden kann, was man nicht in der Wohnung haben will, ohne es gleich in den Keller transportieren zu müssen – Liegestühle, Packpapier, Reinigungsutensilien, alte Besen, Flaschen, Manuskripte, die zu voluminös sind, um sie im Arbeitszimmer zu bewahren, jedoch greifbar bleiben müssen, und noch manches andere mehr.

Es handelt sich also um eine Kammer, die nicht allzu häufig geöffnet wird, von der man aber beruhigenderweise weiß, daß sie zur Verfügung steht, wann immer man ihrer bedarf – vom Balkon aus zu öffnen und zu schließen, versehen mit einer festen Holzwand und einer Tür, die beide, wie bereits gesagt, bis zum Balkonboden des nächsten Stockwerks einen Spalt frei lassen.

Dort oben nun hatten Tutti und Frutti Platz genommen, ohne daß der Ortswechsel etwas an ihren oder meinen Gewohnheiten änderte: sich Auge in Auge gegenüberzustehen und aneinander Gefallen zu finden. Was meist so vor sich ging, daß ich in der neu entstandenen Sprache werbend vor mich hinbrabbelte, während Tutti und Frutti mein Tun mit bleibender Neugierde und ausdrucksvollem Kopfnicken kommentierten – vorausgesetzt, daß sie sich nicht gerade hingebungsvoll liebkosten und zärtlich miteinander schnäbelten. Doch auch dann behielten sie mich dauernd in ihrem Blickfeld.

Wann genau ich den vermessenen Entschluß gefaßt hatte, die Annäherung bis zur Berührung zu treiben, weiß ich nicht

mehr, jedenfalls war diesbezüglich durch den Standort-
wechsel des Taubenpärchens eine günstige Situation eingetreten.

Während vorher, auf der Balkonbrüstung, Tutti und Frutti
der Teil unseres Trios war, von dem die Distanz zwischen uns
abhing, ich also bloß Zuschauer, müßte es angesichts des
festen Nachtsitzes, den sie jetzt bezogen hatten, umgekehrt
sein, sollte die Annäherung fortgesetzt werden. Denn wenngleich die Einnahme des Platzes auf der oberen Türkante des
Kabuffs zweifellos einen neuen Abschnitt ihres Vertrauens zu
mir signalisierte, konnten wir uns unter den veränderten
Umständen nur dadurch näherkommen, daß nun ich mich
auf Tutti und Frutti zubewegte – wobei natürlich völlig offenblieb, wie weit sie sich das gefallen ließen. Ich jedenfalls hatte
beschlossen, es bis zur direkten Berührung zu treiben, auch
wenn es dauern würde.

Und es sollte lange dauern, sehr lange sogar.

Inzwischen war es Herbst geworden, aber ich hatte die Zeit
nicht unnütz verstreichen lassen, sondern mich ernsthaft auf
das Studium der Familie der *Columbidae* geworfen und dabei
(was mich nicht in den Geruch eines spleenigen Übertreibers
bringen darf) binnen kurzem vor mir selbst den Ruf eines
»Taubenfachmanns« erworben.

Doch während ich das hier so niederschreibe, spüre ich,
daß mein damaliger Zustand mit dieser Definition nur sehr
unzureichend umrissen wäre, zu *sachlich,* würde ich sagen,
und zwar auf eine den Tatsachen unangemessene Weise.

Ohne auch nur in die Nähe von Taubenideologen kommen
zu wollen, mir immer der Verhältnismäßigkeit des Themas

ebenso bewußt wie meiner bleibenden Abscheu, auf diesem Feld zu missionieren, hatte mich beim Studium doch eine Art Fieber gepackt, eine bohrende Rastlosigkeit, ja, wütende Wißbegierde, über Tauben alles zu erfahren, was über sie geschrieben worden ist. Und das ist in Deutschland, man glaube es mir, so überquellend, daß man ein volles Dasein mit nichts als mit Literatur über Tauben zubringen und ganze Bibliotheken damit ausstatten könnte.

So türmten sich denn bald bei mir steile Stapel wissenschaftlicher und populärwissenschaftlicher Bücher, über denen ich unter Vernachlässigung laufender Pflichten und eingegangener Termine tagelang brütete, dann und wann kleine Schreie des Glücks ausstoßend, wenn ich auf eine neue, mir bis dahin nicht bekannte Taubenrasse stieß, nachdem ich schon hochfahrend geglaubt hatte, sie bereits alle zu kennen.

Welch ein Irrtum wieder und wieder!

Wer ahnt denn auch nur, daß es 301 (!) Arten von Tauben auf der Welt gibt, und sie in allen Erdteilen vorkommen? Daß der Schnabelgrund weich ist, die Flaumfedern einen Talg erzeugen, der Kropf zwei Seitentaschen hat und die Kropfwand beider Geschlechter zur Brutzeit die sogenannte Kropfmilch liefert, in den ersten Tagen nach dem Eischlupf die einzige Nahrung für die Jungen, die allesamt *Nesthocker* sind?

Mit solch atemlos erworbenem Wissen aber waren meine Kenntnisse keineswegs erschöpft, machte ich mich nun doch auch mit den Unterfamilien der *Columbidae* vertraut, was schlicht bedeutete, die europäische Dimension zu sprengen.

So lernte ich denn scharfsichtig zu unterscheiden zwischen den in den Tropen verbreiteten *Fruchttauben* mit ihrem bunten Gefieder und der nur auf Samoa vorkommenden *Zahntaube*, ganz zu schweigen von der *Eigentlichen Taube* und ihren 174 Unterarten. Selbstverständlich kenne ich jetzt auch die in Wäldern lebende *Hohltaube*, die, gleich der gesellig brütenden *Felsentaube*, das Mittelmeergebiet durchzieht und an ihrem weißen Bürzel zu identifizieren ist. Auch weiß ich heute, daß das Wort *Turteltaube* keineswegs nur eine Metapher ist, sondern die *Streptopelia turtur* in lichten Wäldern und Parks tatsächlich existiert. Und wieso habe ich überhaupt leben können, ohne darüber unterrichtet zu sein, daß die *Krontaube* die größte lebende Taube ist, die graue *Türkentaube* einen schwarzen Halsring hat und die *Haustaube*, man staune, von der *Felsentaube* abstammt?

Unerschöpflich gibt sich die Lehre von der Taube: *Standvogel* ist sie und *Kulturfolger*, *Brief-*, *Schau-* und *Nutztaube*, letztere eine Unterart, zu der auch die *Farben-* und *Trommeltauben* gehören (aber nur, soweit *plattläufig!*).

Natürlich sollte es längst zur Allgemeinbildung zählen, daß die *Riesen-* und die *Huhntaube* meist fluguntüchtig sind, ihre kleinste Rasse aber, die *Modeneser*, höchst gelenkig abheben können. Und wie oft habe ich Tauben mit Warzen an den Schnäbeln gesehen, ohne zu wissen, daß sie eben deshalb *Warzentauben* heißen?

Dann all die Arten, bei denen der Familienbegriff nicht auftaucht, die aber dennoch Tauben sind – so die *Coburger Lerche*, der *Strasser*, der *Kröpfer* oder *Bläser*, der *Starenhals* und der *Mohrenkopf*, die *Purzler* und die *Tümmler*.

Wie bewundernswert allein die Farbenvielfalt der *Haustaube*: blau, schwarz, rot und gelb, die Augen braun oder porzellanweiß (was dann *Perlauge* genannt wird). Schließlich noch, mag sein, eine Marginalie, aber nichtsdestotrotz wissenswert, dies: Die plattfüßigen *Blondinetten* und *Satinetten* (auch *Möwchen* genannt) haben so kurze Schnäbel, daß sie ihre Jungen nicht füttern können ...

Wird es nun vielleicht nicht doch ein bißchen begreiflich, wieso ich streckenweise meine Umwelt vergaß über solcher Lektüre und – sozusagen der Taubenwelt voll – mit nichts anderem beschäftigt war als mit ihr?

Ein Hundsfott jedenfalls, wer nun behauptete, ich hätte mit diesem Einschub mein Eingangsversprechen, mich nicht in zoologischen Abhandlungen zu ergehen, gebrochen! Hat sich die Leserschaft dabei etwa gelangweilt? Oder hat sie nicht vielmehr, wie ich glaube, verstanden, daß ich erst mit diesen sublimen, schweißtreibend erworbenen Kenntnissen die inneren Voraussetzungen für den erfolgreichen Fortgang meines *Versuches einer Annäherung* geschaffen hatte?

Natürlich entzündete sich, jenseits des Studiums, die Leidenschaft stets aufs neue dadurch, daß ich Abend für Abend, wenn auch mit der Langsamkeit, mit der sich zwei Eiszeiten ablösen, enger an Tutti und Frutti heranrückte, und das in der sich ständig verfestigenden Absicht, es zur körperlichen Berührung kommen zu lassen.

Denn hatte ich mir die nicht wahrlich mühevoll genug erdient?

Sicher nicht zuletzt der kälteren Jahreszeit wegen war für Tutti und Frutti der geschützte Platz auf der oberen Türkante des Kabuffs inzwischen zum selbstverständlichen Schlafquartier geworden. Und so vollzog sich denn darunter, bevor die Tauben und ich zur Ruhe kamen, Tag für Tag jenes Ritual, das nach meinen Vorstellungen von unserer

vollständigen und angstfreien Vertrautheit miteinander ge-
krönt werden sollte. Ein Ziel, dessen unterschiedliche Sta-
dien Tutti und Frutti mit neugierigem und, wie ich meinte,
auch wohlwollendem Interesse zu verfolgen schienen.

Den Blick ständig auf das in etwa drei Metern Höhe befindliche Pärchen gerichtet, auf meinen Lippen, leise, immer
die dafür eigens erfundene Sprache, so schob ich mich über
Stunden und mit oft kaum sichtbarem Bodengewinn voran,
um am nächsten Abend genau an der Stelle weiterzumachen,
die ich tags zuvor erreicht hatte.

Da die Entfernung von der Balkontür, meiner Ausgangs-
position, bis zum Kabuff etwa vier Meter beträgt, dauerte es
eine geraume Weile, bis ich direkt unterhalb von Tutti und
Frutti angekommen war – in nachweisbar einundzwanzig
Tagen.

Die beiden Tauben hatten die Verringerung der Distanz
wachsam, aber ohne jede Panik verfolgt. Nur dann und wann,
sehr selten, wenn ich trotz festen Vorsatzes vielleicht um einige
Millimeter zu stürmisch war, hatten sie ein schwaches Gurren
hören lassen, das klang wie: »Was soll denn jetzt werden?«

Just das aber war die Frage, die plötzlich ich mir zu
stellen hatte. Denn als es endlich soweit war, als sich die
Strapazen der Geduld auszuzahlen schienen und ich zur Tat
schreiten wollte, hatte ich einen schweren Fehler meinerseits
zu erkennen – für eine Berührung hockten Tutti und Frutti
zu hoch. Mein ausgestreckter Arm erreichte sie nicht, da es
bis zu ihren rötlichen Taubenfüßen noch gut einen halben
Meter hin war – hier fehlte ein besteigbarer Untersatz!

Warum hatte ich nicht vorher daran gedacht? Würde ich
die notwendige Nähe ein zweites Mal schaffen oder ganz von

vorn beginnen müssen? Hatte das Pärchen dazu, nach allem, überhaupt noch die Bereitschaft – und ich die Energie?

Hier half nichts als eine Verzweiflungstat.

Und so holte ich denn am nächsten Abend, bevor Tutti und Frutti angeflogen waren, einen kleinen Plastikpodest aus dem Bad, setzte ihn vor die Tür des Kabuffs und stellte mich in voller Lebensgröße (ehrlicher: mäßige eins siebzig) darauf. Eine nervtötend gespannte Situation: Würden die beiden Tauben den Einbruch in ihre Intimsphäre hinnehmen und sich, wie üblich, hier einfinden, nachdem sie mich doch zweifellos von weitem erspäht und dabei festgestellt hatten, wie verdammt nahe ich ihnen aufs Federkleid gerückt war?

Aber da kamen sie auch schon heran, wenngleich einige Runden mehr als sonst drehend, ehe sie sich elegant und geschickt in dem Spalt zwischen der oberen Türkante des Kabuffs und der Betondecke niederließen. Dort verharrten sie, eng nebeneinander, mich unentwegt im Blick und geradezu hörbar klopfenden Herzens.

So nicht minder das meine, denn die große Stunde, Minute, Sekunde war gekommen, da meine langsam aufwärtskletternde Rechte – was waren dagegen Ewigkeiten? – nur noch die Finger auszustrecken brauchte, um die beiden Tauben zu berühren.

Und dann, unglaublich, war es soweit.

Erst streichelte ich sachte über Tuttis nackten Fuß, dann sanft über Fruttis Kralle, unendlich behutsam und begleitet von einem matten, aber tief ihrem Innern entspringenden Gegurre, einer betörenden Mischung aus schwindendem Protest und vorsichtig bekundetem Wohlbehagen.

Das ging eine ganze Weile so, wobei es mir auch gelang, die samtenen Brustfedern beider gegen den Strich zu heben, ich also Tutti und Frutti zu allem anderen auch noch »kraulte«, was sie mit heftig klappernden Lidern honorierten.

Wie schön sie doch waren, so ganz aus der Nähe, die beiden Exemplare der *gemeinen Ringeltaube*, mit ihren roten Füßen und blaugrauen Flügeln, dem gelben Schnabel, dem changierenden Brustkleid und dem grauen Köpfchen mit den hellen Augen – Kunstwerke der Natur, für ihr Taubenleben vollendet ausgestattet und meine Huldigungen jetzt mit würdevoller Passivität entgegennehmend.

So ging es mehrere Abende hintereinander, an denen ich mir steif gefrorene Hände und, obwohl in einen Mantel gehüllt, auch eine schwere Erkältung einhandelte. Aber für diese Belohnung hätte ich gern noch manch andere Unbill auf mich genommen.

Das Ende allerdings ließ – wie denn anders? – nicht lange auf sich warten. Und ist rasch erzählt.

In all den Wochen der Annäherung hockten Tutti und Frutti dort oben auf der schmalen Türkante, während ihres gesamten Aufenthalts bis in die Morgenstunden mit dem Kopf nach vorn und dem Schwanz nach hinten, also ein Stück in das Kabuff hinein.

Und eben das war ihr, nein, es war unser gemeinsames Unglück.

Denn die Abstellkammer war – ich drücke es, Verzeihung, so drastisch aus, wie es sich den Blicken bot – total vollgeschissen, sie war von oben bis unten bekackt! Die Innenseite der Tür, der Boden und die Wände – wohin man auch schaute, nichts als Taubenkot, weiß und getrocknet (ausgenommen der letzte Ausstoß), hingekleckst in Haufen und Häufchen, wie's gerade aus Tuttis und Fruttis Kloaken herausgepufft war. Eimer und Besen, Liegestühle, alte Manuskripte und ausgediente Bücher sahen aus wie gekalkt, bedeckt von Kotschichten, als hätten sich sämtliche Tauben der Umgebung zum Zwecke ihrer alltäglichen Entleerung gerade hier ein streng verabredetes Stelldichein gegeben. Außerdem, klar, stank es fürchterlich.

Das alles hätte natürlich schon früher entdeckt werden können, wenn das Kabuff tagtäglich gebraucht, also häufiger geöffnet worden wäre. Nun aber offenbarte sich die Bescherung so fundamental, daß es selbst den Gutwilligsten grausen mußte und Abhilfe so schnell wie möglich geraten war.

Ich gebe hier nur einen kleinen Teil meiner Versuche preis, wie das Dilemma, erstens, geheimgehalten, und seine Lösung, zweitens, möglichst bis ins Frühjahr hinausgeschoben werden konnte. Denn eines war sicher: Auf den Bäumen und unter freiem Himmel war es viel kälter, und nicht zuletzt deshalb hatten Tutti und Frutti den geschützten Platz auf meinem Balkon zu ihrem Dauerquartier für die Nacht erkoren, hatten sich daran gewöhnt und ihn mit großer Pünktlichkeit und Ausdauer in Besitz genommen. Während ich infolge meiner an Unzurechnungsfähigkeit grenzenden Hingabe keine Sekunde an die natürlichen Folgen dieses Logis gedacht hatte.

Was meine Anstrengungen angeht, Tuttis und Fruttis Exmittierung hinauszuschieben, lasse ich davon nur soviel verlauten, daß ich bis zu den ersten wärmenden Sonnenstrahlen des Frühlings jeden Morgen aufs neue bestrebt war, die Spuren ihres nächtlichen Aufenthalts möglichst gründlich zu entfernen (nachdem ich schon am Tag der Entdeckung der Katastrophe sechs Stunden für die Generalreinigung benötigt hatte).

Schließlich aber waren die Stimmen stärker, die vernünftigerweise auf eine Wende drängten. Es half nichts, die Geschichte dieser Annäherung mußte beendet, der Spalt dicht gemacht, der Zugang versperrt werden.

Da ich nicht dazu zu bewegen war, selbst Hand anzulegen, auch, zugegeben, über derlei Geschicklichkeit nicht verfüge, tat ein freundlicher Nachbar das Werk, und er tat es so gründlich, daß es bis heute steht. Frustriert und unglücklich (wenn auch nicht uneinsichtig) starre ich seither auf die Wand ursprünglich heller, mittlerweile jedoch stark gedunkelter, sehr fester Pappe, die zwischen der oberen Türkante des Kabuffs und der Betondecke lichtdicht eingeklemmt worden ist − kräftiges, wetterbeständiges Material, gegen das Tuttis und Fruttis weichgebettete Schnäbel nicht das mindeste auszurichten vermochten.

Sie haben allerdings nicht gleich aufgegeben, sondern eine Weile versucht, mit der neuen Situation fertig zu werden.

Da die Pappe vorn einen kleinen Rand läßt und aus der Tür des Kabuffs bis oben hin schmale hölzerne Streben hervorragen, versuchte das Taubenpaar eine Zeitlang, statt in der unmöglich gewordenen Querrichtung nun parallel zur Pappwand Fuß zu fassen. Deshalb immer wieder seine verkrampften Anflüge, die flatternden Versuche, nicht abzurutschen und sich auf der verbliebenen Fläche zu halten − letztlich jedoch vergebens, weil sie zu schmal war. Wie mir, dem hilflosen Zeugen, dabei zumute war, mag ich nicht schildern.

Bis Tutti und Frutti, bittere Stunde für uns drei, resignierten, endlich aufsteckten und auf die Bäume zurückkehrten.

Aber vergessen, vergessen hatten sie mich dann doch nicht, und dafür gibt es einen erschütternden Beweis.

Monate später, zur warmen Jahreszeit, spätnachmittags, waren sie unvermittelt wieder da. Doch diesmal nicht auf der Brüstung des Balkons oder mit vergeblichen Versuchen, auf dem versperrten Spalt zu landen, sondern wo sie zuvor nie gewesen waren, auf den Polstern der beiden Gartenstühle!

Und das nicht nur sichtlich aufgeregt, sondern auch immun gegen alle Versuche, sie zu verscheuchen.

»Sie sitzen da wie angeklebt, sind einfach nicht wegzukriegen und gurren unablässig, als wollten sie etwas mitteilen«, so meine Frau in einem Telefongespräch, das ich an jenem Abend aus dem Fürstentum Liechtenstein, also fern von Köln, mit ihr führte.

In der folgenden Nacht wurde die Stadt von einem Erdbeben erschüttert, dessen Epizentrum erschreckend nahe lag, im Süden der Niederlande, mit Rüttelwellen der Stärke 5,5, die sich vom Aachener Dreiländereck über Hannover, Stuttgart und Karlsruhe bis nach Thüringen ausbreiteten. Die Stöße waren so heftig, daß das achtstöckige Haus in seinen Grundfesten wankte, alle möglichen Gegenstände in der Wohnung umfielen und sich bei uns eine Tür verkantete. Die tektonischen Spannungen im niederrheinischen Graben hatten wieder Laut gegeben, Millionen Menschen aus ihrer Nachtruhe hochgeschreckt und schweren Schaden verursacht.

Ich hörte davon gleich am nächsten Morgen, froh, daß der Schrecken mich verschont hatte, nachdem ich 1971 auf einer Drehreise in Chile ein schweres Erdbeben miterlebt hatte – Erfahrungen, die niemand vergessen wird, der sie je erlitten hat.

Es heißt, Tiere sollen Erdbeben früher spüren, ihre Sensoren und Instinkte die Vorboten des Unheils aus der Tiefe schon empfangen, ehe es nach oben gedrungen ist und dort seine Zerstörungen angerichtet hat.

War so etwas hier im Spiel? Und wenn ja, was trieb Tutti und Frutti gerade an diesen Platz?

Natürlich glaube ich nicht, daß das Taubenpaar mich warnen wollte, solche Projizierungen menschlichen Verhaltens auf die Tierwelt mag ich nicht (sollte davon dennoch etwas in diesem Buch aufscheinen, bitte ich um Vergebung). Aber möglich wäre es immerhin, daß Tutti und Frutti von ihrer Unruhe dorthin getrieben worden waren, wo sie sich einst wohl gefühlt und größeren Schutz als anderswo gefunden hatten. Und wo jetzt, bei der Niederschrift und nicht ohne Wehmut, auch ich wieder stehe – unterhalb des Platzes, an dem Tutti und Frutti, wir drei, vertrauensvollen Umgang miteinander gepflegt haben, da, wo dieser *Versuch einer Annäherung* begann und leider auch – such is life – endete.

Immerhin aber konnte ich, eine Ehrenpflicht, davon berichten!

Der
Wombat

Es waren die unproportioniert riesigen, schräg nach oben geschlitzten Nasenlöcher, die meinen Blick bannten, auf der Titelseite einer Berliner Abendzeitung in der zweiten Hälfte der siebziger Jahre, ein Foto aus dem dortigen Zoo. Zu Füßen eines hageren, streng dreinschauenden Wärters ein wolliges, tief unbeholfen wirkendes und sehr gedrungenes Tier, wie ich es nie zuvor gesehen hatte. Eine Fellrolle von vielleicht einem Meter Länge bei gut fünfundzwanzig Zentimetern Höhe war das, von bestürzend unfertigem Aussehen (als hätte die Natur nach der Feststellung, daß ihr dieses Modell total mißlungen war, auf halbem Weg haltgemacht), mit fester

Bodenhaftung, erstaunlich wachem Blick hoch zur Kamera und grell angeleuchtet:

Der Wombat!

So prangte es über dem Foto und im Text daneben, ein Name, den ich ebenfalls noch nie gehört hatte, der mich aber von Anfang an begeisterte und sich überzeugend deckte mit dem umwerfenden Anblick, der sich da bot.

Auch hier wieder: Liebe auf den ersten Blick, wenngleich zunächst völlig einseitig. Eben dabei, lautete die Selbstverpflichtung, durfte es nicht bleiben.

Und so geschah am nächsten Morgen, was es bis dahin in meinem nachschulischen Leben kein einziges Mal gegeben hatte: Ich schwänzte die Arbeit. Was an diesem Tag bedeutete, daß ich pflichtverletzend nicht zum Schnittermin in den zehnten Stock des *Senders Freies Berlin* am Theodor-Heuss-Platz kam, sondern die Cutterin von meiner nahen Unterkunft in der Kastanienallee zwischen Reichs- und Heerstraße anrief und wissen ließ: Ich müsse zum Zoo, unverzüglich, und was mich dahin zwinge, sei eine Art höherer Gewalt namens *Wombat* – »womit wohl alles gesagt ist«.

Wieso eigentlich? Wie kam ich damals zu dieser Annahme?

Heute, da ich den Tatbestand rekonstruiere, kommen mir starke Zweifel, ob die Kollegin wirklich begriffen hatte, worum es ging, angesichts der sibyllinischen Erklärung, die ich ihr als Grund meines Ausbleibens gab. Denn obwohl der Anruf inzwischen gut zwanzig Jahre her ist, habe ich immer noch schmerzlich das beredte Schweigen der Cutterin auf meine Mitteilung im Ohr, ehe ihr ein tonloses, dafür jedoch lang gedehntes »Na dann ...« entfuhr.

Damals jagte mir ihre Reaktion kalte Schauder den Rücken hinunter, weil sie nur zwei gleichermaßen befremdliche Schlüsse zuließ: Entweder kannte die Kollegin das überwältigende Foto auf der gestrigen Titelseite der Abendzeitung nicht (was schon schlimm genug gewesen wäre), oder aber (noch weit schlimmer, ja, kaum vorstellbar), sie kannte es, aber *der Wombat* war ihr dennoch völlig schnuppe.

»Na dann ...«!

Davon durchaus angeschlagen und eine halbe Stunde zu früh vor den Toren des Berliner Zoos, brauchte ich, nachdem sie geöffnet worden waren, nicht lange zu suchen. Im knappen Begleittext zum Foto in der Zeitung war der Platz genau beschrieben worden, so daß ich bald an jener Stelle stand, wo mein sehnlicher Wunsch in Erfüllung gehen sollte: nämlich zum erstenmal in meinem Leben leibhaftig ein Tier zu erblicken, von dessen Existenz ich zwar erst seit zwölf Stunden wußte, das mir aber trotzdem so vertraut vorkam, als hätte ich es seit der Kindheit gekannt.

Nur – in dem ziemlich schmalen, grobmaschig vergitterten Käfig vor mir tat sich nichts, war nichts zu sehen als körniger Boden und Grasbüschel, ein dichter Vorhang, der jeden Blick verschloß – vom Wombat also keine Spur.

Sprachlos vor Enttäuschung, muß ich lange davor verweilt haben, bis ich die Nähe eines Menschen spürte. Als ich aufsah, blickte ich in die Augen jenes hageren, streng dreinschauenden Wärters, den ich bereits vom Foto kannte, der nun aber noch strenger wirkte und mich in einem Tonfall scheinheiliger Höflichkeit fragte: »Darf ich wissen, worauf Sie warten?«

Worauf? Hier, wo neben einigen sparsamen Zeilen über seine australische Herkunft unübersehbar »*Wombat (Vomba-*

tus ursinus)« stand, diese Frage? Konnte man es ärger treiben? Und so entquoll mir denn, ohne meine Verblüffung verbergen zu können: »Auf wen? Natürlich auf *ihn!«*

Die Wirkung meiner Worte ist schwer zu schildern.

Wenn ich schon vorher den Eindruck gehabt hatte, daß ein so früher Zoobesucher in den Augen des Wärters nur der entsprungene Insasse einer psychiatrischen Anstalt sein konnte, so schien meine unverblümte Eröffnung ihm nun noch weit schlimmere Befürchtungen zu bestätigen. Er trat vorsichtig drei Schritte zurück und sagte dann, mit der charakteristischen Nachsicht des Fachmanns gegenüber dem ignoranten Laien: »Sie warten völlig umsonst. Wombats sind *nachtaktive* Tiere, die tagsüber versteckt bleiben, und dieser eine, der einzige, den wir haben, der ist *besonders* nachtaktiv.«

Sprach's und schritt mit allen Anzeichen triumphierender Genugtuung davon, ohne daß ich verstehen konnte, was er noch dabei vor sich hin murmelte. Daß es mir galt und nicht gerade schmeichelhaft war, konnte ich an der überlegenen Miene erkennen, mit der er kopfschüttelnd den Ort verließ.

Was nun tun? Sich geschlagen geben, umkehren, sich unverrichteter Dinge davonstehlen, ohne auch nur einen Blick erhascht zu haben von Vombatus ursinus, dem *Nacktnasenwombat* (denn um einen solchen handelte es sich)? Oder versuchen, ihn zu bezirzen und zu locken, ihn anzuflehen, ja, es bis zur Bettelei zu treiben, nur daß er sich zeige und der Erdball sich zufrieden weiter drehen könne?

Also schnalzte und lockte ich denn, bis mir Zunge und Lippenmuskeln versagen wollten, flehte und bettelte ich, was die Stimmbänder hergaben. Wobei ich mich an ambivalente Gefühle erinnere. Einerseits eigentlich froh darüber, daß zu so früher Stunde außer mir kein Besucher hier war, fühlte ich mich andererseits aber auch irritiert, daß niemand sonst von den mehr als zwei Millionen Menschen Westberlins nach dem sensationellen Foto von gestern abend auf die gleiche Idee verfallen war wie ich, nämlich hier aufzukreuzen, um dem Wombat seine Reverenz zu erweisen.

Zugegeben, daß sich der Aufwand bisher nicht gelohnt hatte, die hohe Erwartung nicht honoriert worden und je länger die Erfüllung ausblieb, die Ungeduld um so stärker geworden war.

Denn trostloserweise regte sich in dem Gräsergewirr am Ende des Käfigs, dort, wo der Wombat ja zweifellos steckte, nicht das geringste.

Zu allem Frust tauchte wieder und wieder der Wärter auf, in unregelmäßigen Abständen zwar, aber mit unverhüllter Schadenfreude. Wobei er ein Gebaren zeigte, als könnte er das, was er da vor dem Käfig gewahrte, einfach nicht glauben, bevor er sich aufs neue, kopfschüttelnd und irgend etwas Unverständliches vor sich hin brabbelnd, davonmachte.

Aber dann, gerade als der Wärter verschwunden war und ich meine inzwischen immer stoßatmigeren Versuche, den begehrten Wombat hervorzulocken, aufs neue aufgenommen hatte, bewegte sich plötzlich etwas im strähnigen Vorhang des Käfigs, rauschte es dort leise, schälte sich daraus mit nervtötender Langsamkeit etwas hervor, das nichts anderes sein konnte als der Wombat – wenngleich zunächst mit dem Hinterteil voran!

Natürlich konnte das nur die Ouvertüre sein, das Vorspiel, nach dem der Wombat sich umdrehen und wahr machen würde, worauf es in dieser Stunde der Wahrheit ankam: auf die Auge-in-Auge-Begegnung!

Doch dazu kam es nicht. Vielmehr verharrte der Wombat eine Weile in seiner höchst unbefriedigenden Position, das Vorderteil noch versteckt in der Grashöhle, ehe er sich zu meiner nicht mehr meßbaren Enttäuschung mit der gleichen Trägheit, mit der er hervorgekrochen war, nun auch wieder zurückzog und so restlos hinter dem grünen Vorhang verschwand, als wäre er niemals daraus erschienen.

Dennoch außer mir über den Teilerfolg, rief ich, sobald der Wärter wieder erschien, laut aus: »Ich habe ihn gesehen, er ist hervorgekommen, wenn auch nur zur Hälfte und von hinten, aber ich habe ihn gesehen, den Nachtaktiven – am Tage!«

Die Haltung, die der Mann daraufhin einnahm, darf ohne Übertreibung *gefährlich* genannt werden. Es war, als hätte er einen Hieb bekommen und schickte sich nun an, rabiat zu werden. Denn er machte einen Schritt auf mich zu, stoppte dann aber, ließ den Eimer aus der Hand fallen und bedachte mich mit einem Blick, der wortlos enthüllte, was er von mir hielt: »Also nicht nur ein Verrückter, sondern ein Schwindler noch obendrein!«

Dann trat er ab wie einer, der den Drang zu unkontrollierter Gewalttätigkeit gegen den Übeltäter wegen Verhohnepipelung seiner Person nur durch rasche Flucht besiegen konnte.

Ich hatte ihn nicht überzeugt, war selbst jedoch auch nicht ans Ziel meiner Wünsche gelangt. Aber irgendwann erlahmt auch die stärkste Sehnsucht, und so blieb mir nichts, als den geordneten Rückzug in den Schneideraum anzutreten.

Dort muß ich, authentischen Zeugenberichten nach, trübselig darüber gebrütet haben, was zu tun sei, damit es doch noch zu einer *echten* Begegnung zwischen dem Wombat und mir käme.

Tiraden, die die bedauernswerte Cutterin mit einer Geduld über sich ergehen ließ, die ich nachträglich nur als übermenschlich bezeichnen kann, zumal der Vorschlag, es ruhig noch einmal zu versuchen, von ihr kam.

Derart von höchster Stelle legitimiert, suchte ich am nächsten Morgen guten Gewissens und nun in Kenntnis der richtigen Öffnungszeit abermals den Zoo auf, hockte mich vor dem Käfig hin und begann wieder zu schnalzen, zu gurren, zu turteln und zu keckern. Langgezogen waren die Töne, die ich aus mir herausholte und ziemlich hoch auch, doch all das diesmal in Gegenwart einer älteren Dame, die neugierig hinzugetreten war und damit eine bemerkenswerte Fähigkeit offenbarte, akustische Strapazen zu ertragen. Sie blieb auch, als ich nicht aufhörte, zu knurren, zu grunzen und zu röhren, mal näher, mal weiter weg vom grobmaschigen Gitter, hinter dem irgendwo unsichtbar der Wombat lagern mußte, und sie harrte sogar auch dann noch aus, als ich mit großer Geduld gegen die Verschalung des hölzernen Käfigs klopfte.

Diese Verzweiflungstat wurde jäh dadurch unterbrochen, daß der Wärter erschien und mir mit einer cäsarischen Armbewegung Einhalt gebot. Nun aber durch noch ostentativeren Abstand als gestern schon unmißverständlich demonstrierend, daß er mich für einen Geisteskranken hielt, vor dessen bedrohlicher Nähe jedermann gewarnt werden sollte.

Anders jedenfalls waren seine versteckten Gesten an die ältere Dame, wortlose Aufforderung, sich der Risikozone möglichst rasch zu entziehen, nicht zu deuten – allerdings ohne daß seine pantomimischen Signale von der mittlerweile offenbar ebenfalls stark wombatengagierten Besucherin angenommen worden wären.

Und sie sollte sich lohnen, unsere doppelte Ausdauer!

Denn nach etwa einer Stunde weiterer Knurr- und Grunztöne, nach gut sechzig Minuten des Lockens, Flehens und Bettelns in hohen und in tiefen Tönen, geschah das Unglaubliche.

Wieder teilte sich, wie gestern, die gräserne Wand, und der Wombat kam heraus, aber diesmal mit dem dicken Kopf voran, frontal, in ganzer Gestalt! Langsam, sehr langsam, doch näher und näher, trat er heran, beide Augen starr gerichtet auf mich, der mit dem Gesicht ganz eng an das Gitter gerückt war. Da atmete er wahrhaftig vor mir, der Wombat, schwer, rund, wollig, stark riechend und – phantastisch! – mit den unproportioniert riesigen, schräg nach oben geschlitzten Nasenlöchern nur wenige Zentimeter von meinem Riecher entfernt.

Und ich bleibe ganz bei der Wahrheit, wenn ich sage, daß diese Fastberührung eine ordentliche Weile angedauert hat, daß der Wombat mich bei diesem Tête-à-tête fest musterte und erst nach ausgiebigem Schnuppern in meiner Richtung mit komischem Rückwärtsgang wieder hinter dem gräsernen Vorhang verschwand.

Ich hätte es, offen gesagt, gern noch ein bißchen länger gehabt, aber das Unerhörte war geschehen. Der Wombat im Berliner Zoo hatte das Gesetz seiner *nachtaktiven* Gattung übertreten und eine Äonen alte Gewohnheit respektlos durchbrochen, um meinetwillen – es konnte nicht wahr sein!

Da es jedoch schmerzte, als ich mich, einer alten biographischen Tradition folgend, in den Arm kniff, um zu ergründen, ob ich wachte oder träumte, hatte sich die Begegnung tatsächlich so abgespielt, wie ich sie hier schildere, ganz abgesehen davon, daß mir die anerkennende Miene, mit der die alte Dame meine Ausdauer und meinen Erfolg belohnte, unvergeßlich geblieben ist.

Aber hätte ich das Erlebnis doch nur für mich behalten, es schweigend ausgekostet und in Ruhe genossen. Statt dessen tat ich das verkehrteste, was an diesem Ort geschehen konnte. Denn als der Wärter, zwei Minuten später, mit Eimer und Schaufel hinzutrat, rief ich ihm, ungeachtet meiner gestrigen und heutigen Erfahrungen, in freudiger Erregung zu: »Ich hab's geschafft, er ist nach vorn gekommen, der *nachtaktive Wombat*, aus seinem dunklen Verlies, und das am hellichten Tag!«

Si tacuisses, philosophus mansisses ...

Ja, hätte ich doch nur, wie ein Philosoph, den Mund gehalten.

So aber machte der Wärter einen Satz, wie einer, dem Beelzebub über den Weg gelaufen ist, wobei er den Mund öffnete, als wollte er etwas sagen, ohne daß ihm jedoch vor Entsetzen oder Wut anderes als heiße Luft entströmte – ein Bild zum Fürchten.

Selbst das bestätigende Nicken der alten Dame konnte den Wärter nicht eines Besseren belehren. Er blieb dabei, daß mit der Behauptung, der *Nachtaktive* sei ans Tageslicht gekrochen und habe sich dazu noch Nase an Nase mit mir ergötzt, sich ein unverbesserlicher Hochstapler in den Berliner Zoo eingeschlichen hatte.

Nein, ich habe ihn nicht überzeugen können und ihm und mir weitere Begegnungen dann auch erspart.

Dabei hat die Sache eine ironische Pointe – nämlich seinen und meinen Irrtum, *Nachtaktivität* bedeute, daß sich Wombats tagsüber, also im Hellen, gar nicht blicken ließen, sondern nur zwischen Abend- und Morgendämmerung aus ihrem Versteck kämen.

Daß das so nicht stimmt, daß dort im Berliner Zoo vor zwanzig Jahren der Wärter und ich dem gleichen Irrglauben verfallen waren, das sollte mir erst lange danach aufgehen.

Überhaupt hatte ich nach der elementaren Begegnung noch viel, sehr viel zu lernen.

Seitdem ist meine Neugierde auf alles, was mit Wombats zu tun hat, unstillbar. Freunde, Bekannte, Kolleginnen und Kollegen wissen davon und verwöhnen mich, wo immer es geht. Mir wird Literatur über Wombats zugeschickt, ich werde auf Artikel in der Presse aufmerksam gemacht, und wenn das Fernsehen über Wombats berichtet, werde ich früh darüber informiert, um mir alles andere vom Halse zu halten.

Erste Bekanntschaft mit ihnen machten Europäer im Jahre 1797.

Damals war die britische »Sidney Cove« südwestlich von Flinders Island, in der Bass-Straße zwischen dem australischen Festland und Tasmanien, auf Grund gelaufen. Die Mannschaft konnte sich auf eine der zahlreichen Inseln der Meerenge retten, wo sie auf seltsam plumpe Tiere stieß, die sich mühelos erlegen ließen und die Seeleute so mit ihrem Fleisch vor dem Hungertod bewahrten.

Als die Männer endlich von einem anderen Schiff entdeckt und aufgenommen wurden, nahmen sie eines dieser drolligen Tiere lebend mit, das aber schon nach einigen Wochen starb und England nur als Spirituspräparat erreichte. Damals schrieb der britische Botaniker Joseph Banks: »Das Tier hat etwa die Größe eines Dachses, und wir nehmen an, daß es zu dieser Art gehört, da es mit seinen Vorderpfoten geschickt im Boden gräbt.«

Das hatten auch die Schiffbrüchigen der »Sidney Cove« gedacht und das Tier deshalb »native badger« genannt – einheimischer Dachs.

Aber nicht nur sie und der Biologe waren diesem Irrtum aufgesessen, sondern auch jener seefahrende Anonymus, der ein Jahr später, am 26. Januar 1798, vor der Südostküste Australiens geschrieben hatte: »Das Tier ist etwa zwanzig Inches hoch mit kurzen Beinen, hat einen dicken Körper, einen großen Kopf, runde Ohren, sehr kleine Augen und Ähnlichkeit mit einem Dachs.«

(So erinnerlicherweise schon in der *Einführung* zitiert.)

Doch weit gefehlt, daß hier Verwandtschaft mit jener Gattung der Marder bestünde, ungeachtet der Tatsache, daß auch Dachse plumpe Sohlengänger sind, kurzbeinig und kurzschwänzig, daß sie wie Wombats schmale Augen und kleine Ohren haben und dazu an den Vorderfüßen kräftige Grabkrallen, mit denen sie in der Erde wühlen.

Beim Wombat haben wir es vielmehr mit einer der rund zweihundertfünfzig Arten der *Beuteltiere* zu tun, deren Entwicklungsgeschichte bis in die ausgehende Kreidezeit, also noch in die Endepoche der Saurier, zurückreicht und Kreaturen von großer Formenfülle hervorgebracht hat – laufende, springende, kletternde, pflanzen- und fleischfressende. Verbreitet auf Celebes, Timor, Neuguinea, Tasmanien und dem australischen Festland, ergab sich in dieser Ecke der südwestpazifischen Anrainer nach der Unterbrechung der Landverbindung zu Asien und Südamerika vor etwa sechzig Millionen Jahren ein von äußeren Einflüssen so gut wie unberührter Evolutionsprozeß, der den fünften Kontinent längst zu einer Sonderregion der internationalen Säugetierforschung gemacht hat.

Hier hat im Pleistozän, vor mehr als 25 000 Jahren, das Diprotodon gelebt, ein rhinozerosgroßer, grasfressender Riesenbeutler, der zwar mit der Austrocknung des australischen Kontinents ausstarb und nicht zu den eigentlichen Plumpbeutlern zählt, aber dennoch ein gewaltiger Verwandter der Wombats ist.

Was immer vom Wombat zu erfahren war, ich gierte danach und schrieb es mir auf.

So etwa, daß sie zwanzig bis fünfundzwanzig Kilo schwer werden, fünf kurze Zehen, ein entwickeltes Gehirn und ein Fell von gelber, grauer oder schwarzbrauner Tönung haben. Daß es den *Haarnasen-* oder *Breitstirnwombat* und den *Nacktnasenwombat* gibt, die beiden einzigen Gattungen, die erste mehr berg- und waldbewohnend, die zweite lieber im küstenfernen Hinterland lebend; daß sich erfreulicherweise aber ein *tasmanischer Nacktnasenwombat* mit einem weiblichen *Südlichen Haarnasenwombat* paaren kann und es auch noch, um das Ergötzen voll zu machen, einen *Nördlichen Haarnasenwombat* gibt.

Vollendet an ihre natürlich Umgebung angepaßt, sind Wombats unermüdliche Wühler, mit unterirdischen Gängen von achthundert Metern Länge und bis zu achtzig Metern Breite, ganze Kolonien, die sie sorgfältig mit Gras und Baumrinde auspolstern. Sie nähren sich rein vegetarisch, von Gräsern, Wurzeln und Pilzen, bringen stets nur ein Junges zur Welt, das in einem Beutel des Weibchens steckt, der nach hinten gerichtet ist, so daß beim Graben der Kinderhort nicht vollgeschaufelt wird.

Bedarf es einer Erwähnung, daß auch diese Tierart vom Aussterben bedroht ist? Aber das nicht durch ihre natürlichen Feinde, Beutelwolf und Dingo, Australiens verwilderten Haushund, und auch nicht durch die Ureinwohner, die Aborigines, die den Bestand nie gefährdet haben. Wombats sind von weißen Jägern und Farmern buchstäblich wie die Hasen abgeschossen worden, unter Auszahlung von Prämien. Mag sein, daß Pferde und Vieh mit ihren Beinen hier und da in dicht unter der Oberfläche liegende Erdhöhlen der Wombats eingebrochen sind und sich dabei verletzt haben − für die staatlichen Ausrottungsmaßnahmen war das nichts als ein Vorwand.

Heute besiedeln Wombats nur noch einen Bruchteil ihres einstigen Verbreitungsgebiets im südlichen Queensland, den Hartlaub- und Savannenwäldern Neusüdwales, den von Zwergeukalypten bestandenen Ebenen der Großen Australischen Bucht und auf der Insel Tasmanien. Nirgendwo stehen die *Plumpbeutler* unter Arten- oder irgendeinem sonstigen Schutz.

Schwacher, wenn auch höchst begrüßenswerter Trost: In Deutschland gibt es eine unerwartet umfangreiche Fachliteratur über den Wombat, von einer Gruppe, die ich »die Eingeweihten« genannt habe. Allen voran Dr. Arnfried Wünschmann, dessen achtzigseitigem, 1970 in der Neuen

Brehm-Bücherei des A. Ziemsen Verlags in der Lutherstadt Wittenberg erschienenem und reich bebildertem Werk »Die Plumpbeutler« ich grundlegende Informationen über den Wombat zu verdanken habe. Das Literaturverzeichnis führt an die hundert Titel einschlägiger Werke auf.

Die liebevolle Beschäftigung von Wissenschaftlern und Liebhabern mit den drolligen Plumpsäcken hat bisher leider nichts an der inflationären Fähigkeit des Homo sapiens sapiens geändert, auch diese Spezies bis auf Reste zur Strecke zu bringen, so daß Wombats aller Wahrscheinlichkeit nach bald nicht mehr in ihren angestammten Lebensräumen, sondern nur noch in Zoos zu bewundern sind.

Und auch dort sind sie rar genug.

Irgendwann auf der Suche nach Wombats begann ich herumzutelefonieren, und ich fürchte, daß ich dabei mancher Zooleitung in Deutschland schwer auf die Nerven gefallen sein muß – vor und nach der Wende von 1989/90. Besonders denen, die wenig Interesse zeigten oder mir gar mitteilten, daß sie früher wohl Wombats »gehalten« hätten, mir aber auf meine dringende Nachfrage, warum nicht auch heutzutage, keine befriedigende Antwort geben konnten.

Darunter war ein Zoodirektor – ich sage nicht, wer und wo –, der baß erstaunt fragte: »Wie heißt das – Wombat?« Ich konnte gerade noch verhindern, daß mir der Hörer aus der Hand fiel.

Schließlich wurde ich doch fündig – im Duisburger Zoo.

Den Hinweis hatte ich bekommen von der Leitung des Kölner Tiergartens, wo vor längerer Zeit ein Wombat gelebt haben soll (und ich mir also geharnischte Vorwürfe machte, warum ich diese Nähe nicht ausgenutzt hatte). Aber dort, im Zoo der Stadt mit dem größten unserer Binnenhäfen, dort solle es Wombats geben.

Stimmt.

Doch ebenso stimmt es, daß ich sie dort nur unter Mühen gefunden habe. Einmal wegen amtlicher Fehlleitung (»im Koala-Haus« – falsch!), dann wegen mangelhafter Beschilderung. Schließlich, vorbei an den Känguruhs, sah ich sie doch – dick und wollig, ein Männchen und ein Weibchen, beide voneinander durch ein Gitter getrennt. Sein Fell dunkelbraun, ihres hell, fast silbrig, beide tappend, schnüffelnd, mit den charakteristischen, schräg nach oben geschlitzten Nasenlöchern, ein Anblick, der mich, nach so langer Sehnsucht, sowohl begeisterte als aber auch meine bisherigen Vorstellungen zum Einsturz brachte.

Denn was ich da sah, spielte sich am hellichten Tage ab, gegen vierzehn Uhr, unter einem offenen, sonnenstrahlenden Julihimmel, und nicht etwa abgeschirmt in einem Käfig. Die Wombats hatten sich nicht verkrochen und warteten nicht auf die Dunkelheit, auf die Nacht, sondern er war in einem großen, steineingefaßten Sandareal, sie von ihm separiert in dem Anbau des Hauses, das die Duisburger Wombats beherbergt, und beide waren höchst sichtbar.

Hier gab es nichts zu locken und zu schnalzen, um sie hervorzutreiben, nichts zu grunzen und zu knurren, weder in hohen noch in tiefen Tönen, um ihrer ansichtig zu werden; hier zerstob die Legende von den *nachtaktiven* Wühlern, die meinen Berliner Besuch so eindrucksvoll gemacht und an die ich bis zur Stunde geglaubt hatte. Mit anderen Worten, hier brach mein altes Wombatweltbild zusammen wie ein

Kartenhaus, erkannte ich, daß wir beide geirrt hatten, der Berliner Wärter und ich.

Gleichzeitig mit dieser Erkenntnis spürte ich aber auch Erleichterung, ja, geradezu Begeisterung. Hieß das doch, daß ich meine Lieblinge ausgiebig beäugen, ihre Bewegungen studieren, ihr Verhalten in mich aufnehmen konnte, ohne jene Voranstrengung, die ich mir im Berliner Zoo hatte abringen müssen. Dennoch gut, daß ich beides erfahren hatte: den schwierigen Auftakt und nun, so viel später, die hinreißende Freisicht gleich auf zwei Wombats. Täuschung ausgeschlossen, denn da stand es in großen Buchstaben vor meinen glückumnebelten Augen:

NACKTNASEN-WOMBAT
Vombatus ursinus (Shaw) –
Common Wombat – Naaktneus-Wombat-Wombat,
SO-Australien, Tasmanien

Ich nenne ihn sogleich, von der ersten Sekunde an, den *Dunklen*, sie die *Helle*.

Er hat nur einen Gedanken – hin zu ihr, die hinter einem Gitter von ihm getrennt ist und offensichtlich nichts von ihm wissen will. Er nagt verzweifelt an der verschlossenen Tür und erfährt dabei nicht nur, daß das Metall stärker ist als seine Zähne, sondern alle Annäherungsversuche auch dauerhaft mißachtet werden – sie würdigt ihn keines Blickes. Dennoch bemüht er sich stürmisch um sie, bis er, für diesmal, aufgibt, in die Sandarena zurückeilt und dort aufgeregt seine Kreise zieht.

Schließlich bleibt er stehen und beginnt – man muß das erlebt haben – zu graben. Er gräbt und gräbt, und man sieht, daß er das kann, daß Wombats geboren werden, um zu graben: Der Sand fliegt nur so nach hinten. Hier vor mir arbeitet das vorläufige Endglied einer Kette von Millionen von Wombatgenerationen – aber erschütterndeweise geschieht das ins Leere hinein, sozusagen ins Blaue. Denn da ist kein Bau unter der Erde, die Anstrengung unproduktiv, die ganze Energie vertan – nichts entspricht hier auch nur entfernt den natürlichen Daseinsbedingungen der Wombats. Das war zwar im Berliner Zoo auch nicht anders, doch stand die damalige Begegnung, wie erinnerlich, noch ganz im Zeichen des *ersten Rendezvous* und seiner Hysterie.

Hier aber, mittlerweile von größerer Kenntnis der Stammesgeschichte und Lebensgewohnheiten der *Vombatidae*, suchen mich Gedanken heim, die mir so vorher nicht gekommen waren und mir nun zusetzen. Vor allem, ob es nicht überhaupt geboten sei, Tiere in ihrer natürlichen Umgebung zu lassen, weil Verpflanzung, jedenfalls bei bestimmten Arten, völlige Entwurzelung bedeutet. Doch schließt sich an diese Überlegung nicht sofort eine nächste an, nämlich ob Zoos nicht überhaupt höchst fragwürdig seien? Selbstverständlich kenne ich die Stimmen, die sie verteidigen, die diese Kultur bejahen, mehr, sie geradezu ummünzen in ein höheres Gut als das der Naturbelassenheit, da so den Tieren der Kampf ums Dasein mit all seinen Grausamkeiten doch erspart bleibe und im übrigen ohne solche Institutionen die meisten Menschen nie den Zauber fremder Fauna erleben würden.

Was ja auch wieder stimmt, denke ich, obgleich mir dabei nicht wohl ist. Doch in der Tat – wenn es keine Zoos gäbe, hätte ich schrecklicherweise niemals leibhaftige Wombats

zu Gesicht bekommen, würde es nicht da vor mir herum-
wuseln, das kurzbeinige Pärchen, die Helle und der Dunkle,
müßte ich verzichten auf das unbeschreibliche Entzücken
bei ihrem Anblick.

So hocke ich im Duisburger Zoo am Rand ihres Geheges,
gleich neben den Känguruhs, und sauge mich förmlich fest
an der braunen Plumprolle hier vorn im Sand und, etwas
entfernter, an dem widerspenstigen Weibchen, das mir seine
wammige, in tiefe Fellfalten gelegte Rückenansicht darbietet.
Es schnüffelt pummelig über den Boden, tappt geruhsam
herum, spitzt die kurzen Ohren, legt die Vorderpfoten brav
nebeneinander – und hat den ungebärdigen Freier doch stets
scharf im Visier.

Der zieht weiter seine unruhigen Kurven im Sand, mit
seidig glänzender Decke und äußerst flink, wirft dann und
wann ein lustloses, höchst desinteressiertes Auge auf den
seltsamen Zweibeiner, der sich nahe herangepirscht hat, und
kehrt den dicken Kopf mit den charakteristisch schräg
geschlitzten Nasenlöchern immer wieder witternd in die
Richtung der Hellen.

Dazwischen aber gräbt er, gräbt wie wild, mal hier, mal da,
als wüßte er nicht, wohin mit seiner Kraft, gelenkig von einer
Stelle zur anderen stampfend und mit so schnellen Vorder-
klauen, daß ihren Bewegungen kaum zu folgen ist.

Währenddessen verharre ich regungslos auf der Stein-
brüstung, ganz gefangen von der Furcht, schon *eine* falsche
Geste könnte den Wombat stören und aus seinem gewohnten
Verhalten reißen, und will den Blick nicht wenden von dem
Dunklen da unten. Ein Bündel warmen Fells, lieb-plump,
wie unfertig hinterlassen von jemandem, der ursprünglich

Vollendetes im Sinn hatte, das ihm dann zum Glück jedoch mißlungen und zu diesem wonnigen Etwas geraten ist, das anzufassen ich sonstwas geben würde, während ich mich tatsächlich mit dem bloßem Anblick begnügen muß (der es aber, wahrlich, auch schon in sich hat).

Mittlerweile geht das Geschlechterdrama da vor mir munter weiter, denn das Männchen will die Sperre nicht akzeptieren, die das Wombatweibchen von ihm trennt. Und so rennt der Dunkle immer wieder an, stupst die schräg geschlitzte Nase gegen das Gitter und wetzt daran sein imponierendes Nagergebiß. Sie dagegen tut erst so, als sähe sie ihn gar nicht, schnüffelt unbeteiligt auf der Erde, setzt sich hin mit silbrigem Fell, das sich zu meiner großen Freude wieder in wammig-dicke Falten legt, spitzt die Ohren und kehrt dem verhinderten Liebhaber scheinbar unbeteiligt den Rücken zu.

Aber dann, wenn der Dunkle es gar zu arg treibt, am Gitter sabbernd aufgerichtet und die Pfoten fordernd erhoben, schwenkt die Helle blitzschnell herum, fegt auf ihn zu und faucht ihn an.

Faucht ihn so nachdrücklich an, daß er von ihrem Speichel benetzt wird, was ihn jedoch eher zu erregen als abzuschrecken scheint.

Denn nun nimmt er, wenn auch inzwischen taumelnd vor Gier und Erschöpfung, das unüberwindbare Hindernis noch heftiger an. Was die Helle, seines nutzlosen Berserkertums sichtlich überdrüssig, endlich veranlaßt, im Haus zu verschwinden und von dort nicht wieder hervorzukommen, so lange ich auch darauf warte.

Das dauerte, bis ein Wärter kam und mahnend darauf aufmerksam machte, daß der Zoo geschlossen werde und der

Ausgang noch eine ganze Strecke weit sei. Bis dahin aber hatte mir wenigstens der Dunkle die ganze Zeit über das volle Glück seiner zärtlichen Erscheinung gewährt.

Und nun liegen, während ich dies tippe, über meinen Arbeitstisch verstreut zahlreiche Fotos des Wombatpärchens, die ich mit großer Lupe beäuge und studiere, auf daß mir kein Härchen entgeht, über dessen reproduzierter Imagination ich sachte streichle, bis in die Fingerspitzen sensibilisiert, wie sich der braune und der silbrige Wombatpelz wohl in Wirklichkeit angefühlt hätte.

Nun aber, eingestandenermaßen, doch froh darüber, daß es Zoos gibt, sogar mit Wombats.

Es ist noch gar nicht lange her, daß mich ein Nachbar, in Kenntnis meiner Vorliebe und ihres biographischen Gewichts, anrief und freudestrahlend berichtete: »Der Berliner Zoo hat wieder einen Wombat.« Er selbst habe ihn gesehen, aber unter anderen Umständen, als sie nach meinen Schilderungen damals geherrscht hätten – das primitive Ambiente sei einer neuen, aufwendigen Umgebung gewichen.

Also ging es bei nächster Gelegenheit vom Rhein an die Spree, und dort, wieder sehr früh und voller Ungeduld, so rasch wie möglich an die Stätte meiner Sehnsucht.

Die befand sich in der Tat nicht mehr an ihrem alten Standort mit dem jämmerlich schmalen Käfig, sondern an prominenter Stelle – im Löwengehege. Hier hatte der Fortschritt gewaltet, war Geld investiert und dem Wombat und seinesgleichen ein eigenes Areal im Souterrain eingeräumt worden – »TIERWELT DER NACHT« lese ich mit wachsender Neugierde.

Schon der Weg dahin war wie ein Gang durch die Wunder irdischer Fauna. Dicke Pandabären, die Augen, wollte mir scheinen, mit hoher Bewußtheit auf mich gerichtet; ein Jaguar aus Amazonien, das Fell wunderbar gefleckt, der Schwanz wie eine künstlerisch geworfene Peitschenschnur, und der edle Kopf nahe vor mir, doch ohne mir in die Pupille zu schauen; Tüpfelhyänen, kräftig gebaut, mit entblößtem Raubtiergebiß und den schwarzen Placken im gelbbraunen Fell (imponierend, wenn auch nicht mit dem Charisma und den Assoziationen »meiner« Hyäne im Zoo von Oud Wassenaar).

Im neuen Domizil der *Nachtaktiven*, nahe den Löwen, geht es nun eine Treppe hinunter, ins Dämmrige. An der Wand, ernüchternd, Schilder: *»Rauchen verboten«* und *»Vor Taschendieben wird gewarnt«*.

Doch wer sollte mich hier beklauen? Bin ich doch wieder so früh – offenbar mein Zooschicksal – der einzige Besucher weit und breit. Nun tiefer hinab noch, dahin, wo es wirklich düster wird und Lichtverhältnisse herrschen, an die sich das Auge erst gewöhnen muß. Aber dann schimmert vor mir eine gläserne Front, viele Abteilungen nebeneinander, moderne Käfige, die nicht den Eindruck von Zellen machen, ein jeder beschildert und mit den Namen der jeweiligen Insassen versehen.

Und so streiche ich, von links nach rechts, vorbei an Springhasen, Erdferkeln, Fettschwanz- und Mausmaki; erkenne ich hinter Glas eine Ginsterkatze und einen Raubmarder der Art Zorilla; ferner Braunborstengürteltiere, Wickelbären und das australische Kurzschnabeltier, allmählich jedoch immer beunruhigter – denn wo bleibt der Wombat?

Aber da ganz außen, endlich, steht: *»Fuchskusu* und *Nacktnasenwombat«!*

Woraufhin ich laut aufjubele (gut, daß ich allein war), mit meinen Blicken in den schwach beleuchteten, dämmrigen Käfig einzudringen versuche und dabei meine Nase an der glatten Scheibe platt drücke. Doch selbst wenn ich sie noch platter gedrückt hätte – ein Wombat hätte sich wohl auch dadurch kaum hervorzaubern lassen.

So intensiv ich auch suche, forsche, hinblicke – kein Wombat! Versteckt haben kann er sich nicht, denn der Käfig ist bis zur Rückwand völlig überschaubar und die Dunkelheit nicht so groß, daß er sich in ihr hätte verstecken können.

Wieso ist dann aber *Vombatus ursinus* (Common Wombat), eine *Nacktnase* also, angezeigt?

Den *Fuchskusu*, den sehe ich – der turnt da drinnen auf schwankenden Ästen herum, und wäre auch sonst mit einem Wombat nicht zu verwechseln, schlank und leicht, wie er sich da luftig bewegt.

Ich spüre, wie sich mir unter der Enttäuschung die Kopfhaut zusammenzieht – kann denn sein, was nicht sein darf? Sollte ich den weiten Weg von Köln nach Berlin – und zurück! – wirklich umsonst gemacht haben, mir der lang ersehnte Anblick verwehrt, das so innig herbeigewünschte Erlebnis versagt bleiben?

Die Frage treibt mich die Treppe hoch und an die frische Luft.

Gemach, sage ich mir, jetzt nicht hippelig werden, ruhig Blut bewahren und jemanden fragen, was es damit auf sich habe, daß der Wombat zwar groß angezeigt, tatsächlich aber nicht da ist. Nur – oben treffe ich niemanden an. Die Löwen brüllen, doch Personal ist nicht zu sehen.

Zur Selbstbeschwichtigung, um mich abzukühlen, mache ich noch einmal einen Gang in die nähere Umgebung, streife an den Mähnenschafen, Tüpfelhyänen, Pumas vorbei, und stehe dann vor einem Tiger, getrennt nur durch ein Gitter, an dem er ganz nahe postiert sitzt. Auf die mächtigen Vordertatzen gestemmt, schaut er mit graugelben Augen zu dem Springbrunnen hin, wo sich – welche Beute! – wasserbesprüht zwei steinerne Robben kosen.

Die Schönheit aus Sumatra kneift mit den Augen, wendet sich, keinen halben Meter entfernt, mit majestätischer Langsamkeit mir zu, vermeidet aber meinen Blick. Dann gähnt er, mit langer, durchgebogener, herrlich lachsfarbener Zunge, und knurrt zur Seite, wo, kleiner, die Tigerin gespenstisch lautlos auf weichen Sohlen hin- und hertappt.

Der Tiger bleibt vor mir hocken, die Ohren an den Spitzen ein wenig nach innen eingeknickt, neben der rosafarbenen Nase einen rötlichen Klecks und die Luft hörbar einsaugend. Ausgestattet mit einem unerhörten Geruchssinn, wittert er in die Weite, erhebt sich dann, die Schwanzspitze geradezu anmutig erhoben, und geht davon – ganz schmal und doch ein einziges Kraftbündel aus Muskeln und Sehnen. Dann spritzt er ab, nach hinten, aus einem verborgenen Penis, wie ein Ritual schamloser Überlegenheit, und reckt sich schließlich an einem Baum mit abgekratzter Rinde zu voller Größe auf.

Über zwei Meter hoch, die Pranken noch höher ausgestreckt, wetzt er seine scharfen Krallen, daß die Splitter fliegen, brüllt einmal dumpf, unterdrückt, und läßt sich wieder fallen – ein Bild urtümlicher Stärke und souveränen Selbstbewußtseins.

Aus diesem Anblick ungern erwachend, fällt mir sogleich das Elend mit dem Wombat ein. Also eile ich geschwind zurück zur »TIERWELT DER NACHT«, brauche aber nicht noch einmal hinunterzusteigen in die dämmrige Gruft, sondern treffe oben, in der Nähe des Löwengeheges, einen jungen Mann, der einen riesigen Fleischklumpen an einem Haken trägt und in einer Tür verschwinden will, hinter der lautes Brüllen erschallt. Auf meine ihm wegen des Lärms zugerufene Frage: »Könnten Sie mir bitte sagen, wo der Wombat ist?« dreht er sich um, kommt auf mich zu und fragt dann zurück: »Sind Sie deshalb gekommen?« Als ich bestätigend antworte – »Ja, aus Köln« –, huscht ein Lächeln über sein Gesicht, ehe er den Fleischklumpen ablädt und mit einem Unterton ehrlichen Bedauerns sagt: »Da haben Sie Pech gehabt – der Wombat war bis gestern noch hier. Seit heute ist er im Zoo von Hannover.«

Sprach's, griff nach dem Fleischklumpen und ließ mich mit meiner Misere allein.

Es wurde, wie man sich denken kann, ein mehr als betrüblicher Abschied – wenngleich die Metropole des Landes Niedersachsen keineswegs aus der Welt ist.

Nur hatte sich wieder bestätigt: Wer Wombats sucht, der muß gegen alle möglichen Unvorhersehbarkeiten, Hindernisse und Widrigkeiten mit großer Geduld gewappnet sein. Anders sollte man sich auf dieses Verhältnis nicht einlassen.

Klärender Nachtrag.

Ein Leben mit der Liebe zu Wombats ist heutzutage kein leichtes, sozusagen aus Mangel an Masse schon – gibt es von ihnen in ganz Europa doch nur noch sechs Exemplare. Die gehören vier Zoos, sind aber nur auf drei verteilt.

Zur Stunde dieser Niederschrift gestalten sich die komplizierten Besitz- und Ausleihverhältnisse folgendermaßen: Die drei Zoos mit Wombats, teils Pärchen, teils einzeln, befinden sich in Antwerpen, Duisburg und Hannover.

Das hört sich übersichtlich an, ist es aber nicht.

So war zum Beispiel Bosco, das Berliner Männchen, nach Hannover ausgeliehen, genauer, auf Dauer dorthin »ausgelagert« worden, weil die Unterbringungsmöglichkeiten in der Leinestadt besser sind als im hauptstädtischen Zoo und der für Wombats viel zu kleinen *»TIERWELT DER NACHT«*.

Lange ist Bosco allerdings nicht in Hannover geblieben, denn von dort kam er bald nach Duisburg, wo er sich heute noch aufhält. Was nicht bedeutet, daß am Rhein nun drei Wombats hausen, denn nach der Ankunft von Bosco in Duisburg war das dortige Männchen *Gerhard* auf den Weg nach Hannover gebracht worden.

Womit die Wombattransaktionen noch keineswegs erschöpft sind, da ein anderes Hannoveraner Männchen namens Rolf grenzüberschreitend den Zoo von Antwerpen ziert, weil das dortige Weibchen ihm holder ist als anderen Männchen, mit denen es zuvor versucht wurde.

So beweist die Europäisierung dieser Plumpbeutler aus dem fernen Australien denn wieder einmal, welche vielfältigen Möglichkeiten in arithmetischer und genetischer Hinsicht einer so winzigen Zahl wie der Sechs entsprießen können. Wobei die klugen Verschiebungen und Leihgaben der Zoos untereinander immerhin die Hoffnung lassen, daß der Anblick von Wombats der Menschheit auch dann noch erhalten bleiben wird, wenn es auf freier Wildbahn schon längst keine mehr gibt.

Was nicht zuletzt für mich wichtig ist, da in der langen Beziehungsgeschichte zwischen dem Wombat und mir ja noch ein schweres Defizit getilgt werden muß – nämlich die unerläßliche Berührung, die bis heute fehlt, wie dieser Schrift entnommen werden kann. Ein Status quo, bei dem es nicht bleiben darf und mit dem ich mich niemals zufriedengeben werde, auch wenn ich weiß, was alles an administrativen und aufseherischen Hürden überwunden werden muß.

Denn da scheint, meinen Erfahrungen mit kompetenten Stellen nach, so etwas auf wie ein Aberglaube, als gäbe es eine Art Wombattabu, dessen Bruch durch Menschenhand der Gattung das Odium jungfräulicher und gleichsam zur Weiterexistenz notwendiger Unberührtheit nähme.

Gut nur, daß solche Besorgnisse durch ein Beispiel, wie es überzeugender nicht hätte ausfallen können, ad absurdum geführt worden sind. Entdeckte ich doch jüngst in der Zeitung ein Foto, auf dem keine Geringere als das deutsche Tennis-As Steffi Graf einen ausgewachsenen Wombat auf dem Arm trägt – im Zoo von Melbourne!

Ich habe den Blick nicht lösen können von der liebevollen Umarmung zwischen Mensch und Wombat – der, ein Prachtexemplar seiner Gattung, fidel und mit lustig ausgestreckten Krallen, vollkommen unversehrt in die Kamera schaut.

Dieses Foto, das ich selbstverständlich nun ständig bei mir trage, hat dann auch – warum verschweigen? – meinen Willen, solche Einheit auf deutschem beziehungsweise belgischem Boden zu vollziehen, nur noch gestärkt.

Denn eines sehe ich beim besten Willen und bei aller Wombatliebe nicht ein: nämlich zu ihrer Erfüllung den Umweg über die *Australian Open* zu nehmen.

Noch zwei andere Papageien-Stories

Coco –
der Federfresser

Es dauerte fast auf den Tag genau vierzig Jahre seit dem unheilvollen Abgang des Zwergpapageis aus Großmutter Emmas Obhut in der Roonstraße in Hamburg-Hoheluft, ehe sich ein Familienmitglied wieder daran machte, sich nach einem tierischen Mitbewohner umzusehen:

Rocco, mein nach dem ungestümen Großvater benannter jüngerer Bruder. 1930 geboren, war er 1972, dem Jahr, das die neue Ära einleiten sollte, zweiundvierzig.

Obwohl Rocco mit dem erklärten Ziel, einen Papagei käuflich zu erwerben, die renommierte Zoohandlung in der Hamburger Straße allein betrat, fühlte er sich doch von seiner Frau, Schwägerin Rita, gleichsam unsichtbar begleitet.

Immer auf gute Taten aus, war sie im Hamburger Stadtteil Stellingen lange mit der Fütterung von Vögeln auf dem Balkon beschäftigt gewesen, wobei sie sich angewöhnt hatte, den Gefiederten Namen zu geben. So hießen die Meisen bei ihr, zum Beispiel, »meine kleinen Japaner«, das Männchen des Dompfaffenpärchens, das pünktlich jeden Tag zur gleichen Zeit einflog, »mein Höflicher«, weil er beim Fressen dem Weibchen stets den Vortritt ließ, dieses aber »meine Schöne« – was nicht schwerfiel, da es sich tatsächlich um ein besonders gelungenes Exemplar der Gattung handelte.

Leider blieb die quirlige Vogelschar jedoch außen vor, spielte sich das Ganze, wie immer man sich aneinander gewöhnt haben mochte, draußen vor der Tür ab, während das Dasein innerhalb der vier Wände weiterhin tierlos dahinfloß und das Bedürfnis nach kreatürlicher Allgegenwart ungestillt blieb. Die Verspätung des Entschlusses, diesem Verlangen nun doch nachzukommen, hing selbstverständlich nicht zuletzt damit zusammen, daß auch der jüngste Bruder schon in einem sehr frühen und also prägenden Lebensabschnitt manches von den eher glücklosen Beziehungen unserer Sippe zur Tierwelt mitbekommen hatte, vor allem den Flammentod von Bob, unserem Spitz, der in ihm so unverwunden war wie in jedem von uns.

Als echter Sproß seines Stammes erwies sich der jüngere Bruder übrigens auch dadurch, daß er sich zunächst spontan entschieden hatte für einen viel größeren und bunteren Papagei als den, der dann tatsächlich von ihm auserwählt wurde. Roccos voreilige Sympathien für den ersten Kandidaten waren rasch dahingeschmolzen, als er gewahrte, daß der Große einem Kleineren das Futter mißgönnte und sich ihm gegenüber so wild benahm, daß der Schwächere demütig und furchtsam zurückwich. Nun hätte der Kunde von anderer Herkunft und Tradition sein müssen, wenn er sich angesichts solch selbstgerechter Überlegenheit nicht sofort und eindeutig für den Benachteiligten entschieden hätte: »Bitte diesen Vogel da – und keinen anderen.«

»Oh, den *Graupapagei mit dem roten Schwanz!*« sagte der Inhaber, wie angenehm überrascht, um dann in einem Ton, als fiele ihm ein Stein vom Herzen, fortzufahren: »Da haben Sie aber gut, sogar sehr gut gewählt.«

So fiel *Coco* unter die Giordanos, oder – um es genauer zu sagen – meines Bruders Familie unter Coco.

Es fing damit an, daß der Ladeninhaber den Kunden dringend davor warnte, auf der Heimfahrt auch nur ein einziges Wort an den Vogel zu richten. Da es sich, so die Erklärung, um ein besonders sensibles Tier handele und die Fahrt im Auto eine ganz neue und, vorsichtig ausgedrückt, wahrscheinlich auch höchst ungute Erfahrung werde, würde der Papagei später immer des Käufers Stimme mit dem Trauma in Verbindung bringen und ein gedeihliches Verhältnis erschweren, wenn nicht gar unmöglich machen.

Soweit der Inhaber der Zoohandlung, der, meinem Bruder zufolge, bei dem fast zeremoniellen Kaufakt außerordentlich erleichtert dreingeschaut haben soll.

Nun hatte der Straßenverkehr Anfang der siebziger Jahre zwar noch nicht seine heutige Dichte erreicht, aber zu bestimmten Tageszeiten war es auch schon damals mühsam genug, auf vier Rädern von Barmbek nach Stellingen zu gelangen, wenn man es eilig hatte. Und eilig hatte es mein Bruder, denn die Zeichen von Ungeduld, Erregung, ja, Hysterie bei Coco verstärkten sich angesichts des *Stop and go* mehr und mehr. Der *Graupapagei mit dem roten Schwanz* fühlte sich auf der Fahrt ins Ungewisse hörbar unwohl.

Ganz erheblich dazu bei trug der Umstand, daß der Inhaber der Zoohandlung alles andere als ein Verpackungsfachmann war, denn Coco sah sich in einem Pappbehälter eingesperrt, der zwar genügend Luftlöcher hatte, für den Bewegungsdrang des Papageis jedoch viel zu eng war. Deshalb gab er Geräusche von sich, wie sie der Brust bedrängter Klaustrophoben zu entweichen pflegen – also gedämpft, aber voll inneren Entsetzens. Doch wie sich verhalten angesichts solcher Not?

Es zeugt zunächst nur für Roccos mitfühlendes Herz, daß er seinem Vorsatz, Coco während der Fahrt, wie ermahnt, nicht anzusprechen, untreu wurde und in einen Schwall tröstender, liebreicher Worte ausbrach, um den aufgebrachten Papagei zu beruhigen. Die Folgen allerdings waren fürchterlich, und zwar ganz in dem angedrohten Sinne.

Denn kaum daß Coco zu Hause ausgepackt und dort in das vorsorglich beschaffte Bauer gesetzt worden war, begann er heiser zu krächzen, die Nacken- und Kopffedern nach vorn zu sträuben und den Schnabel kriegerisch an den Gitterstäben zu wetzen. Seine Wut galt unmißverständlich der Person, die ihn im falschen Moment, wenn auch in bester Absicht, unterwegs angesprochen und sich damit selbst als Urheber von Cocos frühem Ungemach denunziert hatte.

Mag sein, daß seine Abneigung gegen den Spediteur noch dadurch vertieft wurde, daß Rocco jetzt das endgültig

Falsche tat, nämlich Coco mit einer weiteren Wortflut besänftigen und dem Papagei seine freundschaftlichen Gefühle bekunden wollte.

Kurzum – die Ouvertüre wurde zu einem Rundumfehlschlag von solchem Ausmaß, daß auch reichliches Futter und frisches Wasser aus Roccos werbender Hand nicht das geringste daran zu korrigieren vermochte.

Ganz anders, mehr, verblüffend konträr dazu war Cocos Verhalten gegenüber der Ehefrau, die eine Stunde nach seiner Ankunft eintraf. Nicht nur, daß bei Ritas Anblick sein heiseres Gekrächze schlagartig verstummte, der Papagei quetschte sich in dem Bestreben, ihr möglichst nahe zu kommen, auch so fest an die Gitterstäbe, daß ihm die schmeichelnden Töne, zu denen er nun überging, wie in Atemnot entfuhren, während er gleichzeitig den Kopf in komischer Anmut und überwältigendem Charme schräg stellte – Sympathiebekundungen, die sogleich und ohne jede Vorverständigung erwidert wurden.

Und da sich Ritas spontanes Gefallen an Coco seither als unverbrauchbar erwies, blicken wir inzwischen auf die eindrucksvolle Prüfstrecke von mehr als einem Vierteljahrhundert zurück – ein Mysterium, an dem sich bis zur Stunde der Niederschrift nicht das geringste geändert hat und, da bin ich sicher, auch nichts ändern wird.

Was nicht heißen soll, daß Coco nicht von Anfang an problematische Verhaltensweisen an den Tag legte, die früh manches Stirnrunzeln und noch besorgtere Reaktionen hervorriefen, denn ein bequemer, gar gefügiger Hausgenosse war er nie.

Das vor allem durch eine Fähigkeit, die Großmutter Emmas Zwergpapagei lebenslang abging – Coco kann sprechen.

Zuerst waren es nur einzelne Worte, wie »O Gott, o Gott« oder »Na klar« oder »Ritata«, dann aber auch Satzsegmente wie »Komm mal her«, »Mein kleiner Junge« oder »Gib Papa ein Küßchen«.

Allerdings erschöpften sich Cocos Sprachkünste ganz und gar nicht in solch amüsanter Rhetorik, sondern annektierten bald auch Ausdrücke, die hier wiederzugeben gegen die guten Sitten verstieße, da »Du dumme Sau« noch der mildeste war.

Das gilt verstärkt für die erlesenen Obszönitäten, die der *Graupapagei mit dem roten Schwanz* guttural krächzend sowohl aus dem Fäkal- als auch dem Sexualbereich von sich gab, ganz abgesehen von Schmähwörtern, die ihm wie aus der Pistole geschossen entfuhren und von denen das häufigste, wenngleich keineswegs auch anstößigste »Du altes Mistvieh« lautete.

Nun beeile ich mich, eigentlich überflüssigerweise, hier anzumerken, was meinen Leserinnen und Lesern ohnehin klar ist, daß nämlich Cocos Lust- und Kraftausdrücke selbstverständlich nicht der Umgangssprache zwischen meiner Schwägerin und meinem Bruder entstammten oder deren gehässige Nachäffung waren, sondern aus einer anderen Quelle sprudeln mußten. Die aber ließ sich rasch orten: das Fernsehprogramm!

Wer je die Wirkung des elektronischen Hauptmediums unseres Zeitalters auf Zuschauer und Zuhörer unterschätzen sollte – Coco würde ihn eines Besseren belehren.

Seine Begabung ist dabei so bemerkenswert wie sein Ausleseprinzip, und beides bündelt sich in einer Vorliebe fürs Pornographische. Weil nun aber Bruder und Schwägerin für diese Programme wenig Neigung zeigen, konnte Coco seine Sudeleien nur aus Zwischenstücken beim Zappen oder in Abwesenheit seiner Ernährer bei laufendem Apparat aufgegriffen haben, das jedoch mit magnetischer Treffsicherheit.

Da er die meiste Zeit des Tages, an einen geschälten Ast geklammert, auf dem Dach des Bauers verbrachte, protzte Coco also von dort mit Wollust die volle Kakophonie seiner gesammelten Unanständigkeiten ab, und zwar je höher im Diskant, je tiefer er sich in sie hineinsteigerte. Nicht auszudenken, darf schaudernd angemerkt werden, wenn in diesem Haushalt die Sendungen nach Cocos Gelüsten gewählt worden wären.

Die Verwunderung über seine anrüchigen Neigungen sollte allerdings bald weit zurücktreten hinter das Befremden, das ein periodisch eintretender äußerer Wandel hervorrief, der mit dem Wort »Persönlichkeitsveränderung« nur sehr unzureichend charakterisiert wäre. Jedenfalls jagte es Rita und Rocco einen gehörigen Schrecken ein, als sie Coco eines Morgens mit ausgerupften Brust- und Schwanzfedern vorfanden, ein Bild des Grauens und des Jammers, das im Lauf des Tages immer noch trauriger wurde, bis schließlich nurmehr die Stellen mit Federn bedeckt waren, an die Cocos Schnabel nicht heranreichte.

Und da der Papagei von nun an in bestimmten Abständen quasi als sein eigener Entkleidungskünstler auftrat, nackt, wie die Natur ihn nicht geschaffen hatte, konnte es bestürzenderweise keinen Zweifel geben: Coco war das, was in der Fachsprache ein »*Federfresser*« genannt wird.

Zwar war er nicht der einzige seiner Art, hatte man doch auch sonst davon gehört und bedauernd den Kopf geschüttelt, ihn auch schon mal erlebt, den erschütternd-lachhaften Anblick, aber doch immer nur bei Papageien von Freunden oder Bekannten.

Nun jedoch bot sich das Trauerbild in den eigenen vier Wänden dar, nachdem Coco sich bis zur Unkenntlichkeit entstellt hatte und der Boden dicht und samten mit jenen grünen und roten Federn bedeckt war, die zuvor an seinem Papageienleib gehaftet hatten.

Aber so, wie die Raserei gekommen war, über Nacht, verschwand sie dann tröstlicherweise auch wieder. Irgendwann, einem geheimnisvollen Impuls folgend, hielt Coco plötzlich inne, an sich selbst herumzuzerren und zu -reißen, so daß er nach einer gewissen Frist seine verbalen Obszönitäten aufs neue in alter Schönheit und nachgewachsener Buntheit hinausschmettern konnte.

Lange währten die Perioden des Friedens mit sich selbst allerdings nicht, und als das erkennbar wurde, als sich die Rupfphasen mit der Regelmäßigkeit von Jahreszeiten wiederholten, blieb Bruder und Schwägerin nichts übrig, als auf Abhilfe zu sinnen.

Am Ende einer langen Kette fruchtloser Überlegungen und untauglicher Ratschläge, dem Verzagen näher als jedem anderen Gemütszustand, suchten sie den Händler auf, bei dem Rocco den Vogel erstanden hatte. Der stellte sofort, als sei er darauf vorbereitet gewesen, die Diagnose: »Coco ist vereinsamt, total vereinsamt«, um sogleich, wenn vielleicht auch nicht ganz uneigennützig, einen Therapievorschlag anzufügen: »Da hilft nur eines – ein zweiter Papagei.«

Und so geschah es, noch am selben Tag.

Der neue Gefährte hieß *Jaco*, war handzahm, gegenüber Coco ein Riese und wurde, vorsichtiger Gewöhnung wegen, zunächst in einem anderen Zimmer und Bauer optisch verborgen gehalten. Was natürlich gar nichts nützte, da der Alteingesessene den Neuankömmling von der ersten Sekunde seines Eintritts an gewittert hatte und darob auf der Stelle in eine akustische Kanonade ausbrach, bei der nicht eindeutig zu erkennen war, ob ihr Freude über die plötzliche Gesellschaft eines Artgenossen oder Zorn auf einen Konkurrenten zugrunde lag.

Was sich jedoch bald klärte.

Denn nachdem Coco und Jaco tagelang an ihren jeweiligen Gitterstäben gehangen und die kläglichsten Laute ausgestoßen hatten, wurde ihrem Begehren stattgegeben, und zwar mit rührendem Ergebnis: Selten dürften Papageien einander mehr zugetan gewesen sein als diese beiden, so ausgiebig begrüßten und kosten sie sich.

Über die Rangverhältnisse allerdings konnte es von vornherein zu keinerlei Irrtümern kommen. Der kleine Coco beherrschte den mächtigen Jaco vollständig, bis in die letzte Federspitze – ein Anblick für die Götter!

Beide auf dem geschälten Ast über Cocos Bauer, hielt der Kleinere dem Größeren seinen Kopf so hin, daß Jaco ihm mit seinem Schnabel sanft durch die Nackenfedern fahren konnte, eine Behandlung, die Coco derart gut gefiel, daß er sich drohend reckte, sobald der Große in seinen Anstrengungen nachließ. Dennoch auf Ausgleich bedacht, besann sich Coco nach einer Weile und begann nun seinerseits, dem anderen das gleiche anzutun – worüber Jaco vor lauter Glückseligkeit schier vergehen wollte.

Wichtigstes Resultat aber: Jacos Anwesenheit erzielte tatsächlich den erwünschten Effekt, die Therapie schlug offensichtlich an – Coco schien seine alte Rupfsucht völlig vergessen zu haben! Denn die Monate vergingen, und mit ihnen die Wechsel der Jahreszeiten, ohne daß Coco auch nur die geringsten Anstalten traf, sein altes Leben als Anhänger der Freikörperkultur wiederaufzunehmen und sich auf besagte Weise zu entkleiden.

Statt dessen gingen die Verliebtheiten weiter, wobei es offenblieb, ob die Spannung der Geschlechter dabei eine Rolle spielte oder anderes im Spiel war. Aber ob nun Männchen oder Weibchen, es berechtigte zu den schönsten Hoffnungen, wie hier, ungeachtet bleibender Rangunterschiede, gewaltlos miteinander umgegangen zu werden schien.

Schien – denn natürlich, es war zu schön, um anzudauern.

Und so machten denn eines Abends, nach Abwesenheit über den ganzen Tag hin, Bruder und Schwägerin bei der Rückkehr eine schlimme Entdeckung: Jacos linke Seite war fast gänzlich kahl gefressen – aber nicht von ihm selbst! Rocco und Rita trafen gerade noch rechtzeitig ein, um den Urheber der Verschandelung daran zu hindern, das Werk der Zerstörung auch auf Jacos rechter Seite zu vollenden. Coco hatte Jaco ein Leid getan, nur machte der Geplünderte den Eindruck, als wäre er damit ganz einverstanden.

Die beiden mußten getrennt werden, und das, ohne sich von ihrem doppelten Protest beeindrucken zu lassen, und zur Stunde noch sollte es geschehen. Die Folge: Am nächsten Morgen war Coco kahl bis auf die nackte Haut und bot, wenn überhaupt möglich, einen noch schauerlicheren Anblick als je zuvor.

Mit anderen Worten: Das Experiment und seine gute Absicht waren mißglückt, dafür im Hause nun aber zwei Papageien.

Also wieder die Frage: Was tun?

Die familiären Bindungen waren hochdifferenziert.

Hing Rita mehr an Coco, wie er an ihr, so hatte Jaco sich eher Rocco zugewandt, der ganz vertraut mit dem Großen verkehrte. Was aber nicht etwa bedeutete, daß meine Schwägerin eine gespannte Beziehung zu Jaco hatte oder der Bruder etwa Coco nicht mochte, keineswegs. Was dagegen lange unverändert blieb, war Cocos peinlich gewahrte Distanz zu Rocco – dessen Falschbehandlung beim Transport von Barmbek nach Stellingen war unvergessen. Blieb nur zu hoffen, daß der chemische Verfall der Hirnzellen auch von Papageien Cocos Erinnerungsvermögen eines Tages partiell betäuben würde und so eine neue Beziehung zwischen beiden eingeleitet werden könnte.

Die Existenz von zwei Papageien in *einer* Wohnung, ohne daß sie zueinander kommen durften, wurde zunehmend prekär, gellten ihre Sehnsuchtsschreie, durchmischt mit Cocos Obszönitäten, doch schriller und schriller durch die Räume.

Davon schließlich zermürbt, gaben Schwägerin und Bruder noch einmal nach, in einem, wie es hieß, letzten, allerletzten Versuch, und brachten Coco und Jaco wieder zueinander – vielleicht würde es diesmal ja doch gutgehen.

Es ging nicht gut.

Nach noch nicht vierundzwanzig Stunden war Jaco halb kahl gefressen, während Coco den Eindruck machte, als hätte er sich am lebendigen Leibe selbst geschunden – nur an Hals und Kopf sprossen ihm noch ein paar Federn. Man konnte es drehen und wenden, wie man wollte – einer der beiden Papageien mußte weichen.

Aber welcher?

Als willkommene Helfer boten sich gute Bekannte aus dem Teutoburger Wald an, Tierliebhaber, eine Familie mit sechsjährigem Sohn, der ohnehin verrückt nach Coco war. Und Coco sollte es denn auch sein, so der flehentliche Wunsch des gerade schulpflichtig gewordenen Knaben. Ein Wochenende reichte dafür aus, so weit ist es vom Teutoburger Wald nach Hamburg und zurück ja nicht. Nur gut, daß es regnete – Sonnenschein hätte die Trauer noch vergrößert. War Coco dort in Hamburg-Stellingen doch seit mehr als einem Dutzend Jahren inzwischen längst zum *Dritten im Bunde* geworden.

Erbarmungslos naht die Stunde, wird das Bauer, in eine Wolldecke gehüllt, von Rita, tränenblind, unten zum Wagen gebracht und mit abgewendetem Gesicht überreicht. Umarmung, Abfahrt. Dann kommt die Schwägerin hoch, zurück in die Wohnung – und wird lauthals von Coco begrüßt!

Man hatte sich, hinter ihrem Rücken und einvernehmlich, arrangiert, hatte berücksichtigt, daß Coco ihr näher stand als Jaco, ja, ihr ein und alles geworden war, Rita aber bis zuletzt im Glauben gelassen, daß es Coco sei, den sie da herunterbrachte – wie von ihr dem Sechsjährigen versprochen. Um ein gegebenes Wort zu brechen, dazu müßte meine Schwägerin ein anderer Mensch sein, als sie ist.

So kam der kleine »Betrug« zustande, zu Ritas Bestem, und dann auch dankbar und freudig von ihr akzeptiert.

Coco dagegen führte sich so triumphal auf, als hätte er gewußt, was für ihn auf dem Spiel gestanden hatte, und die Entscheidung selbst getroffen.

Bescheiden, wahrlich, bescheiden ist dieser Papagei nie gewesen.

Inzwischen sind seit Jacos unvermeidlichem Abgang mehr als zwanzig Jahre verstrichen, in denen Coco es mit seinen Lastern bis zur Perfektion gebracht hat, sowohl was die Vermehrung seines Schatzes an Kraftausdrücken als auch was die Einhaltung der Rupfperioden betrifft. Beides wird übrigens begleitet von der Erkenntnis, daß auch Papageien im Lauf eines langen Lebens nicht ansehnlicher werden. Zumindest während seiner federlosen Perioden kann Coco selbst mit den extremsten Figuren des niederländischen Höllenmalers Pieter Breughel d. J. mühelos konkurrieren.

Liebesverlust aber hat Coco nie erlitten, ganz im Gegenteil. Für meine Schwägerin kommt er ohnehin gleich hinter ihrem Mann, während der, gemessen am Status quo ante, bei Coco längst eine enorme Verbesserung seiner Position verbuchen kann, manchmal sogar bis an den Rand der Gleichberechtigung mit der sonst von dem Papagei notorisch bevorzugten Ehehälfte. Bei großer, wenn auch ziemlich willkürlich auftretender Geneigtheit Cocos darf Rocco den *Graupapagei mit dem roten Schwanz* sogar kraulen. Was ohne Frage damit zusammenhängt, daß mein Bruder sich nach längerer Übung darauf versteht, einen beträchtlichen Teil des Cocoschen Wortschatzes, etliche seiner Kraftausdrücke eingeschlossen, bei der zärtlichen Behandlung in einer Art schnurrendem Singsang vorzubringen. So kam eine unvorhersehbare Intimität zustande, die Coco meist ausdauernder stillhalten läßt, als es angesichts seiner offenbar gänzlich altersunabhängigen Motorik gewöhnlicherweise zu erwarten ist.

Man könnte also zu dem Schluß gelangen, daß im Lauf der Jahrzehnte, die das Trio bis hinein in die zweite Hälfte der neunziger Jahre gemeinsam verbracht hat, manches beiderseitig klug geregelt wurde und sich Verhältnisse eingebürgert haben, die schließlich ein Miteinander ermöglichten, wie es nur in sehr genauer Kenntnis der gegenseitigen Unerträglichkeiten und ihrer Tolerierung geschaffen werden kann.

Daß man dennoch gut beraten wäre, bei Coco auch weiterhin auf Überraschungen vorbereitet zu sein, bestätigt sich durch ein Problem, das zwar erst in letzter Zeit entstanden, nichtsdestotrotz aber so gravierend ist, daß eine redliche Chronik es unmöglich unterschlagen darf. Ich spreche von der irritierenden Katastrophe, daß in Cocos Gegenwart nur schwer telefoniert werden kann – wenn überhaupt noch.

Denn sobald der Apparat schellt, fängt der Papagei derart laut zu pfeifen an, daß sich nicht nur der Angerufene, sondern auch der Anrufer am liebsten die Ohren zuhalten möchte. Und egal, ob die Nummer aus der nächsten Telefonzelle oder aus Übersee gewählt wird, ins Ohr gellen zuvor nie vernommene Phonhöhen.

Das schockt um so mehr, als die Laute, die Coco sonst entfahren, im Lauf der Zeit immer melodiöser geworden sind, sauber bis in die Halbtöne, könnte man ohne Übertreibung sagen, und von großer Reinheit. Da hallen dann buchstäblich ganze Oktaven in den Lüften (wenn auch durchsetzt mit Ausdrücken, die ein Gentleman selten, eine Lady gar nicht in den Mund nähme), entfaltet sich ein Solist, der – so der Report meines Bruders – bis dahin ahnungslose Anrufer immer wieder verwundert anfragen läßt, welch »großartiger Flötist denn da im Hintergrund auf seinem Instrument spielt« und ob man »den nicht auch mal haben kann«.

Mich nervt, gestehe ich rückhaltlos, Cocos ungeheures Spektakel so oder so, zu Besuch bei Schwägerin und Bruder oder am Telefon. Wobei die ganze – und möglicherweise durchaus gegen mich gerichtete – Wahrheit darin bestehen könnte, daß der Graupapagei mich nie gemocht hat, immer noch nicht mag und wohl auch nie mögen wird. Dies wohl nicht ganz unverdientermaßen, als Antwort auf einige halb-herzige Versuche meinerseits, ihm Sympathie vorzutäuschen, die ich in Wahrheit gar nicht empfinde.

Und so hat denn wahrscheinlich jene Stimme recht, die für Cocos Haltung mir gegenüber das alles erklärende Stich-wort fand, das, träfe es zu, mich zwar beschämte, mich aber gleichzeitig als treffende Pointe so sehr amüsierte, daß ich es nicht für mich behalten will:

»Menschenkenner!«

Gedämpfter, milder hat die Weisheit Coco allerdings nicht gemacht, was er gerade im Augenblick wieder lebhaft de-monstriert.

Während ich dies mit einer Hand schreibe, halte ich in der anderen das Telefon: Rocco hat mich gerade angerufen, ohne daß ich auch nur ein einziges Wort von dem verstehen kann, was er mir mitzuteilen wünscht: hat Coco doch so-gleich wieder akustisch die Herrschaft an sich gerissen.

Dabei übertrifft er heute morgen sich selbst und sämt-liche Pfeifkonzerte, die er bisher gegeben hat, so heftig, daß mein Trommelfell ins Vibrieren gerät und ich mich konsterniert frage, wie Bruder und Schwägerin, dem Ort des Unheils ja viel näher, solchen Terror länger als einen Tag aushalten können. Handelt es sich doch dabei um Dezibel, die jeder Beschreibung spotten, wie mein hilfloser Schilderungsversuch hier nur abermals bestätigt.

Dennoch wird der Lärmterror ausgehalten, und das nicht nur von mir, der lediglich von Zeit zu Zeit das Opfer dieser Krawalle wird, sondern auch von Rocco und Rita. Aber ihre Geduld, ihre Hinnahme des eigentlich nicht mehr Hinnehmbaren, sie haben gute Gründe.

Verblassen alle berechtigten und unberechtigten Empfindlichkeiten doch vor einer Tatsache, die nach den bisherigen Familienerfahrungen mit der Tierwelt geradezu an ein Wunder grenzt: daß nämlich Coco, der *Graupapagei mit dem roten Schwanz*, der unbelehrbare Federfresser und raufsüchtige Lärmbold, schon so lange unter uns lebt!

Weder ist er entflogen, wie Großmutter Emmas Zwergpapagei, noch vor Entsetzen verblichen, wie Krotti, die Schildkröte, als die Stuhllehne neben ihr einschlug. Auch hat er sich nicht selbst entleibt, wie unser Gold- und Silberfisch es taten, oder ist, wie Hänfling und Danny, auf sonstige Weise verschieden und abhanden gekommen, was ja immerhin möglich gewesen wäre. Nein, Coco war – es ist nicht zu fassen! – über die ganze ungeheure Strecke allzeit gegenwärtig und, ob nun mit oder ohne Federn, von unersetzbarer Präsenz.

Doch nicht allein, daß Coco lebt, ist das Phantastische, es geht ja weiter, höher, wird noch viel großartiger, nämlich bis hin zu der für die Sippe gänzlich unvorstellbaren Vision:

Coco wird uns auch *überleben!*

So, wie die Dinge liegen, ganz simpel der Statistik nach und den Kenntnissen, die die Wissenschaft über die Daseinserwartung der Gattung *Psittaciformes* gewonnen hat, wird Coco noch weit ins nächste Jahrhundert hinein herumkrähen und seine Veitstänze aufführen; wird er wer weiß wen beglücken oder in die Verzweiflung treiben, vielleicht sogar beides zugleich bewerkstelligen, was die Betreffenden wiederum mit uns dann Verblichenen gemeinsam hätten.

Natürlich – wie denn anders? – wünsche ich Schwägerin, Bruder und schließlich mir selbst ein langes Leben, und das möglichst in Gesundheit und Harmonie. Doch wo, wie und wann auch immer unsere Stunde schlagen wird: Wenn Coco nicht unter die Straßenbahn oder unters Auto gerät (das eine noch unwahrscheinlicher als das andere) – seine Zukunft wird länger dauern als die unsere.

Und wäre das nicht – wie alle, die bis zu dieser Stelle durchgehalten haben, unschwer bestätigen könnten –, wäre das nicht in der Tat der feierlichsten Erwähnung in der Chronik unserer seltsamen Beziehungen zur Tierwelt wert?

Allerdings, mein Bruder und ich haben das Telefongespräch zwischen Hamburg und Köln soeben leider abbrechen müssen – im Wettstreit zwischen der Strapazierfähigkeit unserer Trommelfelle und seinen Stimmbändern hatte Coco einfach den längeren Atem.

Den wird er – amen! – auch morgen haben.

Tucki –
der Kinderfreund

Da auch in dieser Geschichte wiederum ein Papagei der problematische Mittelpunkt sein wird, könnte leicht der Verdacht aufkommen, jedenfalls zunächst, ich übte mich gegenüber der gesamten Gattung grundsätzlich in übler Nachrede,
während doch gerade *Tuckis* Beispiel geeignet ist, diese vollkommen unberechtigte Vermutung auf das entschiedenste zu
widerlegen.

Bis das allerdings geklärt sein wird, gilt es, zugegeben,
die Nerven zu behalten.

Schauplatz des Geschehens: das gegen den Willen seiner
Bewohner nach Köln eingemeindete Rodenkirchen, wo ich

vor dem Umzug nach Bayenthal sechs Jahre gewohnt habe, ein ruhiges Villenviertel im Süden der Domstadt. Tuckis Heim: das Haus eines Nachbarn, Freundes und Berufsgenossen, von dem im nächsten Kapitel noch ausführlich die Rede sein wird. Schließlich, zu Tucki selbst, folgende Kurzcharakteristik: Exote von den Kanarischen Inseln; auf abenteuerlichen Wegen in die nördliche Halbkugel gelangt; von mittlerem Wuchs, beschränkt flugfähig, auf einem Auge blind (was den stieren Ausdruck des sehenden noch verstärkte) und am linken Fuß einer Kralle beraubt.

Aber sowenig, wie jemals herauskam, wer oder was Tucki die Hälfte seines Augenlichts genommen hatte, so dunkel blieb, durch welche sicherlich äußerst schmerzhafte Gewalttat sein ohnehin nicht sehr ansehnlicher Papageienfuß noch zusätzlich verstümmelt worden war.

Im Gegensatz zu den geheimnisvollen Ursachen der Beschädigungen boten sich ihre Konsequenzen um so sichtbarer dar. Und zwar durch ein Gebaren, das »verstörend« genannt zu werden in Freundes- und Bekanntenkreisen unter der Hand als rücksichtsvolle Untertreibung gehandelt wurde. Durch die Kombination von fehlender Kralle und fehlendem Auge offenbar ohne normalen Gleichgewichtssinn, hatte Tucki sich eine nicht gerade sympathiefördernde Fortbewegungsart angewöhnt: Den Kopf weit nach unten gestreckt, das versehrte Bein unschicklich nachschleppend, strich der Papagei bei jedem Schritt, den er tat, mit dem Schnabel über den Grund, auf dem er sich gerade befand, sei es nun ein Tisch, ein Stuhl oder ein Teppich. Die Schlußfolgerung lag nahe, und sie hatte etwas Erschütterndes an sich: Ohne Berührung mit einem festen Punkt, ohne Schnabel – beziehungsweise

Kopfkontakt mit »Mutter Erde« – wäre Tucki zu hilfloser Immobilität verdammt und den Bürden des Lebens nicht gewachsen gewesen.

Natürlich war es seine auffällige Invalidität, die dazu provozierte, sich ihm intensiver zu widmen, als es ohne die Versehrungen vielleicht der Fall gewesen wäre. Nur schien er das eher als Beleidigung zu empfinden denn als karitative Pose – honoriert hat Tucki solche Sensibilität jedenfalls nie.

Vielmehr schien er es bei geselligen Zusammenkünften besonders darauf angelegt zu haben, sich so ungebärdig wie möglich aufzuführen. Dazu gehörte etwa, daß er die schwindsüchtige Flugfähigkeit, die ihm verblieben war, mißbrauchte, indem er Gästen schwerfällig um die eingezogenen Köpfe schwirrte, ehe sein Imponiergehabe samt vorgetäuschter Lufthoheit in dem Moment in sich zusammenbrach, da er irgendwo landete und sich auf seine verkrüppelte Weise, sozusagen humpelnd, fortzubewegen suchte.

Doch seltsam, welche Verrenkungen auch immer Tucki vorführte, wie gespreizt er sich benahm und welch tragikomisches Bild er dabei bieten mochte – niemand konnte ihm ein gewisse Reserve, eine fühlbare Distanz, ja fast hoheitliche Würde bestreiten.

Mit all dem war es jedoch auf einen Schlag vorbei, sobald sich jene Situation einstellte, die Tucki unvermittelt in sein Gegenteil verwandelte, ihn förmlich aus dem Häuschen brachte und in *einer* Person zum tobenden Choleriker, Sanguiniker, Epileptiker werden ließ: wenn in Tuckis Blickfeld, näher oder ferner, Kinder gerieten! Und genau dabei kamen wir zusammen.

Hatte es sich im Lauf der Zeit doch immer wieder ergeben, daß die Abwesenheit des Freundes mich zu Tuckis Hüter machte und den Exoten in meine Obhut brachte. Denn er konnte sich ja nicht, wie seine wilden Artgenossen, selbst ernähren, sondern mußte, wie jedes andere Haustier, gefüttert, getränkt, gepflegt und unterhalten werden. Das war, sage ich nach leidvollen Erfahrungen und manchen inneren Vorbehalten, keine leichte Aufgabe, besonders während der wärmeren Jahreszeiten.

Dann nämlich pflegte Tucki bei mir stundenlang auf dem Geländer der Terrasse, dreieinhalb Meter über dem Vorgarten, zu hocken und mit dem gesunden Auge über das in vollem Grün prangende Nobelviertel zu blicken, würdevoll und in sich ruhend – bis Kinder auftauchten.

Was dann passierte, konnte, wer es nicht selbst erlebt hatte, kaum glauben.

Schien Tucki innerlich schon schwerstem Druck ausgesetzt, wenn er im Haus, hinter Glas, draußen Kinder erspähte, so drohte er buchstäblich zu zerplatzen, wenn das unter freiem Himmel geschah.

Man kann die Töne nicht beschreiben, die seinem abgewetzten Schnabel entfuhren, mußte einfach kapitulieren vor dem ungeheuerlichen Konzert, das er, getrieben, die Aufmerksamkeit der Kinder auf sich zu ziehen, nun mit infernalischem Temperament zum Besten gab.

Ich habe Hähne so enthusiastisch krähen gehört, als wollte ihnen der Kamm wegfliegen, habe immer noch im Ohr das tosende Orchester Zehntausender von Flamingos an den Salzseen Ostafrikas, und schließlich ganz frisch auch Cocos gehörschädigende Telefonarien. Aber all das könnte, man mag es mir glauben oder nicht, mit Tuckis akustischen Darbietungen beim Anblick von Kindern nicht konkurrieren.

In Flüche versetzte Liebeserklärungen waren es, die da aus Tuckis Kehle über Rodenkirchens Dächer und Rasen hinschlugen und irgendwo in Rheinnähe zerbarsten. Doch nur, um sogleich eingeholt zu werden von dem neuerlichen, nicht minder schrillen Gekrächze, das Tucki aus sich hervorholte wie aus einem unermüdlich getretenen inneren Blasebalg.

Nun bedarf es sicher keiner großen Phantasie, um sich die Reaktionen der Umgebung auf den ruhestörenden Lärm vorzustellen, zumal die vornehme Abgeschiedenheit der Gegend anderswo übliche Geräusche des Straßenverkehrs so gut wie ausschloß. Es hagelte, oft von weit her, nur so Telefonanrufe, sowohl unter Namensnennung als auch anonym, wobei sich besonders letztere in hemmungslosen Drohungen ergingen und schlimmstes Ungemach ankündigten, falls das Spektakel nicht augenblicklich verstummen würde.

»Sie haben gut reden«, wagte ich gelegentlich die Wutorgien zu unterbrechen. »Könnte mir auch verraten werden, wie das zu bewerkstelligen wäre?«

Ich verrate wohl kein Geheimnis, wenn ich hier wahrheitsgemäß ausplaudere, was die nahezu einstimmige Antwort war, nämlich: »Dreh dem Viech doch einfach den Hals um!«

Fast taub und deshalb nicht ohne Verständnis für solche Blutrünstigkeit, ließen mir Veranlagung und Erziehung dennoch keine andere Wahl, als es mit Güte und Zuspruch zu versuchen – und das, selbstverständlich, völlig vergeblich. Je mehr Mühe ich mir gab, je pädagogischer ich mich glaubte, je liebevoller ich dem Kanaren mit geduldigen Einflüsterungen sozusagen auch noch die andere Wange hinhielt – Tucki führte sich nur um so hysterischer auf.

Eine Szene, die mir mächtig an die Seele ging.

Wer hatte auch vermuten können, daß sich unter den Federn dieses schwerversehrten, sich meist mißmutig und verächtlich gebenden Vogels ein liebend Papageienherz befand? Es sei denn, man hörte es schlagen. Und das habe ich während meiner sechs Jahre in Rodenkirchen nicht nur einmal, sondern Dutzende Male.

Wenn Tucki Kinder sah, Kinder welchen Geschlechts und in welchen Situationen auch immer, nur Kinder – stets verfiel er in eine Art besinnungslosen, nur auf *ein* Ziel gerichteten Wahns: hin zu ihnen.

Hin zu den Jungen und Mädchen, die da im Garten gegenüber herumturnten, von der Schule kamen, auf der wenig befahrenen Straße vor dem Haus lagerten, sich die Zeit mit Kartenspielen vertrieben oder sich einfach was erzählten – nur hin zu ihnen.

Und eben dabei geriet Tucki immer wieder in eine ebenso klägliche wie gefährliche Lage.

Da seine Flugfähigkeit nicht ausreichte, sich von der Terrasse in die Lüfte zu erheben und von dort hinunterzuschweben (wodurch sich glücklicherweise auch jede Fluchtgefahr à la Tarzan aufhob), versuchte er es sozusagen auf dem Landweg. Das aber hieß, vom horizontalen Eisengitter der Terrasse überzugehen auf das sich direkt anschließende, steil nach unten neigende Geländer einer Wendeltreppe, über die die Wohnung im ersten Stock einzig zu verlassen oder zu betreten war.

An dieser Nahtstelle zum abwärtsweisenden Staket nun spielte sich, sobald Kinder auftauchten, immer wieder das gleiche Drama ab.

Tucki, wüst lärmend in seinem rasenden Wunsch, zu ihnen zu gelangen, versuchte sich vorsichtig auf dem glatten Metall, rutschte ein wenig abwärts, stockte, schob sich verängstigt zurück, doch nur, um sogleich einen weiteren Anlauf zu nehmen. Was sich dabei abspielte, war ein oft langer Kampf zwischen seinem Selbsterhaltungstrieb und einer Sehnsucht, die ihn völlig zu beherrschen schien und die natürlich dennoch den kürzeren zog. Denn was Tucki ganz genau spürte und wo er sich trotzdem immer wieder verzweifelt herantastete, war die Grenze zwischen dem Punkt, ab dem er nicht mehr zurückkehren könnte und scheitern, abstürzen müßte, und dem Zentimeter, nein, Millimeter, an dem er den Kindern so nahe kam, wie es unter den gegeben Umständen eben ging.

Oft genug waren sie nicht zum Ansehen gewesen, seine unentwegten Anstrengungen, über die innere Vorsicht und sich selbst hinauszuwachsen, dem Schicksal und seinen Zumutungen einfach ein Schnippchen zu schlagen, und alles zu wagen, auch wenn es schiefgehen sollte. Immer aber noch siegte der erste aller Triebe, schätzte Tucki die Risiken richtig ein, behielt sein Instinkt zur Selbsterhaltung die Oberhand.

Der Papagei blieb übrigens nicht das einzige Tier des Nachbarn, sondern hatte sich die Gunst seines Herrn noch mit weiteren Hausgenossen zu teilen. Doch das ist eine andere Geschichte, die nächste, von der hier berichtet werden soll, und in der es um Tuckies Halter und seine *Tierstories* gehen soll.

Extrareport:
Von den Abenteuern
des ungewöhnlichen
Zeitgenossen
Jossi K. mit Tieren

Von »*De, de, de*« über »*Bitte Hanoi!*« bis zum »*toten Blick*«

Die folgende Geschichte bedarf eines sensiblen Vorlaufs – das bin ich ihrem Protagonisten, meinem Freund und langjährigen Kameramann beim Westdeutschen Rundfunk, Jossi K., schuldig.

Ohne intimere Kenntnis wenigstens einiger Stationen seiner bewegten Laufbahn, wie verwunderlich sie auch sein mögen, und bestimmter, sagen wir vorsichtig: persönlicher Eigenheiten, die ich so an keinem anderen Menschen beobachtet habe, würden alle Berichte über seine abenteuerlichen Beziehungen zur Tierwelt gewissermaßen uneingerahmt, ohne das für das Verständnis erforderliche biographische Ambiente dastehen.

Nun darf nach dieser Einleitung nicht der Eindruck aufkommen, die Beispiele zur Illustrierung eines ungewöhnlichen Charakters seien nichts als dekorative Abschweifungen vom eigentlichen Stoff – weit gefehlt. Vielmehr wird sich rasch erweisen, daß die Kenntnis der sorgsam gewählten Lebensausschnitte und Verhaltensweisen notwendig ist, um den großen Bogen zum zentralen Thema des Buches zu schlagen – also zu menschlichen Beziehungen zu Tieren.

Irgendwelche Datenschutzgesetze bleiben dabei unverletzt, da alles, was Jossi K. betrifft, das helle Licht des Tages nicht zu scheuen braucht, und sei es auch noch so ungewöhnlich – eine Botschaft, auf die der Porträtierte bezeichnenderweise ganz besonderen Wert legt.

Das erste, was mir an Jossi K. auffiel, als ich ihn vor mehr als dreißig Jahren kennenlernte, war, daß er die bestimmten Artikel der deutschen Sprache – »der, die, das« – durch »de, de, de« ersetzt, und zwar alle drei und unabhängig von Einzahl oder Mehrzahl des darauf folgenden Substantivs.

Das geht, zum Beispiel, so: »Kannst du mal aus de Sonne gehen? De Kamera ist doch kein Röntgenapparat.« Oder: »Das war de falsche Blende an de falsche Platz und de falsche Ort.«

Es war und ist für mich, den penetranten Sprachpuristen, ein schockhaftes Erlebnis, und obwohl ich es seit Mitte der sechziger Jahre erleide, habe ich mich immer noch nicht daran gewöhnt.

Dem Phänomen liegt die einfache, wenn auch höchst verwunderliche Tatsache zugrunde, daß Jossi K.s Fähigkeit, die deutsche Sprache zu erlernen, schon kurz nach seiner

Ankunft hier im Jahr 1957 erschöpft war. Irgendeine Vervollkommnung oder Ergänzung ist seither nicht hörbar geworden, was vermuten läßt, daß Jossi K., ungeachtet seiner genervten Umwelt, sein eigenwilliges »De, de, de« statt »der, die, das« bis an sein hoffentlich sehr fernes Ende fortzusetzen gedenkt.

Zunächst wurde vermutet, die Verballhornung sei auf einen seelischen Schaden zurückzuführen, den der 1936 in Tel Aviv geborene Sabre, Sohn einer griechischen Jüdin und eines nach Palästina emigrierten Juden aus Deutschland, als Teilnehmer des israelischen Sinaifeldzugs gegen Ägypten im Jahr 1956 erlitten habe. Andere argwöhnten hinter Jossis sprachlichen Verfehlungen nichts als pure Verstellung, eine grandios und absichtsvoll durchgehaltene Leistung, hinter der sich die Fähigkeit zu einem akademisch einwandfreien Duden-Deutsch verberge.

Nichts an solchen Verdächtigungen stimmt. Es bleibt bei der simplen Erklärung, daß er Sprachen nur fragmentarisch erlernen kann – was, wird geargwöhnt, auch für Jossi K.s Englisch, Französisch und sogar sein Iwrith gilt, die eigentliche Muttersprache.

Der Karriere konnte das holprige Defizit keinerlei Schaden zufügen – Jossi K. ist einer der erfolgreichsten Kameramänner des deutschen Fernsehens. Mit ihm habe ich über Jahrzehnte in der ganzen Welt zusammengearbeitet, angefangen bei der Fernsehdokumentation *Heia Safari – die Legende von der deutschen Kolonialidylle in Afrika* über Globalthemen wie *Hunger, Slums, Flüchtlinge, Folter* bis hin zu jüngeren Sendungen, die fragten, was nach der *Wende* östlich und westlich von der innerdeutschen Grenze materiell und in den Herzen und Köpfen der Menschen übriggeblieben ist.

Eines von Jossi K.s charakteristischen Merkmalen ist ein spezifischer Humor, der untertreibend als *schwarz* bezeichnet werden könnte, ohne damit sein eigentliches Wesen zu treffen. Denn wie bei einem zweiten typischen Charakteristikum, Jossi K.s Durchsetzungsvermögen, von dem weiter unten die Rede sein wird, steckt hinter diesem Humor eine angeborene Unabhängigkeit, die Autoritäten, Rituale, Vorurteile und angeblich für die Ewigkeit bestimmte Herrschaftsformen respektlos in Frage stellt. Und die, nach meinen langjährigen Beobachtungen, auf der bewegten Gefühlsskala menschlicher Reaktionen sämtliche Facetten zwischen konsternierter Verwunderung und entsetzter Verweigerung hervorzuzaubern vermag.

So beispielsweise 1966, bei den Dreharbeiten für »Heia Safari«, also zu den Hoch-Zeiten des *kalten Kriegs*, im vollbesetzten Fahrstuhl des Daressalamer Hotels »Kilimanjaro«, als alle Gespräche europäischer Geschäftsleute schlagartig verstummten, nachdem Josef K., wie nebenbei, aber höchst artikuliert und auf englisch, bemerkt hatte: »Dafür, daß dieses Hotel von Rotchinesen gemanagt wird, klappt es doch ausgezeichnet ...«

Oder die erschütterte Miene jener Sekretärin in der deutschen Botschaft in Tansania, die auf den Wunsch des in seinem Notizblock blätternden Kameramanns – »Verbinden Sie mich doch bitte mal ...« – bereits den Hörer freundlich gehoben hatte, ihn aber nach der Fortsetzung – »... mit de Vertretung von de Deutsche Demokratische Republik hier in de Hauptstadt Daressalam !« – fassungslos wieder fallen ließ. Ihren spitzen Aufschrei habe ich bis heute nicht vergessen.

Ebensowenig, was sich während einer der schlimmsten Perioden des Vietnamkriegs in der bereits vom Vietkong schwer bedrängten südvietnamesischen Metropole Saigon abspielte. Im Foyer des Hotels »Caravelle« blättert Jossi K. wieder angestrengt in seinem Notizbuch, schüttelt den Kopf, weil er offenbar nicht findet, wonach er sucht, wendet sich dann der jungen Vietnamesin zu, die den Telefondienst versieht, sagt auch hier: »Verbinden Sie mich doch bitte mal ...«, blättert noch ein paar Seiten um und fährt fort: »... mit Hanoi.« Die Telefonistin, aufgefordert, die Verbindung mit der Hauptstadt des Erzfeindes Nordvietnam herzustellen, ist einer Ohnmacht nahe. Als sie das tabuisierte Wort wiederholt und mit ersterbender Stimme »Hanoi?« haucht, bestätigt Jossi K. ungerührt: »Hanoi!« Nach einem Blick in die entgleiste Miene der zierlichen Frau, verlagert er seinen Wunsch auf eine höhere Ebene: »Bitte den Manager des Hotels.« Der kommt. Darauf Jossi: »Helfen Sie mir, folgende Telefonverbindung herzustellen?«. Er blättert, nennt dann eine neunstellige Zahl und fügt an: »In Hanoi!« Daraufhin beginnt der Manager zu taumeln, droht dann aber endgültig das Gleichgewicht zu verlieren, als Jossi K. verschwörerisch hinzusetzt: »Ein bedeutender Genosse dort, weit oben in der kommunistischen Funktionärshierarchie!« Auf das entsetzt gestammelte »Unmöglich, Sir, unmöglich!« des Managers lenkt Jossi schließlich begütigend ein: »Tatsächlich? Kann ich verstehen, die Apparaturen sind ja schon ein bißchen veraltet. Macht nichts, ich gehe zur Post, man hat mir ohnehin gesagt, daß es von dort schneller geht.«

Sollte Jossi K. nun durch meine Schuld in den Verdacht geraten sein, sich mit seinen makaberen Scherzen nur an

Zivilisten und hilflosen Frauen zu vergreifen, so muß dieser Eindruck rasch korrigiert werden. Geht er doch mit seinem Durchsetzungsvermögen, seinem zweiten großen Merkmal, bedenkenlos auch Amtspersonen an, Uniformierte, Verkörperungen des Gesetzes selbst.

Genau das hat ihm den Titel »*Herr der Flughäfen*« eingebracht, und zwar völlig zu Recht.

Denn ohne Jossi K.s mal dampfwalzenhafte, mal hochdiplomatische Fähigkeit, alle bürokratischen Hemmnisse unbarmherzig zu überwinden und ihre Repräsentanten mit haarsträubender Nonchalance aufs Kreuz zu legen, ohne seine unglaubliche Chuzpe, Schwierigkeiten und Schlimmeres einfach nicht anzuerkennen, wäre auf den Hunderttausenden von Kilometern interkontinentaler Jetstrecken zwischen Hongkong und Santiago de Chile, Johannesburg und London gar nichts gelaufen, wären kein Termin und keine noch so ausgetüftelte Kostenrechnung einzuhalten gewesen.

Gleichgültig, ob es galt, das Team noch in einer bereits vollbesetzten Maschine unterzubringen, das Doppelte des vorgeschriebenen *Handgepäcks* mit in die Kabine zu nehmen oder das Dreifache des *Übergepäcks* ohne Rechnung mitfliegen zu lassen – jeder Widerstand der Luftfahrtgesellschaften gegen Jossis unbrechbaren Willen wäre nutzlos vertan gewesen.

Da wirken geheimnisvolle Kräfte.

So damals, als wir, übernächtigt vom langen Flug an den Äquator, frühmorgens aus Frankfurt am Main in Nairobi-Airport ankamen und sogleich aufgefordert wurden, zwecks Kontrolle unsere gesamte Ausrüstung säuberlich hintereinander aufzureihen. Wie immer, standen wir unter hohem Zeitdruck, der nächste Termin im Westen Kenias mußte eingehalten werden. Wenn es hier zu Verzögerungen käme, würde das mühsam arrangierte Interview mit einem hohen Vertreter der Opposition platzen – eine Mitteilung, die den schwarzen Kontrolleur, einen riesigen Mann in Uniform, völlig unbeeindruckt ließ.

Vielleicht gehörte unser ferner Interviewpartner am Lake Victoria einem anderen Stamm oder einer dem Kontrolleur nicht genehmen Partei an, jedenfalls machte sich der Zweimetermann an dem ersten unserer insgesamt neunzehn Ausrüstungskoffer mit solcher Gemächlichkeit zu schaffen, daß uns noch heißer wurde, als es ohnehin schon war.

Unglückseligerweise war Jossi nicht zur Stelle, sondern hatte sich gleich nach der Landung aufgemacht, um Mietwagen für unsere Weiterfahrt zu beschaffen – was nicht so ohne weiteres zu gelingen schien, seinem langen Ausbleiben nach zu schließen.

Als der Kameramann nach einer Stunde endlich zurückkehrte, war der bullige Kontrolleur gerade mit einem Objektiv aus dem zweiten der neunzehn Ausrüstungskoffer beschäftigt, und das Team einer Ohnmacht nahe.

Was nun folgte, hat sich in meiner Erinnerung eingebrannt, als wäre es gestern gewesen.

Zunächst hob Jossi sacht die linke Braue (ein von Kennern gefürchtetes Warnzeichen), dann schritt er rasch auf den Koloß zu, schob ihm – mir wollte das Blut in den Adern gerinnen – die rechte Hand unter dessen linken Oberarm und entführte den verdutzten Kenianer um die nächste Ecke, wo beide unseren Blicken entschwanden.

In Erwartung irgendeines schrecklichen Ereignisses, sei es in Form einer Schimpfkanonade, in Jossis Inhaftierung wegen

Autoritätsmißachtung oder unzulässiger Vertraulichkeit gegenüber einer Amtsperson, hielten wir anderen – Kameraassistent, Toningenieur und ich – uns bei tief zwischen den Schultern eingezogen Köpfen möglichst unauffällig die Ohren zu.

Gut, daß wenigstens unsere Augen offenblieben, denn so erlebten wir, wie nach weniger als drei Minuten ein lächelnder Jossi K. mit dem nun ebenfalls beste Laune ausstrahlenden schwarzen Riesen zurückkehrte und sich beide innig die Hände schüttelten, ehe wir, auf eine joviale Geste des total verwandelten Kontrolleurs hin, unbehelligt die Ausrüstung in den zuvor von unserem Kameramann beschafften Mietwagen verstauen konnten.

Unseren Interviewpartner im Westen Kenias haben wir dann tatsächlich noch rechtzeitig erreicht, nie jedoch aus Jossis Mund erfahren, was den plötzlichen Sinneswandel des Uniformierten auf dem Airport von Nairobi bewirkt haben mochte.

Unsere Spekulationen über die Gründe seines Erfolgs schwankten zwischen dem Versprechen uneigennütziger israelischer Militärhilfe an das ostafrikanische Land, der Andeutung auf Gewährung eines zinslosen Kredites mit sechs Nullen durch die Deutsche Bank oder einfach nur der Übereinstimmung von Jossis berühmt-berüchtigtem Pidgin-Englisch mit dem Idiom des schwarzen Kontrolleurs (hier dürfte es ja wohl, was die bestimmten Artikel angeht, wegen des einheitlichen »the« zu keinerlei Kommunikationsschwierigkeiten gekommen sein).

Doch welche Einflüsterungen auch immer den uniformierten Zerberus am Flughafen von Nairobi anderen Sinnes werden ließen – wir waren dank Jossi »durch«.

Nun können hier begreiflicherweise aus Platz- und Themagründen nicht alle seine ebenso unerklärlichen wie nützlichen Fähigkeiten aufgezählt werden, so sehr es mir auch in den Fingern juckt. Doch an einer von ihnen komme ich nicht vorbei, zumal sie, wie wir sehen werden, an Mensch und Tier erprobt worden ist und damit also auch das Kapitel notwendiger Vorkenntnisse zu dieser Vita abgeschlossen werden kann.

Ich spreche von Jossi K.s unheimlichster wie imponierendster Seite – von der Magie seines *toten Blicks.*

Jeder, der in den bevölkerungsreichen Ländern Asiens, Afrikas und Lateinamerikas professionell mit der Kamera arbeitet, kennt die Plage – unmittelbar nachdem das Filmgerät aufgebaut ist, tummeln sich vor der Linse Kinder, Kinder und noch einmal Kinder! Wo eben noch leerer Platz war – nun Trauben, Scharen, ganze Armeen von ihnen, die dazu einen ungeheuren Lärm vollführen und sich stets dort befinden, wo die Kamera hinschwenkt. Alle Versuche, sie mit einschüchterndem »Hu!« und »Ha !« und »Ho!« zu verjagen, versagen ebenso vollständig wie die Bemühungen, sie durch massenhaft in die entgegengesetzte Richtung geworfene Süßigkeiten los zu werden. Der ganze Unterschied besteht lediglich darin, daß sich nach kurzer Pause nun bonbonkauende Kindergesichter vor dem Objektiv drängen.

Aber genau dann, auf dem Höhepunkt dieser nervenzerrenden und kostenerhöhenden Situation, tritt das in Kraft, was in die Annalen der deutschen Fernsehgeschichte eingegangen ist als »*Jossis toter Blick*«. Der besteht darin, daß der Kameramann die Kinder anschaut, mehr nicht. Aber *wie* er das macht – eigentlich sträubt sich mir die Feder, das zu schildern.

In seinem Gesicht ist völlige Ausdruckslosigkeit, eine mimische Erstarrung, die an eine unfreiwillige Lähmung denken läßt und die sich niemand vorstellen kann, der sie nicht erlitten hat. In diesem Blick ist nicht Gut und nicht Böse, weder Mitleid noch Zorn noch sonst irgendeine ablesbare Regung, es ist die absolute physiognomische Leere. Nichts tut sich darin, nicht der kleinste Lidschlag, nicht die geringste Bewegung – nur Starren. Kein Muskel zuckt, keine Fiber bebt, kein Härchen flirrt. In diesem Antlitz herrscht die vollständige Regungslosigkeit, das triumphierende, das stumme, das universelle Nichts – eben »Jossis toter Blick«.

Die Wirkung ist gleichermaßen erschreckend wie erwünscht. Denn nach einer Weile verstummt die lebende Front lärmender Kindergesichter, nicht abrupt, nicht einstimmig, sondern langsam und bröckelnd – so verklingen, so verrauhen die Stimmen, bis sie schließlich nicht mehr hörbar sind. Hier ist eine Art Laser am Werk, für den es keine undurchdringlichen Stoffe gibt. Die Mauer wackelt, zunächst noch kaum spürbar, dann immer rascher, und zwar vom Zentrum her.

Jossi K.s »toter Blick« schneidet sozusagen eine Schneise in die Mitte der Menge, die dann rasch bis zu den Rändern zerfällt, sich rückwärts bewegt und schließlich, wie vom bösen Geist verfolgt, fluchtartig auflöst.

Natürlich hoffe ich sehr, daß die makabre Prozedur keine psychischen Schäden unter der asiatischen, afrikanischen und lateinamerikanischen Jugend angerichtet hat, muß aber gestehen, daß der arbeitsrettende Effekt des »toten Blicks« auch Teammitglieder mit besonderer Kinderliebe letztlich doch überzeugt hat.

Nun hat Jossi K. allerdings die Wirkung seiner stillgelegten Mimik, wie schon angedeutet, keineswegs nur am Menschengeschlecht versucht – das allein hätte ihm niemals genügt. Er hat den »*toten Blick*« vielmehr auch an der Tierwelt erprobt, wozu ihm seine Reisen in die Welt genügend Gelegenheiten boten.

Dafür nun einige Beispiele, die uns nach diesem ebenso unerläßlichen wie irritierenden Umweg zum Buchthema zurückführen.

Von »*heiligen Affen*«
und dem Zweikampf Jossi K.s
mit einem Gorilla

Die wenigsten Menschen auf der Welt werden Swayambunath kennen, ein malerisches Nest in Nepal am Südhang des Himalajas. Aber wer es kennt, dem werden seine »heiligen Affen« noch lange in Erinnerung bleiben.

Auf der Kuppel des dortigen *Stupa*, Tempel und zentrales Heiligtum des Buddhismus, turnen wahre Horden von ihnen herum – unantastbare, unter dem Schutz ungeschriebener Gesetze stehende Geschöpfe, deren fortwährendes Geschrei, notorische Zanksucht und höchst erfolgreiche Kleptomanie offenbar als göttergegeben angesehen werden. Vor allem aber – nichts scheint die Affen von Swayambunath auch nur eine Sekunde lang an ein und denselben Platz fesseln zu können.

Scheint – denn Joseph K. gelang es.

Wir waren weltweit unterwegs für einen Film, der sich mit dem Flüchtlingsproblem befaßte, hier mit dem Schicksal tibetischer Vertriebener, die nahe ihrer von China besetzten Heimat im Königreich Nepal leben. Große Gestalten mit breiten Gesichtern, die Kleidung wattiert, wie ausgestopft für den Aufenthalt in kalten Zonen und von bizarrer Originalität.

Während ich solche Eindrücke noch in das Bandgerät diktierte, fiel mein Blick auf Jossi K., der sich neben die Kamera gestellt hatte, eine Schar von Affen im Visier, die sich kreischend, aber vertrauensvoll in zwei, drei Metern Entfernung vor ihm niedergelassen hatten. Was dann geschah, hätte ich gar zu gern filmisch verewigt gesehen, weil es nur schwer zu glauben ist, muß es nun aber auf diese Weise versuchen.

Vor unseren Augen verwandelte sich Jossi (mit den hängendsten Armen, die ich je an einem Menschen wahrgenommen habe) quasi etappenweise, von den Füßen bis zum Scheitel, in eine Statue, deren Bewegungslosigkeit nach weniger als einer Minute in die völlige Ausdruckslosigkeit des »toten Blicks« gerann.

Es dauerte eine ganze Weile, bis sich die Affen von der ungewohnten Erscheinung deutlich beeindruckt zeigten. Ihre Köpfe ruckten noch hektischer hin und her, während ihre Füße immer nervöser über die steinernen Stufen des Tempels tänzelten – die »heiligen Affen« von Swayambunath befanden sich in noch hellerer Aufregung als gewöhnlich schon.

Es war das Vorspiel einer Zähmung, deren Zeuge nicht nur ich und die anderen Mitglieder des Teams, sondern auch eine große Schar tibetischer Pilgerinnen und Pilger wurden.

Die Affen, konfrontiert mit einer Maske, die sie an dem Geschlecht der Zweibeiner bisher nicht gekannt hatten, stellten langsam ihre Bewegungen ein, wie erlahmt, gerade, als kehrte sich ihre Erregung von außen nach innen.

Schließlich, ich wollte es zunächst nicht glauben, war zwischen Jossi K. und den Affen von Swayambunath optisch solche Übereinstimmung hergestellt, daß ohne weiteres von einer *Identität in der Erstarrung* gesprochen werden konnte. Der unheimlichen Erscheinung vor ihnen an Bewegungslosigkeit nicht nachgebend, hockten die innerlich tief aufgewühlten Affen wie ihre eigenen Standbilder vor der erhabenen Kulisse des Himalajas. Ein Bild von so erschütternder Stummheit, als könnte dieser Affenschar nie wieder auch nur der geringste Laut entfahren.

Welch ein Irrtum!

Denn plötzlich, wie Donner und Blitz aus heiterem Himmel, gab es eine Entladung, mehr, eine Explosion. Als hätten sie es einstudiert, sausten die heiligen Affen des Stupa von Swayambunath alle auf einmal in die Höhe, mit einem Satz, in dem die ganze kinetische Energie steckte, die sich unfreiwillig in ihnen aufgestaut hatte. Hysterisch schnatternd, wie weggesprengt und doch mit der schwungvollen Einheitlichkeit einer erfahrenen Ballettgruppe, sausten sie davon, auf die Spitze der gewölbten Stupakuppel. Dort oben brachen sie in ein ebenso feiges wie ohrenbetäubendes Konzert aus, sichtlich erleichtert, zwischen sich und Jossis »totem Blick« aus reinem Selbsterhaltungstrieb eine Distanz gelegt zu haben, die sie vor weiterer Hypnose rettete.

Zeuge war eine Gruppe junger Tibeterinnen und Tibeter, die der Szene sprachlos, sogar mit ruhenden Gebetsmühlen, zugeschaut hatte und die nun ohne jedes Anzeichen, in ihren religiösen Gefühlen verletzt zu sein, dem unglaublichen Erlebnis applaudierte, daß die heiligen Affen von Swayambunath wenigstens für kurze Zeit zum Verstummen gebracht worden waren.

Ich gehe wohl nicht zu weit, wenn ich sage, daß sich hier etwas absolut Unwiederholbares ereignet hatte. Denn am selben Tage noch verließ Jossi K. Nepal, ohne je dorthin zurückgekehrt zu sein.

Aber die »heiligen Affen« auf dem Stupa von Swayambunath sollten nur die ersten, nicht die einzigen Opfer seines »toten Blicks« bleiben.

In der Nähe von Miami, Florida, gibt es den sogenannten *Affendschungel*, eine Attraktion, die nicht nur Bürgerinnen und Bürger der Vereinigten Staaten anlockt, sondern auch viele Ausländer, die die USA aus touristischen oder beruflichen Gründen besuchen – unter ihnen Jossi K.

Was zum schicksalhaften Erlebnis für das größte und stärkste Tier im Affendschungel von Miami werden sollte – einen Gorilla.

Während andere Affen in der weiträumigen Anlage dort frei herumturnten, sah sich dieses Exemplar der größten aller Affenarten *(Gorilla gorilla)* hinter Glas gesperrt, und das aus höchst einleuchtendem Grund angesichts seiner gewaltigen Physis.

Da hockte der *Silberrücken*, ein riesiges Männchen, gleich hinter der Scheibe schwer auf dem Boden, ganz grollende

Majestät, die Augenwülste stark hervorgehoben, ungeheuer muskulös und in der Pracht seines dichten grauschwarzen Haarkleids ein Anblick überwältigenden Selbstbewußtseins. Und doch ahnungslos, daß sein Herr und Meister bereits sehr nahe war.

Jossi K. hatte sich still davor aufgebaut, an Gewicht und Körpergröße dem Gorilla hoffnungslos unterlegen, jedoch ausgestattet mit einer Geheimwaffe, die bisher noch jeden bezwungen hatte, der ihr gewollt oder ungewollt ausgesetzt war.

Zunächst hatte der Gorilla wohl nichts Besonderes an dem seltsamen Zweibeiner bemerkt, der da draußen eng an die Scheibe herangetreten war und damit eine Grenze überschritten hatte, die von der Aufsicht nicht zufällig deutlich markiert worden war. Aber Jossi K. wird wohl nicht der erste Besucher des *Affendschungels* gewesen sein, der die Distanz zu dem Gorilla dadurch verkürzte, daß er jenes Gitter überwand, das sie aufrechterhalten sollte.

Doch niemand, nicht Amerikaner noch Fremder, soviel ist sicher, dürfte jemals so lange vor der Scheibe gestanden haben wie Jossi K., und das, wie wir inzwischen wissen, in eindeutiger Absicht – dem Gorilla so nahe wie möglich, versank er nun in den »*toten Blick*«.

Es dauerte allerdings eine Weile, bis er Wirkung zeigte.

Die ersten Anzeichen von Unruhe gab der Gorilla von sich, indem er fahrig nach den Autoreifen, den Bällen und Hölzern griff, die um ihn herum lagen und mit denen er auch gewöhnlich hantierte, nun aber schon sichtlich verwirrt und nicht bei der Sache durch ein Besucherbetragen, das ihm bis zu jener Stunde noch nicht untergekommen war.

Endlich raffte der Gorilla mit allen Anzeichen schweren Widerwillens gegen den regungslosen Beobachter einen Teil seines Spielzeugs zusammen, verschwand damit in dem großen Holzhaus, das ihm als Unterkunft und Schlafstätte diente, kam aber bald wieder hervor mit einem Gehabe, als wollte er sagen: »Meine Sachen – ätsch! –, die kriegst du nicht.«

Dann raste der Menschenaffe erneut schnaubend in seine Hütte, klaubte trotzig alles wieder hervor und stellte es mit großer Geste zur Schau. Er richtete sich auf, schwoll förmlich an, reckte den gewaltigen Brustkorb, als wollte er die Kinofabel »King Kong« und ihren Überaffen noch weit in den Schatten stellen, riß wieder alles Greifbare an sich und brachte es abermals ins Haus und in Sicherheit – ein Anblick behaarter Aufgebrachtheit und sichtlicher Irritation.

Doch dann, während Jossi unbewegt weiter seinen »*toten Blick*« aussandte, geschah etwas gänzlich Unerwartetes.

Als wollte der Gorilla es bei den bisherigen Reaktionen nicht belassen, seine Aufgeregtheit überwinden und ein individuelles Beispiel der Gegenwehr statuieren, trat der große Affe ebenfalls eng an die Scheibe heran, nur von der anderen Seite, offenbar jedoch fest entschlossen, seinerseits den gleichen Stoizismus, die gleiche Ausdauer aufzubringen wie Jossi K., und zwar Auge in Auge mit ihm.

So standen sie sich lange gegenüber, sehr lange, der Affe und der Mensch. Mit anderen Worten, da bahnte sich etwas atemberaubend Ungewöhnliches an: Der Gorilla wollte sich nicht geschlagen geben, wollte ihm standhalten, dem »*toten Blick*«.

Das war in höchstem Maß ungewöhnlich, ja, revolutionär. Denn Tiere können bekanntlich weder einander, weniger aber noch Menschen dauerhaft ins Auge sehen, vielmehr sind sie ihrem ganzen Wesen nach darauf angelegt, es nicht zu tun. Bei den hochentwickelten »Herrentieren«, Primaten, wie den Menschenaffen, besonders ihrer Spezies *Gorilla gorilla,* ist es verpönt, einander in die Augen zu sehen, verstößt das doch gegen die elementarsten Regeln ihrer sozialen Gemeinschaft. Forscherinnen und Forscher, die lange in der Nähe von Gorillas lebten, wissen, daß alles mühsam gewonnene Vertrauen sofort dahin gewesen wäre, wenn sie einem aus der Sippe, oder gar dem Alphatier, einem »Silberrücken«, direkt in die Augen geschaut hätten, und sei es auch aus Versehen – selbst dann.

So wäre es denn auch kaum übertrieben, wenn hier vermerkt würde: Jossis »*toter Blick*« am Glaskäfig im »Affendschungel« von Miami, Florida, leitete tatsächlich so etwas ein wie ein neues Zeitalter in den Beziehungen zwischen Menschen und Menschenaffen, und dieser Gorilla schien davon etwas zu ahnen.

Denn nachdem er sein Hab und Gut in das Holzhaus gebracht hatte und wieder nach vorn an die Scheibe herangetreten war, tat der Menschenaffe, wie gesagt, etwas bis dahin in der langen Evolutionsgeschichte wohl absolut Einmaliges – er starrte zurück!

Gegen alle Naturinstinkte und angeborenen Verhaltensweisen seiner Gattung, gegen die über unermeßliche Zeiträume in seinen Genen aufgespeicherten Warnungen und jeder eigenen Lebenserfahrung zum Trotz – er starrte zurück.

Jossi K. schien somit ein naturgeschichtlicher Coup sondergleichen gelungen zu sein, und die Geschichte hier im *Affendschungel* von Miami, Florida, hätte aufs schönste in gespannter, wenn auch höchst ungewohnter Eintracht ihren Abschluß und damit Eingang in das »Guinness-Buch der Rekorde« finden können. Wenn, ja, wenn dieser singuläre Zweikampf zwischen Mensch und Tier zugunsten des Gorillas ausgegangen, wenn der *Silberrücken* der Sieger geblieben wäre.

Doch so gern ich der staunenden Leserschaft vermelden würde, daß der Gorilla die größere Standhaftigkeit, daß er bei diesem Affe-Mensch-Duell sozusagen den längeren Atem gehabt und Jossi K. unterworfen hat; so bereit ich wäre, dabei sogar ein wenig zu schwindeln, wenn es nur einigermaßen dem Verlauf der Dinge entsprechen würde, um der Wahrheit willen muß berichtet werden: Es war der Gorilla, der dem Druck nicht standhielt.

Er bebte und schwankte dabei von einer Seite auf die andere, das Maul weit aufgerissen und die mächtigen Hauer darin grellweiß entblößt, ehe er wie ein angestochener Luftballon in sich zusammenfiel und, nur noch die Hälfte seiner selbst, geschlagen davontrottete.

Was jedoch zum Glück noch nicht der Schluß dieser wahren Geschichte ist. Der erfolgte vielmehr in zwei rasch aufeinanderfolgenden und äußerst gegensätzlichen Etappen – von denen die erste, sei vorgewarnt, aus einer höchst unhygienischen Pointe bestand.

Denn kaum war der besiegte Gorilla im Holzhaus verschwunden, schoß er auch schon wieder hervor und landete exakt auf der Höhe von Jossis »totem Blick« das, was man in Hamburg einen *Qualster* nennt – also Spucke. In diesem Fall einen dicken, tief aus den Gorillabronchien hervorgeholten Schleimknoten, der langsam an der Innenseite der Scheibe hinuntertroff – das wilde Schauspiel abgrundtiefer Verzweiflung und unverhüllter Verletztheit angesichts des gegnerischen Triumphes.

Den aber, bei seiner Veranlagung kein Wunder, empfand Jossi keineswegs, eher alles andere, und so trat denn bei ihm auch sofort die entgegengesetzte Wirkung ein.

Um es in einem bildhaftem Gleichnis zu illustrieren: Wie der Tiefschlaf der Dornröschenprinzessin durch den Kuß des sehnlichst erwarteten Prinzen auf der Stelle beendet wurde, so erwachte Jossi beim Anblick des herabtriefenden Speichels von einer auf die andere Sekunde aus dem Stadium des »toten Blicks« und zeigte sogleich Verständnis, ja, Ehrerbietung für die zähflüssige Rache des Gorillas.

Drei Schritte zurückgehend, bis hinter das unbotmäßig übertretene Trenngitter, und dabei erst laut applaudierend, dann mit beiden Händen winkend, so zollte Jossi K. dem äffischen Duellanten seinen menschlichen Respekt.

Es heißt, der Gorilla im *Affendschungel* von Miami, Florida, soll zurückgewinkt haben, mit zarter Gebärde, kaum erkennbar und deshalb als Geste nicht einwandfrei zu identifizieren. Aber Jossi K. schwört auf diesen bezaubernden Schluß, auch wenn es dafür, wie er freimütig bekennt, keine Zeugen gibt.

Ich weiß nicht, wie es Ihnen geht – aber ich habe das starke Bedürfnis, ihm zu glauben.

Den Wahrheitsgehalt der folgenden Geschichte kann ich allerdings restlos und besten Gewissens beschwören, obschon sie möglicherweise noch skurriler ist als die bisherigen.

»Wo bleiben denn die verdammten *Menschenfresser?!*«

Es geht dabei, zurückhaltend gesagt, um Jossi K.s abartige Vorliebe für eine Tierordnung, die normalerweise nicht gerade zu Begeisterungsstürmen hinreißt oder auch nur tiefere Sympathien in uns auslöst – für die Gattung *Crocodylia*, also Panzerechsen, inklusive ihrer Unterarten *Alligatoren*, *Gaviale* und *Echte Krokodile*.

Sonst eher studienabstinent und nicht gerade ein Freund anstrengender Lektüre, hat Jossi K. auf diesem Sektor eine geradezu hektisch anmutende Lesewut entwickelt, mit Spezieskenntnissen, die jeden Laien, mich eingeschlossen, nur bestürzen können. Es fördert Minderwertigkeitskomplexe, wie

Jossi K. haarklein zu unterscheiden weiß zwischen dem zehn Meter langen südasiatischen *Leistenkrokodil (Crocodylus porosus)* und dem afrikanischen *Panzerkrokodil (Crocodylus cataphractus)*, oder dem *Orinocokrokodil (Crocodylus intermedius)* und dem *Australienkrokodil (Crocodylus johnsoni)* – gar nicht zu reden von den Unterschieden zwischen dem *Sunda-* und dem *Nilkrokodil!*

Dies nur die Wiedergabe eines winzigen Bruchteils von Kenntnissen, die vor einem auf das ausführlichste auszubreiten Jossi K., gefragt oder ungefragt, zu jeder Tages- und Nachtzeit bereit ist.

Ich jedenfalls kann nach Erfahrungen, deren Strapazen bloß mit Freundesgeduld zu ertragen waren, Neugierige nur warnen. Schon der kleinste äußere Anstoß genügt, daß der Damm bricht und wasserfallartig aus Jossi K. hervorstürzt, was sich erst nach Stunden langsam verplätschert. Allerdings, wer bis dahin nicht die Flucht ergriffen und sich schreiend oder taub aus dem Staub gemacht hat, der weiß nun eine ganze Menge über *Süß-* und *Seewasserkrokodile, Lang-* und *Kurzschnauzige,* das *arterielle* und das *venöse* Blut ihrer vier Herzkammern, über *untere* und *obere Schläfenfenster, längsgerichtete Kloakenspalten* oder *doppelte* und *einfache Schuppenkämme.*

Wir sehen, hier sind – Vorsicht! – Leidenschaften im Spiel.

Und die bergen, nicht ganz unbekannt, Gefahren in sich. Womit ich bei der ersten von zwei Grundlehren bin, die ich im Lauf der Zeit und unter erheblichem Nervenverschleiß auf unseren Dienstreisen mit der seltsamen Vorliebe Jossi K.s für die Panzerechsen machen konnte.

Es war bei den Dreharbeiten für »Heia Safari«, auf dem Weg von Bagamoyo, einst Küstenendstation für schwarze Sklaven aus dem Inneren des Kontinents, nach Daressalam.

Die Dunkelheit war längst eingebrochen, als wir etwa hundert Kilometer vor der tansanischen Hauptstadt mit unserem Landrover am Ufer eines schnell dahinströmenden Flusses stoppten, der nur mit einer Fähre überquert werden konnte. Die war dann auch tatsächlich da, nur der Fährmann, der fehlte.

Und da er auch nach lautem Hupen und Rufen nicht erschien, machten wir uns in der lichtlosen Gegend mürrisch und fluchend auf eine ungewisse Wartezeit gefaßt.

Allein Jossi K. schien bester Laune zu sein, denn er lief mit einem fröhlichen »Ich komme bald wieder!« den steilen Uferhang hinab, wo er sich zu schaffen machte an einem sehr schmalen Boot mit niedriger Bordwand, einem Einbaum, der, obwohl stark vertäut, in der kräftigen Strömung heftig auf- und abschaukelte.

Ich sehe noch, wie der Kameramann an den zum Glück ziemlich festen Knoten herumfummelte, um den Kahn flott zu machen, ohne daß ich darin oder daran irgendein Ruder oder Paddel erblicken konnte, mit deren Hilfe das Boot zu steuern gewesen wäre.

Auf meine entsetzte Frage, warum er sich nachts auf ein so risikovolles Abenteuer einlassen wolle, schrie Jossi K., mit einem Fuß schon unternehmungslustig im Nachen, gegen das Rauschen der Strömung vernehmbar zurück: »Krokodile sehen natürlich – Krokodile!«

Worauf ich ebenso laut zurückbrüllte: »Du kommst sofort hier hoch – sofort!«

Ich will meinen pädagogischen Einfluß auf den langjährigen Freund auch heute noch, nach so erheblicher Zeit, nicht überschätzen, und natürlich war der damals, am Anfang, noch ungleich geringer.

Aber irgend etwas an meinem Tonfall muß Jossi K. doch angerührt, muß ihn alarmiert haben, denn er kletterte wirklich den Hang hoch, ein bißchen verstört (soweit das bei ihm möglich ist) und ohne einen weiteren Versuch zu unternehmen, obwohl wir ziemlich lange auf den Fährmann warten mußten und erst weit nach Mitternacht in Daressalam ankamen.

Noch heute gruselt's mich bei der Vorstellung, was alles hätte passieren können, wenn der Krokodilfan auf dem Strom so nahe der Mündung ruderlos und manövrierunfähig in die endlosen Weiten des Indischen Ozean geschwemmt worden wäre, vor allem aber, welcher Kamerakoryphäe das deutsche Fernsehen auf diese höchst vermeidbare Weise verlustig gegangen wäre.

Mein zitierter Ordnungsruf sollte jedoch nicht dahingehend mißverstanden werden, daß ich etwa der faszinierenden Ordnung *Crocodylia* und ihren Unterarten abhold sei, ganz im Gegenteil. Schon mein vorn geschildertes Verhältnis zu den Sauriern, deren Erdzeitalter bereits von Krokodilen wimmelte, führte solche Unterstellung ad absurdum.

Ich hatte nur etwas dagegen, Jossi K. zwischen ihren Zähnen oder sonstwie in der Dunkelheit jener afrikanischen Nacht verschwinden zu sehen.

Später hat er mir dafür gedankt, wenn auch durch die Blume, eindeutig dagegen tat es seine Frau Ute, die nun wahrlich als Witwe gar zu jung gewesen wäre.

Da aber hatte ich schon, nach meiner ersten Grunderfahrung, daß Jossi K.s Passion für die *Crocodylia* verstörenderweise stärker war als sein Selbsterhaltungstrieb, bereits die zweite, kaum weniger dramatische gemacht – nämlich daß diese verquere Vorliebe von den gepanzerten Objekten seiner Begierde keineswegs geteilt, geschweige denn erwidert wurde. Vielmehr war auf ihrer Seite eine Widerborstigkeit, um nicht zu sagen Abneigung zu erkennen, die sich durch ein ebenso unentschlüsselbares wie hartnäckiges Verhalten äußerte – die schlichte Verweigerung ihres Anblicks, den kollektiven Entzug der Krokodilgegenwart.

Als Jossi K. mir darüber sehr verhalten betrübte Andeutungen machte – »Ich glaub', de Krokodile mögen mich nicht, de haben was gegen mich« –, hielt ich es noch für reinen Aberglauben. Aber dann gab es Bestätigungen, die mich verblüfften.

Eine davon erfuhr ich im (damals noch friedlichen) Burundi, im Norden des Tanganjikasees, und dies mitten in der Nacht.

Es war für eine Sendung über das weltweite Flüchtlingsproblem, die uns in den Ministaat am Rand Ostafrikas befördert hatte, mit Unterkunft in Bujumbura, der Hauptstadt des Kleinstaats, in dem hochgewachsene Tutsi über die Mehrheit der kleinwüchsigen Hutu herrschen, einst Teil von Deutsch-Ostafrika. Wie auch das angrenzende Ruanda, von etwa gleicher Größe, wo die Hutu gesiegt hatten, mit furchtbaren Greueln an den Tutsi, Schlächtereien, die dennoch, wie die Welt inzwischen leidvoll weiß, nichts waren als die Ouvertüre der gegenseitigen Millionenmassaker beider Ethnien in unseren Tagen.

Wo Jossi das Arsenal lichtstarker und für seine Absichten unerläßlicher Taschenlampen besorgt hatte, blieb uns anderen, wie manches sonst noch, strikt verborgen.

Aber dann ging es los, zu später Stunde, an den Tanganjikasee, der zum Rift Valley, dem Großen Bruch, gehört, und sich siebenhundert Kilometer nach Süden erstreckt.

Den Krokodilen in des Wortes buchstäblicher und übertragener Bedeutung heimleuchtend, pirschten wir erst in ostwestlicher, dann in umgekehrter Richtung vorsichtig und möglichst lautlos am Rand des Gewässers entlang – Jossi immer zehn Schritte voraus und, auch von hinten erkennbar, mit deutlich erhöhtem Adrenalinspiegel. Fehlte nur noch, daß er, wie häufig in gespannter Lage, in den Schrei »Wie bei uns in de Sinai!« ausgebrochen wäre – womit seine Teilnahme am Sinaifeldzug der israelischen Armee im Jahr 1956 gemeint war. Diesen Schlachtruf haben wir während unserer gemeinsamen Reisen immer wieder aus Jossis Mund vernommen, in der schönen Gewißheit, daß fortan jede Hürde von ihm genommen werden würde, wie hoch sie auch immer sein mochte.

Hier jedoch, am Nordufer des Tanganjikasees, blieb der Ruf aus, sosehr unsere Lichtjagd auf Echsen ihn auch gerechtfertigt hätte. Jossi K. fegte bei der stundenlangen Suche nach Krokodilen so nahe am Wasserrand entlang, daß er ohne weiteres das jüngste Opfer ihrer Gefräßigkeit hätte werden können. Wenn – ja, wenn sie nicht einfach verschwunden gewesen wären, total abwesend, als hätte es hier nie Echsen gegeben. Was den sonst so disziplinierten Kameramann förmlich aus dem Häuschen brachte – je mehr Zeit ergebnislos verstrich, desto näher kam er dem Wasser.

Dabei war uns seit Jahren immer wieder eingeschärft worden, wenigstens zwanzig bis dreißig Meter vom Uferrand entfernt zu bleiben, da die Krokodile gerade dort lauern würden. »And just the maneaters«, höre ich noch die Warnung eines Experten vor den Echsen, die schon einmal Menschenfleisch gekostet haben und wissen, wie leicht und wehrlos diese Beute zu haben ist.

Doch da gegen Süchte bekanntlich mit Vernunft schwer anzukommen, dafür aber die Fähigkeit, ihnen nachzugeben und sich gleichzeitig selbst zu exkulpieren, weit verbreitet ist, reagierte Jossi K. auf unsere knurrigen Vorhaltungen, warum er nicht wenigstens zehn bis fünfzehn Meter Abstand vom Uferrand hielte, mit der Gegenfrage: »Stimmt de Entfernung nicht?« Um dann, ohne die Distanz zu vergrößern, gleich anzufügen: »Allerdings haben mir de Zahlen in de Leben schon immer de Spaß verdorben.«

Kurz, weder in jener noch in den drei folgenden Nächten fielen die Strahlen unserer Taschenlampen auch nur auf ein glimmendes Echsenaugenpaar, auf verknöcherte Hornplatten oder Schuppenkämme, nicht einmal auf das Schwanzende eines flüchtenden Krokodils.

Es war ein voller Fehlschlag, und der setzte Jossi K. sichtlich zu.

Selbst dort, wo sie früher in ganzen Herden aufgetreten waren, schienen Krokodile nur von einem einzigen Wunsch beseelt zu sein – vor unserem Kameramann und seiner abstrusen Leidenschaft zu fliehen, für ihn einfach unsichtbar zu bleiben.

Wir haben auf dieser langen Drehreise nach Burundi noch fünf andere Länder Afrikas mit zahlreicher Krokodilpopulation berührt, und überall, wo es möglich war und unsere Termine es erlaubten, im Interesse eines erbaulichen Arbeitsklimas zusammen mit Jossi nach den Echsen gefahndet. Aber es war wie verhext und das Ergebnis gleich Null. Entweder war die Spezies von einer geheimnisvollen Seuche dahingerafft worden oder, wie Jossi K. eher argwöhnte, gegen ihn eine allgemeine Verschwörung im Gang, die er der Gattung persönlich heimzahlen würde, wenn denn überhaupt jemals wieder ein Krokodil in sein Blickfeld geraten sollte.

So der trübselige Kommentar in seiner immer welkeren Hoffnung, bevor er eines Tages unter Ugandas freiem Himmel in den Verzweiflungsschrei ausbrach:

»Wo bleiben denn die verdammten Menschenfresser?!«

Doch wenn die Not am größten ...

Es war am Ende einer Reise durch den alten Kongo, als das Unerwartete, nicht mehr Erhoffte eintrat und Jossi K. beschenkt wurde in Form eines wahren Monstrums von Krokodil, der Überechse des Jahrhunderts, eines wahren Blendwerks der Natur.

Gut sieben Meter lang, würdiger Nachfahre und Verwandter der *Dinos*, lag es plötzlich vor uns, ein Urweltvieh, dessen überlegene Anwesenheit alles, was da ringsum in weitem Kreis kreuchte und fleuchte, das Team eingeschlossen, zu beschämender Nichtigkeit degradierte. Den bezahnten Rachen weit aufgerissen und lautlos vor sich hin dösend, bot es den Anblick eines unüberbietbaren Phlegmas.

Genau das jedoch war es, was Jossi K. empfindlich störte, denn natürlich wollte er, nach so langer vergeblicher Suche, ein Krokodil »in action«, keinen lethargischen Faulenzer, der sich von winzigen Vögeln träge die Fleischreste des letzten Risses aus dem furchtbaren Gebiß herauspicken ließ.

Um dieser Idylle willen hatte er nicht Tausende von Kilometern zwischen Köln und Äquatorialafrika zurückgelegt, war er nicht seinen Abgöttern hinterhergejagt wie der Teufel der verlorenen Seele. Sich mit einem sattgefressenen Krokodil und dessen selbstzufriedenen Schlummerbedürfnissen abfinden? Niemals!

Also griff Jossi K. nach einem langen, starken Ast, der wie für seine Zwecke präpariert da lag, trat nahe an jene steinerne Brüstung heran, die ihn, wie Gott sei Dank auch uns, hinter einem Wassergraben von der gewaltigen Echse trennte, und versuchte, sie »an den Ohren zu kitzeln« (was um so verwunderlicher war, als wir anderen ein solches Sinnesorgan nirgendwo an dem ausgestreckten Giganten entdecken konnten).

Aber es mußte wohl doch dergleichen geben, denn ohne die Augen zu öffnen oder von dem Ast schon berührt worden zu sein, nahm das Krokodil, kaum merklich, Habachtstellung ein. Dennoch blieb es in seiner drachenähnlichen Mächtigkeit lange unbeeindruckt liegen, obschon Jossi K. bei seinen herausfordernden Versuchen, die Aufmerksamkeit des Ungetüms zu erregen, immer phantasievollere Attacken ritt.

Ganz richtig gelesen – *ritt*, was keineswegs übertrieben ist. Denn während die Spitze des stabilen Astes dem Krokodil mal in die Nasenlöcher fuhr, mal in Öffnungen verschwand, die möglicherweise Ohren sein konnten, dann wieder eine bekrallte Tatze mit den Schwimmhäuten hochlupfte oder im aufgesperrten Maul herumstocherte – während all dieser Schikanen hatte Jossi ein Bein verwegen über die steinerne

Brüstung geschwungen und überhaupt den Eindruck erweckt, als sei der Abstand zwischen dem Krokodil und ihm immer noch ungebührlich groß.

Schwankenden Halts, den Ast manchmal mit einer Hand, manchmal mit allen zehn Fingern umklammernd, vor allem aber wunschgemäß in sozusagen körperlicher Verbindung mit dem Krokodil – so hopste Jossi tatsächlich wie ein Reitersmann auf dem steinernen Sims herum, den Ast quasi als Zügel benutzend und oft derart weit vorwärts geneigt, daß die Gefahr, ins Wasser und damit der möglicherweise doch gar nicht so vollgefressenen Echse direkt vor die Schnauze zu fallen, von Minute zu Minute wuchs.

Unsere Bemühungen, ihn aus seinem tranceähnlichen Zustand zurückzuholen und seine bedenkliche und nicht gerade tierfreundliche Handlungsweise zu monieren, erwiesen sich als vollständig vergeblich. Und das nicht zuletzt deshalb, weil sich mittlerweile zwischen ihm und dem Krokodil so etwas wie ein noch uneingestandenes, dafür aber um so erbitterteres Kräftemessen abzuzeichnen begonnen hatte.

Die Echse hatte nämlich zugeschnappt und den vorderen Teil des langen Astes so kräftig zwischen die Kiefern geklemmt, daß er dort festsaß wie in einer Maschine, die zu keinem anderen Zweck erfunden war, als nie wieder loszulassen, was ihre Preßbacken umklammerten.

Jossis Begeisterung über diesen grimmigen Beweis, von dem Krokodil nun endlich doch noch wahrgenommen worden zu sein, hatte Ausmaße erreicht, die nicht nur den inzwischen gänzlich außer Rand und Band geratenen Kameramann in eine unverkennbar lebensgefährliche Situation brachten, sondern auch unsere Ängste um ihn begreiflicherweise erheblich vertieften.

Denn in seiner entrückten, nun völlig auf das Monstrum vor ihm konzentrierten Krokodilverzückung schien er nicht bemerkt zu haben, daß sich die Echse, den Ast fest in der Schnauze, langsam, ganz langsam nach hinten bewegte, mit heimlichen Stemmbewegungen der robusten Vorderextremitäten, millimeterweise und in der ebenso unmißverständlichen wie erfolgreichen Absicht, den zappelnden Menschen am anderen Ende der hölzernen Verbindung näher und näher, sozusagen happengerecht, zu sich herabzuzwingen.

Als die ungleichen Verhältnisse immer offenkundiger wurden, Jossi aber dennoch nicht locker ließ und mit der oberen Körperhälfte und beiden ausgestreckten Armen fast schon horizontal weit über die Brüstung hinausragte, die berechnende Bestie da unten also kurz vor dem Ziel stand und weder unsere verzweifelten Rufe noch unsere Handgreiflichkeiten auch nur das geringste fruchteten – in diesem Augenblick, also wirklich in letzter Sekunde, kam die Rettung.

Und zwar in Gestalt eines Afrikaners, der seine Hände wie zwei Schaufeln unter Jossis Brust und Knie schob, ihn hochhob wie eine Puppe und binnen kürzester Frist aus der Gefahrenzone expedierte. Nicht ohne ihn dabei heftig anzubrüllen, wieso er sich in sie begeben habe, und ihm gleichzeitig auch anzukündigen, was ihn der Spaß kosten würde.

Schon wurde schwungvoll ein Heft gezückt, harsch nach Name, Hoteladresse und Paßnummer des Frevlers gefragt und die Geldbuße auf die Hand eingefordert – aber nicht etwa in Landeswährung, sondern in US-Dollar und bar!

Ich habe, es ist lange her, vergessen, wie hoch die Summe ausfiel, nicht jedoch, wo sie erstattet werden mußte, wo Jossi K. also nach langer vergeblicher Suche doch noch sein aufregendes Rendezvous mit einem Krokodil unter Afrikas glühender Sonne hatte – im Zoo von Kinshasa, der Hauptstadt Zaires, des alten Kongo.

Jackie
oder
Wer zerkratzte Jossi K.s Hände?

Nun aber anzunehmen, die schlimmen Erfahrungen dieses ungewöhnlichen Zeitgenossen israelischer Herkunft und deutscher Staatsangehörigkeit mit seiner rätselhaften Krokodil-
passion hätten Jossi K.s. Tierliebe den Todesstoß versetzt,
hieße, ihr kompliziertes und großzügiges Potential leichtfertig
zu verkennen.

Das zeigte sich in Paraguay.

Dorthin geführt hatten uns Dreharbeiten über Mennoniten, Angehörige einer im 16. Jahrhundert aus der Reformation
entstandenen Religionsgemeinschaft, die die Kindtaufe ebenso
verwirft wie den staatlichen Zwang in Glaubensdingen, den

Kriegsdienst, den Eid und die Ehescheidung. Solche Resistenz hat der Obrigkeit, ob nun katholisch oder evangelisch, noch nie gefallen, weshalb die Mennoniten es vorzogen, ihre angestammten Heimatgebiete in Westpreußen zu verlassen und in den Niederlanden, im Elsaß und Mähren Zuflucht zu suchen, ehe ein großer Teil von ihnen im 18. Jahrhundert nach Rußland, Kanada und in die USA auswanderte.

Ein Splitter dieser Emigranten aus religiöser Überzeugung hatte seine Heimat in Paraguay gefunden, Südamerikas einzigem Binnenstaat, und sich dort in den Savannen des weitabgelegenen Chacogebiets angesiedelt, mit Philadelphia als »Hauptstadt«. Die An- und Abführungsstriche deshalb, weil sonst der falsche Eindruck entstehen könnte, es handele sich dabei um eine Stadt oder gar eine Kapitale.

Die Wirklichkeit war wohltuend bescheidener, nämlich nichts als eine Ansammlung sauberer Häuser mit sauberen Straßen, ein geordnetes, schlichtes Gemeinwesen, dem unverkennbar sein europäischer, in diesem Fall westpreußischer, Ursprung anhaftete. Neben dem selbstverständlichen Spanisch sprachen die Farmer, Handwerker und Rinderzüchter unter sich auch immer noch den einstigen, wenn inzwischen wohl auch etwas verschlissenen Dialekt, und der paßte ganz und gar zu den wetterfesten, zupackenden Menschen.

In diesem Zusammenhang eine Arabeske, eine dort geprägte Erinnerung, die vielleicht besser unterschlagen bliebe, mich aber auch heute noch so belustigt, daß sie, vor dem Exempel von Jossi K.s unverwüstlicher Tierliebe, kurz preisgegeben werden soll.

Gleich nach unserer Flugankunft aus Asunción waren wir in Philadelphia bekannt gemacht worden mit einer der letzten

Gruppen von Ureinwohnern (insgesamt kaum noch 2 Prozent der Bevölkerung Paraguays, neben 3 Prozent Weißen und 95 Prozent Mestizen): Chacoindios, die in ihren Lumpen einen erbarmungswürdigen Anblick boten, aber wahrscheinlich noch heruntergekommener gewesen wären, wenn die gottesfürchtigen Mennoniten ihnen nicht mit Nahrung und Medizin tatkräftig unter die Arme gegriffen hätten.

Nun ging die Nächstenliebe der frommen Christen zwar nicht soweit, daß sie mit den Indios zusammenlebten, die andauernde Nähe und Berührung aber hatten immerhin dazu geführt, daß diese Kinder Manitous manches von ihren Wohltätern angenommen hatten.

Eine dieser Errungenschaften hat uns nicht nur buchstäblich umgeworfen, sondern sträflicherweise auch veranlaßt, sämtliche Resultate einer guten Kinderstube über Bord zu werfen und uns hemmungslos der Wirkung einer allerdings in der Tat höchst ungewöhnlichen Überraschung auszuliefern, und das gleich zu Beginn, nämlich als die Indios uns laut und deutlich begrüßten – in perfektem *Westpreußisch!*

Ist es da nicht wenigstens einigermaßen verständlich, daß wir uns schlagartig prustend auf dem dornengespickten Boden des Gran Chaco wälzten, unfähig, auf das Ereignis gesitteter zu reagieren? Aber trotzdem natürlich schlechten Gewissens wegen des katastrophalen, wenn auch völlig unbeabsichtigten Eindrucks, wir würden die Indios auslachen. Eine übrigens sehr unbegründete Furcht, wie sich schnell herausstellte, waren wir doch nicht die ersten deutschen Besucher in Philadelphia und die Indios solche oder ähnliche Reaktionen auf ihre verblüffenden Sprachkenntnisse offenbar gewohnt. Denn sie klopften uns beruhigend auf die Schulter und bekundeten uns auch sonst durch allerlei Gesten, daß unser schandbares Betragen sie keineswegs verletzt hatte.

Vor uns selbst jedoch war es weit weniger entschuldbar, hatte dasselbe Team doch, und das vor noch gar nicht langer Zeit, schon einmal ein ähnliches Erlebnis gehabt, das uns hätte warnen sollen – in der damals noch britischen Kronkolonie Hongkong.

Dort im Hotelzimmer angekommen, drückte ich, einer meiner unausrottbar schlechten Angewohnheiten folgend, sofort auf den Einschaltknopf des Fernsehgeräts. Aber nur, um mich nach wenigen Sekunden schon von unbändigem Gelächter geschüttelt in der Hocke vor dem Bildschirm wiederzufinden. Gerade noch, daß es mir gelang, die Kollegen in mein Apartment zu bitten, wo sie sich, eine Weile sprachlos zuschauend, dann aber auch von heftigen Zuckungen und Fallsucht überwältigt, mit beiden Händen die Bäuche hielten.

Die Erklärung: Der alte Cartwright, der dicke Hoss und all die anderen, unzählige Male über den Bildschirm geflimmerten Gesichter aus der Nonstop-Familienserie »Bonanza«, Prototypen des Wilden Westens, Farmer- und Cowboylegenden aus Texas, Urbilder Amerikas und vertraute Begleiter ganzer TV-Zeitalter, hier brüllten, flüsterten, sprachen sie – auf chinesisch, Kantondialekt, also in höchstem Diskant!

Unser Betragen in Paraguay etwas später wäre ja vielleicht noch hingegangen, wenn es sich in Hongkong auf uns beschränkt hätte.

Leider blieben unsere Verrenkungen und akrobatischen Zugaben auf das piepsende Amerika da vor uns nicht unbemerkt. In der Tür erschien nämlich, den Früchteteller für »very important persons« (!) in der Hand, ein chinesischer Hotelboy, der die Situation intuitiv erfaßte und die freundliche Gabe mit einer so unverkennbaren Gebärde erbosten Mißfallens auf den Tisch stellte, daß es eines erklärenden Kommentars nicht mehr bedurfte.

Wie man sieht, sind auch liberalere Geister und solche, die gern so genannt werden, keineswegs gefeit gegen die Unberechenbarkeiten eines Eurozentrismus, der tief in einem versteckt sein Unwesen treibt und sich bei Gelegenheiten wie diesen höchst entlarvend an die Oberfläche drängt.

Da uns die Mennoniten mit großer Höflichkeit und Freundlichkeit begegneten, machten die Dreharbeiten nicht die geringsten Schwierigkeiten, so daß wir vorfristig fertig wurden und deshalb nach einer monatelangen Reise durch den Subkontinent beschlossen, etwas zu tun, was unter meiner Autorschaft leider nur allzu selten geschah – nämlich ein paar Ruhetage einzulegen.

Die hätten getrost unkommentiert bleiben können, wenn eben nicht jenes Ereignis eingetreten wäre, das den *Extrareport über die Abenteuer des ungewöhnlichen Zeitgenossen Jossi K. mit Tieren* krönungsartig abschließen soll.

Es fing damit an, daß der Kameramann gleich am zweiten Tag der Erholungsphase ein höchst verwunderliches Gebaren an den Tag legte, genauer – am Abend und sogar in der Nacht.

Entgegen allen sonstigen Gepflogenheiten nämlich verschwand Jossi regelmäßig, war er wie vom Erdboden verschluckt, blieb lange weg und kehrte, meist sehr spät, mit einer Miene heim, die nur als *nicht von dieser Welt* bezeichnet werden konnte.

Also begannen wir anderen uns um ihn Sorgen zu machen. Leise, ganz unter uns, sannen wir darüber nach, was ihn denn wohl veranlassen mochte, sich heimlich und gegen die ungeschriebenen Gesetze der Teamtradition abzusondern und dann auch noch über seine Eskapaden vollständiges Stillschweigen zu bewahren. Eine Spielhölle, die ihn anlockte, so tuschelten wir, war es nicht, denn die nächste lag im sechshundert Kilometer entfernten Asunción. Ebensowenig konnte der ungewohnte Separatismus etwa mit heimlichen Rendezvous zu abendlicher oder nächtlicher Stunde zu tun haben. Denn ganz abgesehen davon, daß Jossi mit seiner Frau Uté eine glückliche Ehe führte (und führt) – niemals hätte selbst der sprichwörtliche Charme dieses Teams je Philadelphias Mädchen und Frauen zu motivieren vermocht, die Dunkelheit mit zufällig vom Himmel gefallenen und kurzfristig verweilenden Fremdlingen zu teilen oder sich überhaupt mit Männern auf andere als eheliche Weise zu verlustieren.

Solche Gewißheiten waren es dann auch, die mich veranlaßten, eines Abends Jossi ungesehen zu folgen. Das beileibe nicht, um ihm nachzuspionieren, sondern um in voller Konspiration mit Kameraassistent und Tonmann unseren Besorgnissen buchstäblich *nachzugehen*.

So tat ich denn, um jeden Argwohn im Keim zu ersticken, den Tag über besonders desinteressiert, achtete nach Einbruch der Dunkelheit aber um so gespannter darauf, wann Jossi wohl aufbrechen würde. Als das geschah, gegen 22 Uhr Ortszeit, folgte ich ihm, und zwar ebenso vorsichtig wie lautlos, ständig darauf gefaßt, hinter eine Ecke oder Mauer zu treten, sobald er sich umdrehte.

Auf diese Weise ging es durch die schwachbeleuchtete Siedlung bis zu ihrem Rand, wo alle Beleuchtung aufhörte und ich den Verfolgten aus den Augen verlor, so stockfinster war es.

Auf gut Glück weiter ausschreitend, klaffte plötzlich neben mir rechts vom Weg ein geöffnetes Tor, das über einen Hof den Blick auf ein großes Gebäude freigab, offenbar eine Scheune, die an der Vorderseite beleuchtet war und aus der heraus ich Stimmen vernahm, darunter, unverkennbar, die des Freundes – das Gespräch wurde auf spanisch geführt. Und wenn ich auch vermutete, daß Jossi K. diese Sprache nicht anders malträtierte als die deutsche, wie sein Pidgin-Englisch oder auch das hörbar verstümmelte Französisch, dessen er mächtig zu sein behauptete, ja sogar sein Iwrith – die Entfernung ließ eine Erforschung des Inhalts, um den es ging, leider nicht zu.

Näher heranzutreten wagte ich aber auch nicht, da der Hof keinerlei Möglichkeiten bot, sich im Fall eines Falles zu verbergen. Und das wenige, was ich sah, machte mich nicht klüger. Jossis nach vorn gebeugte Gestalt ragte so weit in die Scheune hinein, daß sein Kopf nicht zu sehen war, während seinem Mund seltsame Laute entfuhren, die bis zu mir drangen, ohne daß ich sie entschlüsseln konnte. Mit wem kommunizierte er da zu nächtlicher Stunde im mennonitischen Paraguay am Rand von Philadelphia? Und wie? Denn das, was ich vernahm – einmal sanftes Zischen, dann wieder forciertes Gicksen, gefolgt von jenem typischen Blödeln vor Säuglingen im Kinderwagen –, gehörte einem auf beunruhigende Weise unbekannten Idiom an.

Jossi K. mußte entweder den Verstand verloren haben oder zu später Stunde wie durch ein Wunder auf eine präkolumbianische Sprachader gestoßen sein (was mir noch unwahrscheinlicher vorkommen wollte als die erste Vermutung).

Das Zermürbende dabei war, daß es unermüdlich aus ihm heraussprudelte und kein Ende nehmen wollte. Ging es hier um eine Adoption, um ein Kind, das vielleicht die Eltern verloren hatte im wilden Chaco und nun einem bangen Schicksal ausgesetzt war? Mit wem sonst als einem Baby konnte ein normaler Erwachsener so idiotisch sprechen?

Schließlich, mit der inneren Ausrede, immerhin dreizehn Jahre älter als Jossi K. und entsprechend ruhebedürftiger zu sein, kapitulierte ich, schlich so leise wie gekommen allein zurück und berichtete den beiden anderen redlich von der absoluten Ergebnislosigkeit meiner Expedition.

Am nächsten Abend dann die gleiche Darbietung am gleichen Ort und zur gleichen Stunde. Allerdings diesmal, ohne daß ich so lange wie gestern wartete, und auf dem Rückweg mit dem heiligen Schwur, Jossi morgen in aller Herrgottsfrühe in seinem Zimmer zu stellen und, koste es, was es wolle, sein Geständnis einzufordern.

Also fand ich mich zur festgesetzten Stunde, sehr früh, vor Jossis Tür ein, klopfte an und trat auf sein »De Tür is offen!« energisch ein. Doch nur, um förmlich zurückzuprallen vor einem Gestank, wie man ihn sich beißender und beizender nicht vorstellen kann, nach dessen Quelle zu forschen jedoch ganz überflüssig war, weil Jossi K. sie in seinen Armen zärtlich hin – und her wiegte und dabei glückselig krähte: »De Jackie!«

Eine Halluzination? Mitnichten! Im Bett vor mir lagen sie beide traut miteinander vereint, Jossi K. und ein *Ozelotbaby*, ein winziges Fellknäuel unverkennbar männlichen Geschlechts, ein besonders anmutiges Exemplar der Gattung *Leopardus pardalis*, jener Katzenart, die von Mexiko bis Patagonien vorkommt und überall, wo es sie noch gibt, besonders aber in Paraguay, unter strengstem Naturschutz steht.

Aber: »De Jackie kommt mit nach Köln!« So aus den Federn Jossi, in einem Ton, den ich nur zu gut kannte – Widerspruch sinnlos.

Kaum daß sich mir noch ein schwaches »Bist du wahnsinnig geworden?« entrang, was aber von ihm, schon dabei, innerlich bürokratische und andere Hürden zu nehmen, gar nicht mehr wahrgenommen wurde.

Andere? Das waren nicht der Jäger und seine Helfer, die mit dem lebend zum Zwecke des Verkaufs eingefangenen Ozelot gegen schärfste Strafbestimmungen verstoßen hatten. Es waren die Gemeindeväter von Philadelphia, rechtschaffene Männer, den Verfolgungs- und Fluchtdruck von Generationen im Blut und nun, wenn sie entscheiden sollten, gewiß hin- und hergerissen zwischen ihren rasch gewonnenen Sympathien für den weltgewandten Fernsehmann und ihrer Pflicht als gesetzestreue Bürger eines traditionell diktatorisch regierten Landes.

Wie Jossi K. es dann schaffte, seinen mit schwarzen und rötlichgelben Flecken traumhaft gezeichneten Jungozelot unbehelligt in der drei Tage später auf der Piste von Philadelphia landenden und auch gleich wieder startenden Maschine zu verstauen und mit Jackie und uns nach Asunción zu fliegen; wie er dort, bevor er für mehrere Drehwochen nach Nordamerika weiterflog, das Tier durch den Zoll und in Quarantäne brachte, es impfen ließ und dafür sorgte, daß der

Ozelot drei Monate später wohlbehalten auf dem Düsseldorfer Flughafen landete und dort von seiner Frau Ute abgeholt wurde, da ihr Mann wieder unterwegs war – all das wird Jossi K.s ewiges Geheimnis bleiben.

Desgleichen, was er sich dachte, als er feststellen mußte, daß das ursprünglich winzige Fellknäuel inzwischen erheblich größer geworden war, die Wachstumsphase aber noch keineswegs ihr Ende gefunden hatte.

Zunächst jedoch gab es mit Jackie in seinem neuen Kölner Heim andere Schwierigkeiten, und das nicht etwa, weil der Ozelot von der südlichen Halbkugel in nördliche Breiten gelangt war, sondern weil hier bereits ein alteingesessener Hausgenosse lebte, der uns gut bekannt ist – Tucki.

Der Papagei muß seinem verbliebenen Auge nicht getraut haben, als der befellte Ankömmling plötzlich vor ihm stand, ebenso erstarrt wie sein gefiedertes Gegenüber und, zu seinem Glück, ohne jede Pose, die vom »Recht des Stärkeren« hätte künden können.

Die Rangordnung zwischen beiden war denn auch in Sekundenschnelle entschieden.

Tucki, mit dem Schnabel über den Boden scharrend, kam furchtlos auf die regungslos verharrende Katze zu, blieb kurz vor ihr stehen, umrundete dann den Exoten aus Südamerika und – biß ihr zweimal kräftig in den Schwanz. Worauf Jackie einen gewaltigen Sprung in die Höhe machte, ehe er zurück auf alle viere fiel und sich, überzeugende Demutsgebärde, flach auf den gefleckten Bauch legte – ein Gebaren, das die Herrschaftsverhältnisse von der ersten Stunde an klärte, und zwar ein für allemal.

Nur – wie lange konnte Jackie hier überhaupt bleiben? Die ersten Zweifel, die Wildkatze auf Dauer bei sich halten zu können, müssen Jossi und Ute schon bald gekommen sein. Schnöde auf den Kern gebracht: Was sich hier tat, war wieder nichts weiter als die Bestätigung, daß Liebe blind macht – diesmal allerdings, zugegeben, mit absolut voraussehbaren Folgen.

Zwar bleiben alle Gedanken darüber reine Spekulation, da Jossi K. über Probleme, die Jackie machte, nie sprach, aber die Gründe für berechtigte Sorgen waren offensichtlich und, was ihm wohl am meisten zusetzte, nicht zu verbergen.

Denn seltsamerweise, wo immer Jossi K. in den folgenden Wochen auftauchte, ob auf der Straße bei sich zu Hause oder in den weitläufigen Fluchten des Westdeutschen Rundfunks – stets trug der Kameramann Handschuhe! Was bei entsprechender Jahreszeit schließlich nicht weiter verwunderlich gewesen wäre. Wir hatten jedoch Hochsommer. Also mußte mehr dahinterstecken.

Aber wer? Oder was?

Natürlich Jackie. Ich kann nicht mehr genau sagen, wann ich die Schrammen und Schründe an Jossis Händen und Armen, ellbogenhoch, zum erstenmal gewahrte, und ob er mir den Anblick seiner Wunden freiwillig oder absichtsvoll bot – jedenfalls erschrak ich dabei heftig. Doch nur, um gleich darauf in Heiterkeit auszubrechen, da er mir ungewohnt beredt versicherte, Jackie meine es »nicht böse«, sondern wolle »nur spielen«.

Wie niedlich! Allein – auch die Kindheitsphase würde bald ablaufen und Jackie in das Dasein eines erwachsenen Ozelots von rund einem Meter Länge eintreten – was dann? Nein, beim besten Willen, Köln-Rodenkirchen war für den Immigranten aus Paraguay weiß Gott nicht der richtige Ort. Es wurde Zeit, die Vernunft einzuschalten, und dafür ist Jossi K., trotz allem, immer gut.

Als ich Jackie zum letztenmal sah, im späten Herbst, hatten Wachstum und natürliche Entwicklung seiner Gattung gerade jene Grenze erreicht, ab der die Pardelkatze nicht mehr frei herumlaufen konnte. Ebenso offensichtlich aber war, daß sich Tuckis Oberhoheit über Jackie eher noch gefestigt hatte. So waren vielleicht beide, wenn auch aus unterschiedlichen Gründen, froh, als das Beisammensein unter einem Dach dann schließlich beendet war. Der Ozelot, weil er offenbar nichts mehr fürchtete als einen dritten Biß in seine empfindliche Schwanzspitze; der Papagei, weil er endlich einen Rivalen los war, wenngleich Jackie mit Tucki bis zuletzt nie anders als in der untertänigen Haltung eines Sklaven gegenüber seinem Herrn verkehrt hatte.

Jackie, so hieß es bald gedämpft, sei in die Nähe von Braunschweig gekommen und dort untergebracht worden, wie es besser gar nicht hätte sein können. Viel gesprochen wurde darüber nicht. Auch verheilten die tiefen Kratzspuren an Jossis Händen und Armen schnell.

Skrupel wegen der doppelten Verpflanzung blieben dennoch, bei allen Beteiligten, besonders aber bei Jossi selbst – und das, glaube ich, bis auf den heutigen Tag.

Ich entnehme das jener Frage, die die Zeiten – und bestimmt auch die verhältnismäßig kurze Lebenserwartung eines Ozelots – weit überdauert hat und die der Freund und Kameramann mir erst jüngst wieder stellte: »Wäre de Los von de Jackie, wenn ich ihn bei de Fänger gelassen hätte, nicht noch schlimmer gewesen?«

Aber gewiß doch, Jossi, ganz gewiß!

Das
Entenschwänchen
von Marienburg

Natürlich fühlen sich nicht nur Menschen von Tieren ange-
zogen, sondern auch Tiere von Menschen. Ein ganz besonders
eklatanter Fall ist der meiner Frau Roswitha, genannt Röschen,
mit magnetischer Kraft seit Kindestagen.

Da waren die Hunde der Großeltern, die auf das kleine Mädchen zuschossen, sobald nur ein Zipfelchen von
ihm sichtbar wurde, nachdem schon die bloße Ankündi-
gung seines Erscheinens die Dogge und den Dackel in nur
schwer zu bändigende Ekstase versetzt hatte. Dann lefzen-
triefende, wütig-zärtliche Drängelei, immer auf Körpernähe
bedacht und dabei von unerschöpflicher Bewegungsener-

gie – das bloße Vorspiel einer lebenslangen Attraktion auf Tiere.

Da war Agamemnon, die Schildkröte, die Tomaten fraß, aber nur, wenn ihr die Frucht von Röschen vorgelegt wurde. Das vollzog sich nach strengem Programm: Freßangriff auf die pralle Rote, dann, nach einer Weile, alle viere von sich gestreckt und das Köpfchen weit vorgeschoben – die Aufforderung, gekrault zu werden. Danach weiter an der Tomate geschmatzt, ehe die eingezogenen Beine sich wieder streckten und die Gepanzerte mit weit ausgefahrenem Hals von Röschen die nächste Zärtlichkeit einforderte. So ging es Jahre um Jahre, eine feste Zeremonie von geräuschloser Übereinstimmung zwischen Mensch und Tier: fressen, kraulen – kraulen, fressen.

Und dann die Amsel *Dickmann!*

Sobald auf der Terrasse die Tür geöffnet wurde, begann der Vogel (natürlich, wie die Schildkröte, ein Er) die Federn zu plustern und lauthals loszuschmettern, energische Anstalten, um Röschens volle Aufmerksamkeit zu gewinnen, und in sichtlich großer Erregung. Von Mal zu Mal kam die Amsel näher, wobei dem gelben Schnabel immer höhere Zwitschertöne entfuhren.

Zum Greifen nahe aber rückte Dickmann, wenn die noch nicht flüggen Jungen im hohen Nest unter dem Schrägdach nach Futter schrien und dabei mit ihren hellgestreiften Kehlen so weit über den Rand hinausragten, daß sie hinunterzupurzeln drohten. Dann trompetete *Dickmann* im Gesträuch an der Wendeltreppe so nahe, daß Röschen nur die Hand hätte auszustrecken brauchen, um ihm über das tiefschwarze Gefieder zu streicheln. Natürlich hütete sie sich, das zu tun, und gewann gerade dadurch auch noch den Rest des Dickmannschen Vertrauens.

Die Amselmutter dagegen, unansehnlicher als der Pascha und sehr verhuscht, blieb bei dieser Begegnung außen vor und führte nur ein Schattendasein.

Dickmann aber beließ es nicht bei seiner ausposaunten Huld, sondern steigerte seine Bekundungen noch durch eine Wichtigtuerei, die allerdings Niederschlag über Köln-Süd zur Voraussetzung hatte.

Dann aber, sobald Röschen erschien, stürzte Dickmann sich in eine Lache oder Pfütze, um dort nach Herzenslust mit fächernden Federn herumzuplantschen, daß es nur so sprühte, und zwar stets mit dem leuchtenden Schnabel in Röschens Richtung gewandt. Das ging oft so lange, bis die turbulente Vorstellung alles Wasser aus der Vertiefung geschleudert hatte und Dickmann auf dem Trockenen saß – ziemlich abgearbeitet, aber tirilierend und sehr vergnügt.

Nicht zu vergessen das Intermezzo mit den Stacheligen.

Die hatte Röschen entdeckt, als sie eines Abends aus dem Wagen stieg, um die Garagentür zu öffnen, und dabei bisher nie gehörte Geräusche vernahm. Sie kamen aus dem Gebüsch, das das eigene Grundstück von dem nachbarlichen trennte, und waren ebenso erschreckend wie zunächst unergründbar. »Als wenn sich dort«, so Röschen seinerzeit unter dem frischen Eindruck des Erlebnisses, »eine Gruppe alter Männer röhrend und hustend aufhielte« – nur dann und wann unterbrochen von einem schmalen Fiepen, das auf jüngere Lautverursacher hinzuweisen schien, im Ganzen aber eben doch ein brummiges Konzert von düsterer Tontiefe.

Die Lärmverursacher ließen dann auch nicht lange auf sich warten, sondern marschierten aus dem Gebüsch von der einen Seite über die Steinplatten vor der Garage unter die Sträucher auf der anderen, in langer Reihe und nun ohne jedes Geräusch: eine sechsköpfige Igelfamilie, vorn der Vater, hinten die Mutter, vier Junge in der Mitte – ein Bild, das sich in schöner Regelmäßigkeit über eine beträchtliche Zeitstrecke hin und mit immer gleichem Ablauf wiederholte.

Nach der kakophonischen Vorwarnung aus dem Gebüsch kam der Igelvater als erster hervor, ein wahres Prachtexemplar der Familie der *Erinaceidae*, verharrte eine Weile klärend an der Spitze und zog dann die Reihe nach, ehe er unerschrocken auf Röschen zusteuerte. Dort, zu ihren Füßen, äugte er aus schwarzglänzenden Augen neugierig hoch und blieb so, lange schnuppernd, stehen. Dann, nachdem Röschens Verhalten ihm Gefahrlosigkeit signalisiert hatte, trieb das stachelige Familienoberhaupt seine Vertrauensseligkeit so weit, daß es sich zwischen Röschens rechten und linken Schuh stellte und andächtig erst an dem einen, dann an dem anderen schnüffelte, bevor es sich gemächlich trollte und Weib und Kinder in die grüne Unsichtbarkeit auf der anderen Seite des Garagenzugangs führte.

Von nun an arrangierte sich allabendlich ein beiderseits freudig eingefädeltes Rendezvous, an dem im Lauf der Zeit sämtliche Mitglieder der Igelfamilie aktiv teilnahmen. Als nächstes, nach dem Vater, hatte sich die Igelmutter, kleiner als das Gesponst, aber von ebenfalls imponierender Stacheligkeit, an Röschen herangetraut, hatte ausdauernd an ihr geschnuppert, war aber anfangs noch hin- und hergezerrt zwischen Neugierde und Furcht um die Brut, und deshalb immer wieder ein Stück zu den Jungen zurückgekehrt.

Endlich aber waren auch die kleinen Stacheltiere selbst herangekommen, ohne die nur noch halbherzigen Hinderungsversuche der Igelin zu beachten, so daß bald die ganze Schar, also ihrer sechse, um Röschen versammelt war und Zwiesprache mit ihr hielt. Da das alle auf ihre individuelle Art taten, war der Platz vor der Garage angefüllt mit zwar sehr unterschiedlichen, aber in eine gemeinsame Richtung weisenden Tönen, nämlich hin zu dem ungeheuer hochragenden Wesen, das da mitten unter ihnen stand und sich nun seinerseits mit milden Lauten auf das friedlichste bemerkbar machte.

Die Harmonie ging binnen kurzem so weit, daß Röschen jedes beliebige Exemplar, ob Vater, Mutter oder Kind, hochnehmen und streicheln konnte, so gut oder so schlecht solche Kosungen bei Igeln eben möglich sind. Über die erhebliche Zeitdauer hin, während der sich eines dieser Stelldicheins an das andere reihte, ist kein Fall von *Einigelung* bekannt geworden – will sagen, daß sich niemand aus der zutraulichen Familie je mit Hilfe seines Rückenmuskels erschreckt in eine stachelstarrende Kugel verwandelt hätte. Hier lebte und webte nichts als schiere Harmonie und inniges Verständnis füreinander.

Dann jedoch, eines Abends, blieb alles stumm, grunzte oder fiepte nichts mehr aus dem Gebüsch zwischen den zwei Grundstücken, fehlte der gewohnte Aufmarsch und seine vertraute Akustik. Die Warnzeichen waren schon vorher nicht zu übersehen gewesen, denn aus den Kindern waren Jungigel geworden, deren Folgsamkeit gegenüber den Eltern offensichtlich Lücken bekommen hatte, so daß Natur und

Leben ihren Lauf nahmen. Aber die Wehmut, die daraufhin Röschens Tage länger verschattete, dürfte wohl nicht ganz unverständlich gewesen sein.

Natürlich gab es nach schmerzlichen Abschieden wie diesem auch immer wieder Trost durch weitere Beispiele von Röschens bleibender Anziehungskraft auf Tiere – zum Beispiel auf jenes Schaf im schottischen Hochland, das gar nicht mehr von ihr lassen wollte.

Es war in der Nähe von Lochearnhead, mit weiter Sicht auf eine dramatische Gebirgskulisse, als wir nach längerer Fahrt den Wagen verließen, um die köstliche Luft des Hochlandes zu inhalieren.

Plötzlich war es dagewesen, ohne Herde, weit und breit das einzige Schaf, einsam grasend.

Darin hielt es abrupt inne bei Röschens Anblick, trabte dann jedoch rasch auf sie zu, um mit nasser Zunge ihre Hände zu lecken und die dicke Wolle gemächlich an ihren Jeans zu reiben – ein vielleicht noch nicht ganz ungewöhnliches Betragen. Wohl aber war es die Ausdauer, mit der es zu Werke ging, die sichtliche Bestrickung, die von Röschen auf das Schaf ausging, und die seltsame Anhänglichkeit, mit der es nicht von ihrer Seite weichen wollte. Sie war es, die uns weit länger als ursprünglich beabsichtigt bleiben ließ, zumal jede Bewegung Röschens auf den Wagen zu von einem kläglichen »Mäh! Mäh!« begleitet wurde.

Dann strebte das Tier auf das offengelassene Auto zu, und zwar auf die Beifahrerseite, wo Röschen zu sitzen pflegt, roch dort kräftig hinein, reckte sich, die Vorderbeine auf den Wagenboden gestemmt, ins Innere und verharrte so, als wäre es angenagelt.

Dabei machte es ohne Unterbrechung weiter »Mäh! Mäh!«, den Kopf Röschen zugekehrt, so, als wollte es etwas fragen.

Schließlich, als wir einstiegen, verwandelte sich das Blöken in ein meckerndes Jammern, das um so stoßhafter wurde, je unabänderlicher die Zeichen auf Abfahrt standen. Und tatsächlich, wie befürchtet, lief das Schaf im schottischen Hochland dann noch so lange hinter uns her, bis die nächste Abbiegung ihm und uns die Sicht aufeinander nahm.

Dann der Kater Cesar.

Der als winziges Kätzchen kam, sich aber zu einem Riesentier auswuchs; der einen aus grünen Augen verständig anschaute, als begriffe er jedes Wort, und der mit Röschen so verwachsen war, daß er sich nicht nur während ihrer Abwesenheit vornehmlich auf ihre Leibwäsche legte, sondern die Eifersucht auch soweit trieb, daß er ihre Telefongespräche unaufgefordert, doch wirksam unterbrach – indem er mit schlanker Pfote einfach die Gabel niederdrückte und damit sowohl dem Angerufenen wie dem Anrufer unmißverständlich klarmachte, wer in diesem Hause über die Kommunikation nach drinnen oder draußen zu bestimmen hatte.

Alle bisher angeführten, wenn auch ganz unvollständigen Beispiele jener bemerkenswerten Affinität, die sich immer wieder zwischen Röschen und Tieren so überzeugend hergestellt sah, werden jedoch weit übertroffen durch jenes (vorläufig) letzte Exempel, das das Staunen eines ganzen Stadtteils hervorgerufen und dabei früh einen Namen erhalten hat, der inzwischen nicht nur unter unseren Freunden, Bekannten und Verwandten weitverbreitet ist, sondern möglicherweise sogar in die Geschichte des Kölner Südens eingehen wird.

Es war bei einem unserer häufigen Spaziergänge über die Grenze von Bayenthal hinaus nach Marienburg, an einem warmen Abend, als wir uns in einer Straße des Kölner Villenviertels, vor einem stattlichen Haus mit Vorgarten, plötzlich von etwas begleitet fühlten, und zwar hinter einer Staketfront mit dichtem Grün, das nur an einigen Stellen die Sicht ins Innere freigab. Und da war es dann zu sehen, ein Anblick, auf den niemand vorbereitet sein konnte: strotzende Federfülle, mächtige Statur, gestreckter Hals und breite Brust, auffallend unelegant, doch gerade deshalb in seiner watscheligen Unbeholfenheit von geradezu außerirdischer Lieblichkeit: das *Entenschwänchen!*

Der Name war sofort da, aus Röschens Mund und unverrückbar, wenngleich gegen jede äußere Sicht und Logik. Denn es war weit größer als alle uns bekannten Artgenossen, ob nun Schwimm- oder Tauch-, Schnatter-, Krick- oder Knäkente, ob solche mit heller oder dunkler Federblesse, ob Kastanienbraune mit weißen Augen oder Schwarze mit vom Hinterkopf herabhängendem Federbusch.

Für einen Schwan dagegen war die unerwartete Entdeckung wiederum zu klein, der Hals zu kurz, das irisierende Grün, Rot und Blau seines Federkleids sogar in fast frechem Gegensatz zu schneeigem Weiß. Und dennoch – es blieb in unserem Sprachgebrauch unabänderlich und dauerhaft bei *Entenschwänchen.*

Was machte von der historischen Stunde der Begegnung an seine Faszination aus, was seine Suggestion auf uns? Der alles überragende Eindruck: Sanftheit und Schwerfälligkeit, und das in groteskem Verbund, vom Ausdruck der unsäglich schwarzen Augen bis hin zu den patschigen Schwimmhäuten, ein walküренartiges Geschöpf, dessen enorme Körperlichkeit leichte Bewegungen und grazilen Gang ausschloß und es zu einem Watscheln verführte, das uns Tränen der Rührung in die Augen trieb.

Gleich nach dieser ersten Impression stellte sich eine zweite ein, sehr überzeugend und verwunderlich nur für den, der von Röschens erprobter Anziehungskraft auf Tiere keine Vorstellung hatte: Entenschwänchen, hochwogend vor innerer Erregung, hatte nur sie im Blick, und zwar von der ersten Sekunde der Begegnung an.

Ständig schnatternd, preßte es die breite Brust dabei eng an das Metallgitter, als wollte es durch die Stäbe hindurch zu ihr hin, mit bebendem Schnabel und fast hustendem Krächzen, so aufgeregt gab Entenschwänchen sich. Mich dagegen, der nur einen Schritt von meiner Frau entfernt war, nahm es bezeichnenderweise gar nicht wahr, ja, ich schien überhaupt nicht dazusein, war einfach Luft.

Dafür randalierte die tapsige Schönheit um so heftiger, je näher Röschen ihr kam, den gewichtigen Vogelkörper immer in die Richtung verlagernd, die Röschen nahm. Machte sie einen Schritt nach rechts, flugs folgte Entenschwänchen ihr, und das gerade so, wenn es nach links ging. Es war, als gäbe es für Entenschwänchen nichts Schlimmeres, als daß sich die Entfernung zwischen ihm und ihr vergrößern könnte.

Ich, abgehalftert und ausgeschlossen, die *absentia* schlechthin, hatte so immerhin Muße, das Terrain zu betrachten, auf dem Entenschwänchen sich bewegte.

Es war ein geräumiges Rechteck zwischen Hausfront und Straße, drinnen abgeschirmt durch einen Lattenzaun gegen den gepflasterten Pfad, der vom streng verschlossenen Gartentor zum Hauseingang führte.

Links war eine hölzerne Hütte zu sehen, die keine andere Funktion haben konnte, als Entenschwänchen Unterschlupf zu gewähren, wann immer es seiner bedurfte, zur Nacht sicher regelmäßig, aber wohl auch bei Regen und Kälte.

Davor befand sich ein wassergefülltes Plastikbecken, sozusagen Entenschwänchens Swimmingpool, neben dem in malerischer Unordnung Brotbrocken verstreut waren, dazu undefinierbares Futterkorn, zerkleinerte Möhren und etliches Grünzeug.

Für all das hatte Entenschwänchen jetzt jedoch keine Augen, sondern machte eher den Eindruck, als wollte es weg davon und hin zu Röschen, die (wie ich trotz meiner Abstrafung auch) völlig verzaubert vor dem Staket stand und die flaumigen Brustfedern zu streicheln versuchte – was sehr schwierig war. Aber nicht etwa, weil Entenschwänchen die Behandlungsweise mißfallen hätte, sondern weil es nichts anderes im Sinn hatte, als den direkten Kontakt zu Röschen dort herzustellen, wo sich die Gelegenheit dazu ergab, also bei den Händen – und zwar mit dem Schnabel.

Das hätte durchaus zu Verletzungen führen können, wenn Röschen es nicht mit großer Geschicklichkeit verstanden hätte, dem ebenso gutgemeinten wie ungestümen Zwacken dadurch zu entgehen, daß sie mit der einen Hand nahe vor Entenschwänchens Schnabel herumfuchtelte, während sie mit der anderen in die Daunenfedern seiner begeistert wogenden Brust fuhr.

So fanden wir uns hier immer dann ein, wenn Arbeit und Pläne es zuließen – ein Fußweg von einer Viertelstunde nach

Marienburg hinein, vorbei an einer Kirche und dem Konsulat der Republik Mexiko, bevor in die Straße eingebogen wurde, auf dessen gegenüberliegender Seite Entenschwänchen in schwerfällige Aufregung verfiel, sobald unser Schritt hörbar wurde.

Unser? Ach, wenn doch nur ...

Tatsächlich ging es allein um Röschen und sonst niemanden. Bei ihrem Anblick begann Entenschwänchen zu kreischen, sich an das Gitter zu wuchten, das gediegene Köpfchen so weit durch den Metallzaun zu stecken, wie es ging, und manchmal auch vor Erregung einfach umzukippen, um danach unbeholfen und höchst angestrengt wieder hochzukommen (dies von all den anrührenden Bildern das anrührendste überhaupt).

Wobei mir Entenschwänchens brüskierende Mißachtung meiner Person durchaus zusetzte.

Nicht, daß nun jemand auf den abwegigen Gedanken kommen könnte, wir hätten uns die einseitige Zuwendung, diesen abermaligen Beweis von Röschens magischer Attraktion auf Tiere, nur eingebildet, und ich wäre ganz selbstverständlich auch in Entenschwänchens ausufernde Emotionalität eingeschlossen, so nahe, wie ich meiner Frau dort immer war.

Leider weit gefehlt! Ergab die mehrfache Probe aufs Exempel doch, daß das durchaus nicht der Fall war. Denn sobald ich hinter der mexikanischen Botschaft allein in die Straße einbog und auf die gegenüberliegende Seite zusteuerte, tat sich in dem Vorgarten gar nichts, oder doch nichts anderes als das, womit Entenschwänchen gerade beschäftigt war.

Also kein aufgeplustertes Gefieder wie sonst, keine schrillen, tief aus der fettgepolsterten Brust geholten Schreie, kein hin- und herruckendes Köpfchen zwischen den Metallstreben, noch auch nur das kleinste Anzeichen von Entenschwänchens gewohnter Verzückung.

Dies alles aber war sofort wieder da, wenn Röschen dann, nach einer nicht allzu grausam bemessenen Pause, ins Blickfeld trat und die Szenerie der gegenseitigen Huldigungen ihren üblichen Ablauf nahm.

Inzwischen hatten wir von den freundlichen Besitzern des Grundstücks, des Hauses darauf und Entenschwänchens mitten darin erfahren, daß es sich um eine *Spanische Gans* handele, ein in Deutschland, wie es hieß, ziemlich seltenes Tier, wenn gegenwärtig nicht gar das einzige Exemplar seiner Gattung. Müßig zu erwähnen, daß die Eröffnung, klar, keine Umtaufung zur Folge hatte, zumal der originelle und zu Entenschwänchens Erscheinung in so offensichtlichem Gegensatz stehende Name hier vergnügt zur Kenntnis genommen wurde. Wie überhaupt unser regelmäßiger Besuch mit Wohlwollen betrachtet und auch gegen eine Fütterung Entenschwänchens nichts eingewendet wurde.

Und gerade dabei nun geschah etwas ganz Erstaunliches.

Während Röschen sich zunächst damit begnügt hatte, an Entenschwänchen, das seinen Schnabel aufgeregt weit geöffnet hatte, das am Zaun üppig hochwuchernde Grünzeug vorsichtig zu verfüttern, hatte sie eines Tages begonnen, es mit Keksen zu verwöhnen, und zwar mit solchen, die bei uns im Haus gerade vorrätig waren.

Der Erfolg war so durchschlagend, daß sich Entenschwänchens Erregung bei Röschens Anblick fortan ins Hektische steigerte und erst auf einen niedrigeren Stand sank, sobald sie die Kekse hervorholte.

Von da an erging Entenschwänchen sich in einer so schamlosen Verfressenheit, einer so maßlosen Gier nach dem süßen Gebäck, daß es ein leichtes gewesen wäre, den Inhalt eines ganzen Pakets auf einmal zu verfüttern, wenn Röschens Verfallenheit an Entenschwänchen nicht eben doch mit einem Rest von Vernunft gepaart gewesen wäre, der sie von solch gesundheitsschädigender Praxis abgehalten hätte. Aber bis an die Grenze zumutbarer Dosierung, das sollte hier ehrlicherweise eingestanden werden, ist dabei manchmal schon gegangen worden.

Bis die zeremonielle Speisung plötzlich, wie aus heiterem Himmel, strikt verweigert, der vorher so gierig verschlungene Keks nicht mehr akzeptiert wurde und Entenschwänchen, befremdlicherweise und allem Zureden störrisch zuwider, sich davon gelangweilt, ja, angeekelt abwandte. Daß es jenseits davon Röschen gegenüber die alte Anhänglichkeit bewies, konnte die unvorhergesehene Trübung nicht aufheben.

Zumal das gleiche Verhalten, auf unserer Seite verstört begleitet von Ratlosigkeit und Angst vor Sympathieverlust, auch bei den folgenden Besuchen an den Tag gelegt wurde. Was war geschehen, was der Grund für das absonderliche Gebaren?

Schmeckten die Kekse nicht mehr, oder war ihnen etwas beigemischt worden, was sie von den zuvor verfütterten unterschied, sie ungenießbar machte, während Röschen und ich nach ausgiebiger Prüfung nur feststellten konnten, daß sie gerade so butterig und köstlich waren wie immer? Entging uns vielleicht etwas, hatte Entenschwänchen weit ausgeprägtere Sinne als wir, sensiblere Geschmacksnerven, höhere, naturnähere Empfindlichkeiten, die uns Zivilisationsgeschädigten längst abhanden gekommen waren? Welcher Spur mußten wir folgen, um dahinterzukommen, bevor sich unsere Depressionen vertieften?

Erst nach gut einer Woche begann uns ein finsterer Verdacht anzukriechen, dem wir dann aber unverzüglich nachgingen. Dabei stellte sich heraus, daß die ersten, zunächst unserer Speisekammer entnommenen und von Entenschwänchen freudig akzeptierten Kekse von der Marke *Debeukelaer* waren.

Dann, als der Vorrat aufgebraucht war, hatten wir auf dem Weg zu Entenschwänchen ein neues Paket erstanden, eben jenes, dessen Inhalt Entenschwänchen maulend abgelehnt hatte, das aber von einer Firma nicht minderer Reputation stammte, nämlich von *Bahlsen*.

Konnte es wahr sein, konnte in der unterschiedlichen Herkunft der Kekse der Grund für Entenschwänchens Verweigerung liegen? Und wenn ja, warum? Das mußten wir schnellstens herausbekommen, um den Status quo ante, das ungetrübte Milieu, wiederherzustellen.

Also zogen wir mit beiden Keksmarken in Händen gen Marienburg, wo Röschen mit den üblichen Ovationen begrüßt wurde, während ich bescheiden hinterhertrabte, gerade gut genug, der frenetischen Begrüßung neidvoll zu applaudieren.

Was dann kam, habe ich in allen seinen Etappen photographisch dokumentiert.

Röschen greift in eines der beiden Pakete, holt einen Keks hervor und reicht ihn durch das Staket – einen *Bahlsen*.

Worauf Entenschwänchen, eben noch in voller Bewegung, erstarrt, von vorn ins Innere des Vorgartens zurückweicht, und zwar mit allen Anzeichen kreatürlicher Abwehr. Vorbei die freundliche Haltung des sanften Köpfchens, vorbei das vor Zuneigung nahezu brechende Auge, vorbei die Vibrationen der fast gewalttätig gegen das Metallgitter gepreßten Gänsebrust.

Dann greift Röschen in das andere Paket – *Debeukelaer* –, und gleich ist Entenschwänchen wieder vorn, bettelt, schlingt, würgt und kann nicht genug kriegen. Ganz der alte Genießer, der personifizierte Vielfraß, verschluckt es sich ständig in seiner Hast, patscht vor Gier und Wohlbehagen mit den Schwimmhäuten auf den steinernen Untergrund, verliert dabei das Gleichgewicht, plumpst zur Seite, und bietet dabei für einige Momente das unfreiwillige Bild eines gerade auf Küstensand gestrandeten Miniaturwals, ehe es sich wieder aufrappelt und flehentlich den nächsten Keks einfordert. Welch ein Anblick, welch eine Szene – das massige Geschöpf in vollem Aufruhr, mitgerissen sowohl von der Leibspeise wie auch von seiner magischen Hingezogenheit zur Spenderin – atemverschlagende Belichtungen einer sehr seltenen, sehr persönlichen Beziehung.

Möglicherweise wäre es edler gewesen, zu unterlassen, was im Lauf der langen Bekanntschaft mit Entenschwänchen dann doch aus Neugierde, wenn auch in großen Abständen, geschah – nämlich ihm zwischen die richtigen Kekse – *Debeukelaer* – einen von den falschen *Bahlsen* unterzumogeln!

Nur – Entenschwänchen war nicht zu betrügen, es fiel kein einziges Mal auf den Trick herein, sondern beschämte uns mit gleichbleibender Treue zu *seiner* Marke (was selbstverständlich nichts über die Qualität des verschmähten

Produkts aussagen kann und soll!). Hinter sein Geheimnis, hinter sein wahres Motiv, das ihn so streng und unfehlbar unterscheiden ließ, ist auch Röschen nicht gekommen.

Gesichert dagegen dürfte jedoch sein, daß ihre Anziehungskraft auf Entenschwänchen nicht auf die Speisung zurückzuführen war, sondern sich, wie so viele andere Beispiele in Röschens Biographie bestätigen, beim ersten Anblick schon offenbart und die Jahre dann auch überdauert hat. Schön waren sie, diese Spaziergänge, ob winters oder sommers, ob bei Hitze oder Kälte, doch immer in der Erwartung, von Entenschwänchens gleichbleibenden Hochgefühlen stürmisch empfangen zu werden, ganz Röschen hingegeben, und das auch, nachdem ihm das tägliche Keksquantum verabreicht worden war.

Den Magen voll, nach Liebe aber unersättlich, führte es sich vor seiner Angebeteten mit geradezu mänadenhafter Anmut auf, am ganzen Körper bebend, oft über die eigenen Schwimmhäute stolpernd und dazu versehen mit den flehendsten Augen zu beiden Seiten des lieblichsten Köpfchens, das je auf einem Gänsehals gesessen hat.

Nur einmal hat Entenschwänchen uns, wenn auch unbeabsichtigt, tief erschreckt. Das war, als wir es nur auf einem Bein stehend vorfanden, und das nicht etwa für eine kurze Weile, sondern stundenlang, ohne auch nur einen Zentimeter von der Stelle zu weichen oder sich einem Zuruf, einer Lockung und anderen Zeichen unserer massiven Sorge zugänglich zu zeigen. Das ging übrigens nicht gleich vorbei, sondern hielt an, so daß Entenschwänchen sichtlich abmagerte, ehe es dann zu unserer großen Erleichterung wieder den anderen Fuß hervorholte und mit beiden schwimmhautbewehrten

Beinen auf der Erde stand, spitzbübisch, als hätte es mit uns und der Welt einen Schabernack treiben wollen.

Es war wundervoll.

Doch dann, etwa im letzten Drittel dieser insgesamt gut sechs Jahre währenden Freundschaft, trat unvermittelt, von einem Tag auf den anderen, finsteres Leid in Entenschwänchens bis dahin so unbeschwertes Dasein.

Und das in Gestalt eines zunächst noch kleineren, wenngleich schon damals absonderlich häßlichen *Gänsevogels,* dem ein entsetzlich roter Knorpel auf der Nase hockte, der ihn noch unsympathischer machte, als er ohnehin schon war, und ihm sofort den durchaus abträglichen gemeinten Namen *»die Nase«* einbrachte.

Dahin Entenschwänchens fröhliche Unbefangenheit, dahin sein problemloser Alltag, dahin die Ära der freien Bewegung.

Denn nicht nur, daß der abstoßende Ankömmling in ungebührlich kurzer Zeit gewaltig an Gewicht zugenommen und Entenschwänchen an Körpergröße bald überholt hatte – »die Nase« riß im Vorgarten auch rasch die Herrschaft an sich, um sie schonungslos gegen den Alteingesessenen auszuleben. Von Schlummerhäuschen und Wasserbecken rüde verbannt, schwächer, wie die Vornehmen und Holden nun einmal gegenüber dumpfer Roheit sind, führte Entenschwänchen hinfort das Kümmerdasein eines im eigenen Heim Ausgestoßenen – zwar klaglos, aber innerlich dennoch schwer versehrt. »Die Nase«, von wildem Rot und Schwarz gezeichnet, stolzierte herum, attackierte ganz im Stil eines Alphatiers ohne jeden Anlaß das ohnehin eingeschüchterte Entenschwänchen, und führte sich so geckenhaft auf, als hätte sie hier von Beginn der Zeiten an regiert. Und natürlich versuchte »die Nase« auch, den Deklassierten bei den Fütterungen auszustechen.

Aber da nun erlebte sie ihr blaues Wunder!

Denn wenn Röschen auftauchte, wenn die Kekse gereicht wurden und, nach ungestümer Schnabelbewegung in die Höhe, das wuchernde Grünzeug als Nachtisch an die Reihe kam – »Salätchen, Salätchen!«; wenn dieser faszinierende Konsens zwischen Mensch und Tier gleichsam wie auf einer Stromschiene hergestellt war, und das wort- und lautlos, ungeachtet der akustischen Torheiten von beiden Seiten; wenn die Chemie dieser unergründlichen Liaison das Klima und die sichtbaren und unsichtbaren Verhältnisse ringsum eindeutig bestimmte – dann, unter solchen Fusionen, obsiegte der Entrechtete, gab sich »die Nase« kleinlaut, verkehrte sich ihr tyrannisches Regime förmlich ins Nichts.

Sieghaft, wie Entenschwänchen dann mit den Federn schlug; überlegen, wie es seinen privilegierten Standort behauptete; souverän, wie es den Triumph über den weit im Hintergrund leise vor sich hin krakeelenden Widersacher genoß.

Aber schon, wenn wir die Stätte nur bis zur anderen Straßenseite verlassen hatten, verwandelte sich das Bild, wich Entenschwänchen ängstlich zurück, suchte es in dem schmalen Rechteck des Vorgartens die äußerste Distanz zwischen sich und »die Nase« zu legen – deprimierender Anschauungsunterricht dafür, daß Tier- und Menschenwelt im Groben wie im Feinen so manches miteinander gemeinsam haben, was nur von ihrem gleichen Ursprung her zu erklären wäre.

Ich will »der Nase«, die ich gestern zuletzt gesehen habe, kein Unrecht tun, sie nicht beurteilen nach jener subjektiven

Ästhetik, mit der nur allzu viele Menschen Tiere zu kategorisieren pflegen, und mich schon ganz und gar nicht all den törichten Kriterien wie *Nützlichkeit* oder *Unverwertbarkeit* unterwerfen. Und doch bleibt es Wahrheit, daß Sympathien oder Antipathien von Menschen zu Tieren gerade so selbstverständlich sind wie von Tieren zu Menschen, wie von Tieren zu Tieren und von Menschen zu Menschen. So liegt denn wohl in dem zutreffenden und selbst immer wieder erfahrenen Wort »Ich kann dich nicht riechen« eine uralte, sozusagen prähistorische Wahrheit, wie gleichermaßen auch darin, *daß* man einander riechen kann. Wobei sich das eine oder das andere in Bruchteilen von Sekunden, aber oft für die Dauer, entscheidet.

Das *Entenschwänchen von Marienburg* hat unsere Phantasie beschwingt, sein liebliches Köpfchen hat uns immer aufs neue bewegt. Wenn es breitbrüstig herangetappelt kam, sich wuchtig gegen das Staket stemmte, sein Inneres einfach vorbehaltlos nach außen kehrte, dann konnte einem nur das Herz aufgehen. Das zumal bei der Frage, was sich wohl in dem seinen tat, warum es sich so ungestüm mitteilen wollte und aus den verschiedensten Anlässen Elementargefühle offenlegte, in denen wir uns selbst wiedererkennen konnten, weil sie die unseren sind: Freude und Angst, Eifersucht und Gier, Neid, Erwartung, Enttäuschung, Demut, Hingabe, Widerstandswillen und – Schmerzfähigkeit.

Wohl wahr, auch Entenschwänchen hat nie ein Werkzeug produziert und nicht die geringste Ahnung gehabt, wo es lebte und wer es hütete. Aber bei aller Unüberwindbarkeit der Evolutionsschranken, keines von den fundamentalen Gefühlen, die wir Menschen haben, keines davon war ihm fremd.

War – denn es kam, wie es irgendwann immer kommen muß.

Eines Tages war Entenschwänchen nicht mehr da, tat sich nichts, als wir herantraten, um es zu besuchen, es zu füttern und zu streicheln, uns von seiner Sanftheit betören und von seiner herrlichen Unbeholfenheit hinreißen zu lassen – es war und blieb verschwunden.

Bis uns bestätigt wurde, daß es gestorben sei.

»Die Nase« dagegen lebt nicht nur nach wie vor, sondern ist inzwischen auch noch unförmiger, der rote Knorpel auf ihrem Schnabel, ein scheußlicher, wenngleich artgerechter Mißwuchs, noch häßlicher geworden. Ich will ihm, abermals gesagt, kein Unrecht tun, doch gibt es mir eingestandenermaßen jedesmal wieder einen Stich, wenn ich, an der mexikanischen Botschaft vorbei, Entenschwänchens ungefügen Nachfolger quicklebendig dort herumstreunen sehe.

Nicht etwa, daß ich in einem Anfall von Masochismus solche Situation herbeiführe, nur liegt die Straße auf dem Weg zu meinem Friseur, und weil das nicht sehr weit weg ist, fahre ich mit dem Rad dahin, so alle vier bis fünf Wochen. Allerdings könnte ich auch eine andere Route nehmen, es gäbe sogar mehrere Möglichkeiten, die Passage zu meiden. Aber das habe ich dann doch bisher kein einziges Mal fertiggekriegt.

Röschen dagegen hat seit der Todesnachricht den Ort nie wieder aufgesucht, wohl aber Entenschwänchens Legende inzwischen so weit herumgetragen, daß ihm ein örtlicher Nachruhm schon heute sicher sein dürfte.

Aber wer weiß – vielleicht, so unsere gemeinsame Hoffnung, wird seine bisher bloß lokale Begrenzung ja durch diese Chronik gesprengt werden.

Liebesbrief an einen anonymen Labrador

oder

Spätes Eingeständnis eines doppelten Lebenswunsches

Es war an der Küste von Wales, irgendwo zwischen Cardiff und Barry, vor mir die gewaltige Mündung des Severn und über mir ein Frühlingshimmel, so strahlend, wie nur Seenähe das Firmament zeichnen kann.

Zur See hin und landeinwärts nichts als Einsamkeit.

Bis rechts, nach Westen zu, noch ziemlich fern, zwei kleine Punkte auftauchen, von denen einer in ständiger Bewegung ist.

Rasch näher gerückt, entpuppten sie sich als Herr und Hund – ein Mann um die Dreißig und ein junger, aber schon ausgewachsener Labrador mit hellem Fell.

Wenn ich je bedauerte, keinen Fotoapparat bei mir gehabt zu haben, dann in dieser Stunde – des Hundes wegen: er kreiselte, sprang, hüpfte, rannte, erstarrte, war sofort wieder auf, drehte sich in der Luft, fiel zurück, hetzte weg, warf sich noch im Lauf herum, als arbeite ein Umkehrschub in ihm, und setzte sich dann, nach einem wahren Salto mortale, still vor die Füße seines Herrn.

In kaum fünfzig Metern Entfernung Zeuge des Schauspiels, war ich wie angeheftet stehengeblieben.

Gleich darauf wetzte der Labrador wieder los, wirbelnd, kläffend, flitzend, stiebend, bis beide ganz nahe herangekommen waren und der Mann, einen Stein in der Hand, nach dem der Hund keuchend hochsprang, mir laut und begeistert zurief: »Full of life, isn't it?«

Besser, knapper, treffender hätte es nicht gesagt werden können:

Ja, voller Leben war das Tier, ein hechelndes Bündel Bewegung, Abbild hingebungsvoller Freude, das helle Fell wie eine zuckende Flamme vor der blauen See.

Und dann blieb der Hund vor mir stehen, plötzlich, und schaute mich, beide Vorderpfoten brav im Sand, aus seinen Kirschaugen an – irgendwo an der Küste von Wales, zwischen Cardiff und Barry, *The Mouth of Severn* als schweigender Hintergrund.

Wenn ich sage, es war Liebe auf den ersten Blick, so stimmt es zwar, aber sie hatte eine lange Vorgeschichte.

Von all meinen Beziehungen zu Tieren, so mannigfach sie waren, so viele Gattungen sie umfaßten und so wechselhaft sich manche von ihnen auch entwickelten – Hunde waren darin immer der Inbegriff gewesen. Nicht alle, nicht pauschal, auch da walten Sympathien und Antipathien, gibt es hier Nähe, dort lieber Distanz. Aber mein Liebespotential für Tiere ist von keiner ihrer Familien so häufig angesprochen und so intensiv mobilisiert worden wie von der der Canidae. Ob nun hochbeinig, großohrig oder fuchsähnlich, ob mit langem oder kurzem Schwanz, mit dicker Halskrause oder aufgerichteter Mähne, ob wilder oder Haushund. Wo immer ich ihnen begegnete, habe ich sie bewundert, mich, wann immer es ging, in ihr Fell vergraben, mit ihnen gesprochen, gespielt, und mich oft nur mit Wehmut getrennt.

Von allen Hunden aber und ihren unzähligen Gattungen gibt es eine, die mich mehr inspiriert, inniger entzückt, tiefer beglückt als jede andere – der Labrador!

Warum? Ich könnte, wenn man mich so fragte, darauf nicht antworten, will es auch gar nicht. Wer vermag denn schon Gefühle zu erklären?

Die Liebe ist alt, also nicht etwa initiiert von dem »Full of life, isn't it?«-Erlebnis an jenem Waliser Frühlingsmorgen des Jahres 1969 – sie reicht viel weiter zurück.

Ihre Erfüllung jedoch blieb aus. Woran zwei Gründe mitgewirkt haben, und dies bis heute.

Einmal natürlich das familiengeschichtliche Unglück, das auch meine Beziehungen zur Tierwelt so nachhaltig geprägt hat, die inneren Vorbehalte, die sich deswegen fest eingenistet haben und für sich bereits eine hohe Barriere aufbauen. Bob, unser 1943 verbrannter Spitz, ist unvergessen, auch noch über ein halbes Jahrhundert später, und manch anderer Verlust davor ebenso. Die glückliche Verbindung von Coco, dem unverwüstlichen Federfresser, mit Bruder Rocco und

Schwägerin Rita hat, als singuläres Gegenbeispiel, die inneren Hindernisse nicht beseitigen können.

Es gibt aber noch einen weiteren Grund, daß mich bis heute kein Labrador begleitet, und der ist mindestens so gewichtig wie der bereits genannte.

Bevor ich aber darauf eingehe, möchte ich von dem zweiten und, wenn auch spät, erfüllten Lebenswunsch künden, da sich an ihm etwas davon ablesen läßt, warum mir der erste versagt blieb und aller Wahrscheinlichkeit nach auch bleiben wird.

Es ist übrigens ein Geständnis, mit dem ich publizistisch zum erstenmal an die Öffentlichkeit gehe.

Es muß in der zweiten Hälfte der vierziger Jahre gewesen sein, aber noch vor der Währungsreform vom Juni 1948, als ich vom Balkon unserer Wohnung an der Hochkamper Elbchaussee ein Gefährt erblickte, das mich faszinierte wie kein anderes zuvor, obschon es rasch vorbeihuschte und nur einige Sekunden zu sehen gewesen war: ein Auto, das für mich die Form eines Tiers hatte, genauer, eines Raubtiers, so, wie die Kotflügel geschwungen nach vorn gezogen waren, einer Katze gleich, einer großen, die sich gerade zum Angriff auf die Beute duckt.

Und noch als ich auf dem Balkon der entschwundenen Erscheinung gepackt nachschaute, rief ein eben bei uns zu Besuch eingetroffener Freund von unten aus dem Garten hoch: »Toll, das Ding, einfach toll – ein *Jaguar!*«

Jaguar? Richtig, das war es, genau danach sah das Phantom, das da eben vorbeigefahren, nein, über die Elbchaussee geschwebt war, auch aus – ein Jaguar! Um es gleich zu sagen: Daß das eine Automarke ist, und zwar eine berühmte, davon hatte ich damals keine Ahnung. Vielmehr glaubte ich, der Vergleich des Freundes sei eine Anspielung auf das Aussehen des Fahrzeugs gewesen, wurde aber sogleich belehrt, daß es sich dabei um ein britisches Fabrikat handelte, mit dessen Renommee nur noch Bentley und Rolls-Royce konkurrieren konnten.

Betäubende, abschreckende Mitteilungen, denn diese Namen waren mir durchaus bekannt.

Dennoch ließ mein Interesse an dem Traumgefährt nicht nach, hatte ich zu sammeln begonnen, was immer es über Jaguar zu erfahren gab. Ein nachgerade lächerliches Verhalten angesichts der Trümmer und des Elends ringsum, vor allem aber auch wegen der eigenen finanziellen Situation, und das nicht nur damals, sondern auch viel später noch – hinsichtlich der Summe, die auf den Tisch geblättert werden mußte, um sich hinter das Steuer eines solchen Nobelfahrzeugs setzen zu dürfen.

Und doch – noch so weit jenseits aller Möglichkeiten, diese Vorstellung zu realisieren, lebte ganz unten in mir der Wunsch danach, eine Abmachung nur mit mir selbst, völlig geheimgehalten vor allen anderen, auch den Nächsten: Eines Tages, wenn du es kannst, dann schwingst du dich in diese Kiste und braust davon!

Es hat lange gedauert, bis die finanziellen Voraussetzungen dazu geschaffen waren, sehr lange, bis hinein in die achtziger Jahre, und auch dann hatte es noch so manche Überlegung gegeben, die mich davon abgehalten hat, mir nun endlich den alten, inzwischen schon uralten Wunsch zu erfüllen. Verständliche Beklemmungen, Zweifel, Sorgen – wie: in den Verdacht der Verschwendung zu geraten; blanken Neid hervorzurufen, Mißgunst; diese ganze, wenngleich bereits fast lebenslange Sehnsucht, einen Jünglingswunsch, als übertrieben, als abwegig, spinnert um die Ohren geschmettert zu bekommen, da die Vorgeschichte, das weit zurückliegende, aber immer noch glühende Initialereignis von der Elbchaussee schließlich niemandem bekannt war.

Dabei war ich inzwischen *Jaguar*-Fachmann geworden, hatte über die Jahrzehnte hin die Entwicklung zu – meiner Ästhetik nach – immer schöneren, immer glanzvoller gelungenen Modellen verfolgt, den zeitweisen Niedergang unter dem demotivierenden Regime von British Leyland zähneknirschend erlitten und mir die persönliche Freude an dem *Metalltier* unverbraucht erhalten.

Aber den Schritt zu tun, ihn wirklich zu wagen und entschlossen einzutreten in die blitzenden Verkaufsräume an Kölns Bonner Straße, wo sie majestätisch ausgestellt waren, die Götterkarossen, und nur so vor sich hin blitzten mit ihren vornehmen Farben – das geschah nicht, sondern sah sich immer wieder aufgeschoben.

Bis jenes Ereignis eintrat, an dem sich mir die Frage stellte, wie lange ich, mittlerweile den Siebzigern beängstigend nahe, eigentlich noch warten wollte, mir meine beiden Lebenswünsche zu erfüllen, und wer sonst sollte es tun, wenn nicht ich selbst?

Das Jahr dieser Zwiesprache: 1990, das Land: Israel, und der Ort, wo es stattfand: in meinem alten Ford, irgendwo auf der Rückfahrt vom Gazastreifen nach Jerusalem.

Dies war vorausgegangen.

Unterwegs für das Buch »*Israel, um Himmels willen, Israel*«, ziemlich am Ende meiner monatelangen Recherchen, hatte ich im Gazastreifen eine Verabredung mit jüdischen Siedlern getroffen. Die Zusammenkunft hatte längst stattfinden sollen, hatte aber nicht geklappt, da mir eine höchst unvollkommene Wegbeschreibung gegeben worden war.

Doch auch diesmal schien sie entweder wieder nicht zu stimmen oder ich ein besonders unfähiger Kartenleser zu sein. Jedenfalls befand ich mich plötzlich an einer Stelle, die für einen Juden zur Stunde nur die allergefährlichste auf der Welt sein konnte – im Weichbild von Gaza-Stadt. Und das, nachdem vierundzwanzig Stunden zuvor ein offenbar geisteskranker Israeli an einer Busstation südlich von Tel Aviv mit einer automatischen Waffe mehrere Palästinenser getötet hatte.

Und so sahen sich mein alter Ford und ich dann umringt von Männern, deren sogleich bedrohliche Haltung mich veranlaßte, die Verschlußknöpfe für die Türen hinunterzudrücken und zu versuchen, der Umzingelung vorsichtig fahrend zu entkommen. Das erwies sich jedoch als unmöglich, da die Menschenmauer nicht wich, sondern immer mehr Palästinenser dazukamen, ehe dann begonnen wurde, den Wagen zu wippen, und das mit dem unmißverständlichen Vorsatz, ihn umzustürzen – was nur mit meinem Ableben in einem Feuerball auf einem benzingetränkten Scheiterhaufen aus Blech enden konnte.

Es war eine jener Situationen, in denen man sich sagt: »Das war's also, jetzt ist es aus, diesmal geht es zu Ende, unabänderlich – adieu ...«

Einen anderen Gedanken konnte ich nicht haben, da die rhythmischen Schwingungen, in die der Wagen von beiden Seiten sowie von vorn und hinten versetzt wurde, so stark waren, daß er in Kürze auf dem Dach landen mußte. Was mir von diesen grauenhaften, nach meiner Befreiung im Mai 1945 bis zu jener Stunde gefährlichsten Minuten in Erinnerung geblieben ist, war ein seltsamer Stoizismus, der mich überkam und mich sozusagen neben mich selbst stellte – was da geschah, betraf einen anderen.

Genau das Gefühl hatte ich auch beim Anblick der israelischen Militärpatrouille, zwei Jeeps, die durch einen Spalt in der Menschenmauer für einige Sekunden von rechts nach links sichtbar wurden, und so rasch, wie sie gekommen waren, auch wieder verschwanden. Hatte das nicht etwas geisterhaft Theatralisches an sich, ganz nach dem Muster Shakespearescher oder auch antiker Dramen und ihrem Gesetz der Konfliktverdichtung zur Erhöhung der Spannung? Die Retter – nahe, aber blind ...

Also sollte das Unabänderliche seinen Lauf nehmen.

Was es aber nicht tat.

Denn so, wie sie aus dem Bild geglitten war, kam die Patrouille plötzlich, wenn auch in umgekehrter Richtung, wieder hinein, zunächst rückwärts fahrend und dann auf die *nur einen Spalt* geöffnete Menschenmauer zuhaltend – wahrscheinlich die Lücke, der ich mein Leben zu verdanken habe.

Beim Näherkommen der schwerbewaffneten Israelis stellte die inzwischen auf über hundert Köpfe angewachsene Palästinenserschar ihre Versuche, meinen alten Ford umzukippen, ebenso widerwillig ein, wie sie den Jeeps bis heran an den Kühler meines Autos Platz machten.

Dann entstieg dem vorderen Fahrzeug, die Maschinenpistole im Anschlag, ein Offizier, kam auf mich zu, der ich unsicher ausgestiegen war, und brüllte mich zornrot auf englisch an:

»What are you doing just here, damned?«

Ja – was, verdammt noch mal, tat ich ausgerechnet an diesem Ort?

Ich stotterte irgend etwas von einem Kibbuz, der hier in der Nähe sein solle, den ich aber nicht gefunden hätte, nannte auch den Namen, doch nur, um gleich wieder angeschrien zu werden: O ja, den kenne man gut – nur befände er sich fünfundzwanzig Kilometer von hier weg!

Dann ein Befehl: »Sie setzen sich mit ihrem Wagen zwischen die unseren. Sollte es zum Kampf kommen, ducken Sie sich, wir werden Sie rausholen!« Und ab ging die Kolonne aus der Menschentraube heraus, mit meinem Wagen in der Mitte und im ersten Gang.

Es wurde auch weiterhin eine beängstigend verhaltene Fahrt auf einer Straße nach Süden, gleichsam, als würde die Überschreitung eines bestimmten Tempos die Szene explodieren lassen. Zu beiden Seiten Einwohner Gazas, in deren Gesichtern ein Haß stand, der mich innerlich verstummen ließ.

Außerhalb der Gefahrenzone, hinter einer martialischen Stacheldrahtsperre, wurde ich aus der militärischen Begleitung entlassen, nicht ohne daß der Offizier mir die Hand gab und nun, in versöhnlicherem Ton, sagte: »Never again, Mister! Understood?«

Ich hatte begriffen, durchaus – nur durch einen Zufall war ich noch am Leben.

Ich konnte gar nicht soviel Gas geben, wie ich weg wollte.

Damals also, Anfang Juli 1990, auf jener Fahrt von Gaza zurück in mein Jerusalemer Domizil Mishkenot Sha'ananim, sozusagen wiedergeboren und gegen alle Erwartung der Welt erhalten geblieben, hatte ich beschlossen: Nach Deutschland

zurückgekehrt, wirst du dir endlich deine beiden Lebenswünsche erfüllen, wirst dir das Tier aus Fleisch und Blut
schenken, *deinen Labrador,* und ebenso das andere, das aus
Metall, *deinen Jaguar!*

Einen Monat später, zurück in Köln, war mein erster Weg
dorthin, wo ich mir so lange die Nase an den Panoramascheiben
platt gedrückt hatte, in der Bonner Straße, wo sie blitzten
und blinkten hinter Glas, die Edelvehikel, die ich so lange
platonisch bestaunt hatte, während ich nun schnurstracks in
die vornehmen Verkaufsräume eindrang und, auf eines der
Fabelgeschöpfe weisend, erklärte: »Diese *Kiste* will ich haben!«

Ich habe alle meine Autos, von Anfang an und ungeachtet
ihres jeweiligen Werts, ihrer Marke oder Ausstattung, immer
entweder »*Icke*«, »*Schlitten*« oder eben »*Kiste*« genannt, also
auch hier – allerdings ohne zu ahnen, was die schlechte
Angewohnheit an dieser Stätte anrichten würde.

Der Angestellte, ein smarter junger Mann, sah mich brauen-
runzelnd an, blickte einmal um die ganze Achse in die Runde
und fragte, ehrlich ratlos: »Kiste? Was meinen Sie mit Kiste?

Ich sehe hier bei uns keine Kiste.«

»Doch«, widersprach ich, »die da meine ich«, und wies auf
das auserwählte Modell. Darauf verfärbte sich mein Gegenüber
und rief, mit dem Ausdruck mühsam unterdrückten Entsetzens, den Kopf wie in Abwehr eines Schlags schräg nach
hinten geworfen, mit ungewöhnlich hoher Stimme klagend
aus: »*Kiste*, mein Herr, *Kiste!*«

Trotzdem wurde binnen zweier Stunden alles Formale
geregelt, Papiere und Zulassung, und ich danach aufgefordert,
einzusteigen. Es war August und ein besonders heißer Tag –

wieso waren dann die Türen geschlossen? Kaum drinnen, wußte ich es:

Die Klimaanlage hielt das Innere herrlich kühl!

Es ist seitdem, mehr sei nach gut siebzigtausend Kilometern nicht gesagt, mit *meinem Jaguar* ein einziger Spaß und Genuß, keine meiner zitierten Befürchtungen bewahrheitete sich. Nur wenn ich nach der Farbe gefragt werde und die Antwort gebe, werde ich verständnislos angeschaut.

Aber, Hand aufs Herz, können Sie sich etwas vorstellen unter »*Savoygrey*«?

Diesen einen meiner beiden Lebenswünsche, das *Metalltier*, hatte ich mir also erfüllt. Aber was war mit dem anderen, dem *lebenden*, der Krone meiner Hundeliebe, einem Labrador?

Er hat sich nicht erfüllt, und einen Grund dafür, die unselige Familienchronik, habe ich schon genannt (ich füge an dieser Stelle jedoch hinzu, daß ich mir, nach so langer, langer Zeit, seine Überwindung vielleicht doch vorstellen könnte).

Als unüberschreitbar aber scheint sich ein anderes Hindernis zu erweisen, nämlich die Frage, ob es nicht eigentlich mein *mobiles Dasein* sei, das mir die Erfüllung des zweiten Lebenswunsches unmöglich macht?

Und gerade in dieser Wunde bohren vornehmlich Menschen, die sich nicht scheuen, sich meine Freunde zu nennen, aber nicht müde werden, mir immer wieder einzubleuen – so, wie sie mich kennen, sei ich absolut *hundeuntauglich*.

Ein Labrador, so heißt es gebetsmühlenartig bei jeder Erörterung von dieser Seite, ein Labrador sei bekanntlich, wie jedes Tier, ein *lebendes* Wesen (kein totes, gefühlloses, wie ein Auto etwa, auch wenn sein *Design* noch so animalisch *gestylt* sei!). Ein solcher *Hausgenosse* bedürfe der ganzen Person, und das von morgens bis abends, einer ununterbrochenen Pflege und Aufsicht, noch mehr, als ein Kind sie benötige, das von einem gewissen Zeitpunkt an ja eine gewisse Selbständigkeit entwickle. Das ganz im Gegensatz zu einer Kreatur, die ihr volles Leben lang abhängig bleibe, besonders große Hunde, zu denen Labradore doch ohne weiteres gezählt werden könnten. Also nichts da, Giordano, mal hier, mal da ein bißchen herumgeknutscht mit dem Liebling, wie's dem Herrchen gerade gefiele, mit zeitlich karg bemessenen Gunstbeweisen für den befellten *Lebensbegleiter*, der rascher, als ich es mir vorstellen könnte, einen seelischen Schaden davontrüge und irreparabel gemütskrank würde (so, immer noch, die Freunde).

Mit anderen Worten: Ich stehe offenbar bei meinen Nächsten im Verdacht, zum Gegenstand meiner Hundeliebe kein anderes Verhältnis zu haben als zu einem bloßen Spielzeug.

Welche Verkennung!

Als wenn ich das nicht alles selbst wüßte, als wenn dieser Katalog bissiger Vorurteile nicht gerade auch meine Gründe dafür aufzählt, weshalb ich mir den zweiten Lebenswunsch versage und lieber meine Sehnsucht niederknüpple, als einer inneren Stimme nachzugehen, die da tönt: »Tu's trotzdem, tu's dennoch, du wirst es, einmal entschieden, schon richtig machen. Denn wie könntest du einem Tier, gar *deinem* Labrador, auch nur ein Härchen krümmen?«

Aber dann blättern sich vor mir wie von selbst die endlosen Seiten gegenwärtiger und künftiger Terminkalender auf; lasse ich meine Unfähigkeit, nein zu sagen, mich nicht zu überladen, ja, hoffnungslos zu überlasten, Revue passieren; bedenke ich die Bücher, die ich schreiben will, und rechne erschreckt nach:

Selbst wenn dir noch ein paar Jahre bleiben – wie viele? –, werden sie reichen, wird in ihnen unterzubringen sein, was du zwischen jeweils zwei Buchdeckeln noch alles unterbringen möchtest?

Der Widerstreit sitzt tief, und er hat auch zu Inkonsequenzen geführt, wie in diesem späten Geständnis eines doppelten Lebenswunsches nicht unterschlagen werden soll.

Ja, ich habe gesucht, in Fach- und anderen einschlägigen Zeitschriften, habe heimlich gefahndet, wo Labradorhunde gezüchtet und angeboten werden, und mich dahin aufgemacht, auch wenn das Ziel weit entfernt war. Und einmal, in einer Stadt des nördlichen Ruhrgebiets, war es fast soweit, drohten die Dämme zu brechen, wollte die *emotio* die *ratio* erschlagen: vor einem *Dämonkind* von Labrador, halb erwachsen erst, ein Rüde, hell und mit einer Aura, die ihn abhob von den anderen Fellknäueln ringsum. Der Kontakt war sofort hergestellt, drahtlos sozusagen, als wären wir beide seit langem aufeinander zugegangen – so saß und stand er da, in spielerischer, erwartungsvoller Würde.

Ein Bild, von dem ich mich, wenn ich nicht wortbrüchig vor mir selbst werden wollte, ganz schnell losreißen mußte – was ich dann auch tat.

Seither habe ich mir eine Wiederholung solchen Martyriums nicht mehr angetan.

Die Wunde aber schwärt weiter und wird auch immer wieder aufgerissen. Wie jüngst während eines Besuchs bei Kölner Freunden, dem Künstler Heribert O. und seiner französischen

Frau Beatrice, als ich wieder einmal dahinschmolz, gleichzeitig aber auch eine, wie ich fürchte, diesmal wahrscheinlich endgültige Lehre erteilt bekam.

In der gediegenen Wohnung des Paars in Lindenthal tummeln sich zwei Katzen und ein Hund – Jackson.

Das ist kein kurzhaariger Labrador, sondern ein langhaariger *Golden Retriever*, eine andere Hundeart also, die für mich aber seit eh und je die größte Ähnlichkeit mit meiner Lieblingsrasse hat.

Während die Katzen Röschen und mir sogleich zutraulich auf die Schultern sprangen und dort den Gleichgewichtssinn professioneller Hochseiltänzer an den Tag legten, dauerte es eine ganze Weile, bis wir das Vertrauen von *Jackson* errungen hatten. Der Hund, eine Schönheit, deren Fell ihrem Namen – *Golden* Retriever – alle Ehre machte, beäugte uns lange, bis er uns schließlich gestattete, über seine weiche Decke hinzustreicheln. Dann verschwand er erst mal mit der Hausfrau und Röschen in die Küche, wo Jackson der Zubereitung der duftenden Speisen sittsam zusah. Dann und wann ging er auf Röschen zu, rieb seinen Charakterkopf an ihrem Bein, blickte schmachtend hoch und bestätigte nur noch einmal ihre magische Wirkung auf die Tierwelt.

Aber diesmal sollte ich auch nicht zu kurz kommen.

Was dann bald aufgetragen wurde, bestätigte nur ein weiteres Mal den Rang der französischen Küche, hier in Form von Spezialitäten aus der Dordogne, wo das Ehepaar O. ein Landhaus besitzt. Doch gefragt, was es denn gegeben habe und wie die Speisenfolge gewesen sei – ich hätte mit einer Antwort Schwierigkeiten. Das hört sich häßlich und unaufmerksam an, als wäre ich ein Gast gewesen, der stumpf die Mühen und

Begabungen der Gastgeber ungewürdigt ließe, hat aber in Wirklichkeit mit solcher Haltung nicht das geringste zu tun.

Ich delegiere die Verantwortung dafür vielmehr schlicht an Jackson.

Der nämlich hatte sich gleich nach dem obligaten »Guten Appetit!« neben mich gehockt, zur Rechten, und erwartungsvoll zu mir aufgeschaut. Und ich? Ich hatte in seinem Fell gegraben, hatte darin gewühlt, hatte meine Stirn an die seine gelehnt und mich völlig verloren an Jacksons Hingabe und Wohlbefinden. Da konnte nicht mal eben Schluß gemacht, nicht einfach abgebrochen werden.

Doch nicht etwa, daß ich den Gesprächen am geschmackvoll gedeckten Tisch nicht gefolgt und an ihnen unbeteiligt gewesen wäre; nicht etwa, daß ich ungespeist blieb und volle Teller hinterlassen hätte – keine Rede davon. Aber es war doch eine dieser merkwürdigen Stunden, in denen man sich gleichzeitig an zwei Stellen glaubt – an einer halb, an der anderen ganz.

An diesem Abend war ich ganz bei *Jackson*.

Und da kam mir die Erleuchtung, bei diesem Golden Retriever, der, wie gesagt, kein Labrador war, und mir gerade deshalb, über sein Beispiel hinaus, nur noch einmal klarmachte, was geschähe, wenn ich mir auch meinen anderen Lebenswunsch erfüllen würde.

Freunde, Verwandte und Bekannte, Redakteure und Chefredakteure, Verleger und Moderatoren, Kolleginnen und Kollegen von Rundfunk und Fernsehen, der ARD, dem ZDF und den Privaten: *Ich würde zu nichts, ich würde zu gar nichts* kommen!

Das Problem, meine besorgten Freunde und Mahner, bestünde also nicht etwa darin, daß ich mich zuwenig, sondern daß ich mich nur noch um meinen Labrador kümmern würde.

Ich würde da hocken und ihn (vorausgesetzt, er ließe es sich gefallen) kraulen, von morgens bis abends, würde für ihn dasein und nur für ihn, mit all seinen Bedürfnissen und Spielereien; würde den Computer ausgeschaltet, die Blätter unbeschrieben, die Post ungeöffnet lassen; würde möglicherweise sogar meine Frau vernachlässigen bei dem Versuch, die Stauung einer fast lebenslangen Versagung zu kompensieren. Ich würde also, noch einmal, zu nichts kommen.

Das ist eine Gewißheit.

Sagen wir – auf das Ende eines Lebens zu, das begleitet war von so vielen heiter-traurigen Tiergeschichten, hat mich doch noch sein frühes Menetekel eingeholt: Es hat nicht sollen sein.

So bleibt mir denn bei diesem späten Eingeständnis eines doppelten Lebenswunsches nur jener *Liebesbrief an einen anonymen Labrador,* als den ich das gesamte Schlußkapitel meines Buches verstanden wissen will.

Zu diesem Finale gehört aber auch, daß ich ganz ohne Trost nicht bin. Denn wenn ich mich jetzt beim Schreiben umdrehe und zur Tür des Arbeitszimmers schaue, dann hockt dort auf Hinterpfoten ein Geschöpf, das seinen Standort schon lange behauptet, aus zwei schwarzen Augen unter ebenso dunklen Schlappohren freundlich vor sich hin blickt, eine helle Körpertönung vorweist, sich aber nicht bewegen kann – von schwer bestimmbarer Gattung, etwa terriergroß, erkennbar männlichen Geschlechts und von meiner Frau *Quizzy* getauft (ein Phantasiename, also bitte gar nicht erst in einem englischen Diktionär nachschlagen).

Obwohl ehrlich über den Ladentisch erworben, gehört *Quizzy* uns in gewisser Weise doch nicht allein, da er auf der Welt so gut wie jedermann bekannt sein dürfte – *»die Stimme seines Herrn«.*

Ich spreche von jener rührenden Hundefigur, die ebenso angespannt wie ehrfürchtig in eine riesige Muschel über einem alten Grammophon hineinhorcht, amerikanischen Ursprungs, wenn mich nicht alles täuscht, und kreiert zu einer Zeit, als Werbung noch Reklame hieß und die Produkte, die angepriesen wurden, noch nicht untergingen in der wirkungslosen Bilderflut eines inflationären Angebots.

»Die Stimme seines Herrn« jedoch, so simpel wie durchschlagend, hat in ihrer international einleuchtenden Botschaft die Äonen vom Grammophon mit Uhrwerk über die Langspielplatte bis zur CD mühelos überdauert.

Das hat Format, das überzeugt mich, und darum hockt *Quizzy,* die plastische Nachbildung, in meinem Arbeitszimmer neben der Tür, auf den Hinterpfoten, sehr naturgetreu und aus schwarzen Augen unter ebenso dunklen Schlappohren freundlich in immer die gleiche Richtung blickend.

Ein Ersatz, gewiß bescheiden, wie Realitäten einen im Lauf des Lebens nun einmal machen können, wenn nichts bleibt, als sie anzuerkennen, aber dennoch jeden Tag aufs neue mit Wärme begrüßt und völlig zugehörig zur Familie.

Da gibt es ja doch wohl noch sehr viel traurigere Möglichkeiten, auf den Hund zu kommen, nicht wahr?

Kleine Philosophie der Passionen

Elfriede Hammerl
Hunde

dtv 20037

»Es war einmal ein kleiner Hund, der nahm sich einen Menschen. Der Mensch war weder auffallend schön, noch auffallend klug, aber der kleine Hund beschloß, ihn für etwas Besonderes zu halten. Unermüdlich beschäftigte er sich mit ihm. Der Mensch lernte, hinter der Zeitung hervorzukommen und dem Hund zu folgen. Gemeinsam zogen sie durch die Welt. Die Welt lag im wesentlichen zwischen Hauptstraße und Kirchplatz. Schnee säumte die kahlen Äste der Bäume am Straßenrand. Von den gefrorenen Feldern grüßten heiser die Krähen herüber. Der kleine Hund führte seinen Menschen zum Bäcker, wo es nach warmem Brot roch.
Der kleine Hund wartete vor dem Bäckerladen, bis sich sein Mensch Brot gekauft hatte, das er zu seiner artgerechten Ernährung brauchte. Er selber gönnte sich inzwischen eine Nase voll von den Düften, die aus der Fleischhauerei herauswehten...«

»...so erfrischend hundenah, als hätte ihr ein Hund
jede Zeile diktiert.«
Kronen-Zeitung

dtv

Kleine Philosophie der Passionen

Renate Just

Katzen

dtv 20095

»Lesespaß pur«
Abendzeitung

»Wie unterschiedlich die kätzischen Mitbewohner auch sein
mögen: Sie verstehen sich in ihrer Behausung auf hervorra-
gend dekorative Selbstarrangements. Sie thronen in ägypti-
sierender Statuenhaltung auf einem Fensterbrett wie auf
einer Konsole. Sie plazieren sich als gemütliches Fell-Ei mit
untergeschlagenen Pfoten zwischen farblich passende
Kissen, lagern wie die Sphinx persönlich mit parallel vorge-
streckten Vorderbeinen auf einer Steinmauer oder kringel-
förmig leise schnarchend mitten auf der Schreibtischplatte,
jede Menschenarbeit daselbst blockierend, bis sie die Augen
aufklappen, riesengroß, oder spitzzähnig gähnen, einen
Buckel machen, die Vorderbeine durchdrücken und sich
zum Absprung entschließen.«

**»Eine amüsante Liebeserklärung an all die Stubentiger,
die auf unseren Sesseln thronen, in unseren Vorhängen
schaukeln und uns in Schmuselaune versetzen.«**
Neue Post

dtv

Kleine Philosophie der Passionen

Burkhard Spinnen
Modelleisenbahn
dtv 20217

»Die Geschichte einer komplizierten Leidenschaft, die mit einem weihnachtlichen Desaster beginnt und Jahre später umso heftiger ausbricht. Ein kleines Buch über Besitz und Verzicht, Besessenheit und Einsamkeit.«
Tagesspiegel

»›Ich interessiere mich doch gar nicht für Modellbahnen. Ich bin hier, um zu recherchieren. Ich bin ein seriöser Autor, der die Welthaltigkeit seiner Literatur überprüft. Jedenfalls will ich einer sein. Und ansonsten brauche ich keine Modellbahn!‹
›So?‹ sagte der Dämon. ›Das glaubst du also?‹ Wie von ungefähr balancierte er plötzlich eine Schnellzug-Lokomotive vom Typ S 10 auf der Handkante. Und als er mit seinem kleinen Finger ihren Stromabnehmer berührte, da drehten sich die Räder, die filigranen Treib- und Kuppelstangen bewegten sich wie die Arme eines Marathonläufers, und aus dem Schornstein kam wunderbar weißer Rauch. ›Schön, nicht wahr?‹ sagte der Dämon. ›Das muß man doch zugeben.‹ ›Nein‹, antwortete ich heiser, ›das muß man keineswegs!‹ – und dabei wußte ich schon, daß ich log. Denn es hatte mich gepackt. Und zwar mit aller Macht.«

»Burkhard Spinnen bekennt sich in seinem selbstironischen Essay zu einer Obsession, die Sinnbild für die Sehnsucht nach heiler Welt ist.«
Schweizer Illustrierte

dtv

Kleine Philosophie der Passionen

Christiane Grefe
Reisen
dtv 20163

**»Ein Büchlein, das auch Reisemuffel
zum Schmunzeln bringt.«**
Augsburger Allgemeine

»Meine Reisetasche heißt Heimat. In dieser strapazierten, mit jeder Fahrt ein wenig mehr abgewetzten, die vorgeschriebene Kilozahl für Fluggepäck nie überschreitenden, jederzeit überallhin transportierbaren Heimat fühle ich mich zu Hause. Im Wortsinn unbeschwert. Ohne Ballast, damit der Ballon wieder aufsteigen kann ...«

Was Christiane Grefe auf Dienst-, Urlaubs- und Abenteuertouren widerfährt, wird Reiselustige an Selbsterlebtes erinnern und zum Philosophieren über die geteilte Passion anregen. Sogar Reisemuffel können sich gefahrlos an tragikomischen Anekdoten von Hotelbar-Bekanntschaften und Zugbegleitern, von Urlaubsknatsch und Orientierungsproblemen, von Notquartieren und Luxusabsteigen delektieren. Die Autorin muß trotz oder wegen aller Widrigkeiten bald wieder aufbrechen, egal ob nach Bitterfeld oder Sansibar. Denn nirgendwo ist es schöner als – unterwegs.

dtv

Kleine Philosophie der Passionen

Heiner Geißler
Bergsteigen
dtv 20039

»…ein anekdotischer Querschnitt aus dem Bergtage-
buch eines liebenswerten Exzentrikers: gleichzeitig eine
Standortbestimmung des modernen Bergsteigers, der
die Berge braucht, damit er die Zivilisation da drunten
ertragen kann.«
Süddeutsche Zeitung

»Bergsteigen ist ein Abenteuer. Es gehört wahrscheinlich zu
den letzten großen Abenteuern, die heute auf der Erde noch
möglich sind. Es ist eine immer wieder faszinierende körperliche und seelische, geistige und charakterliche Heraus-
forderung. Es ist, wie gesagt, Leistungssport in wilder und
schöner Landschaft, in unmittelbarer Berührung mit der
Erde und ihren Pflanzen, mit Fels und Eis in ständiger
Abhängigkeit und Beobachtung von Sonne und Mond, den
Sternen, dem Wetter, den Wolken am Himmel. Es fordert
Können, Umsicht, Solidarität, Moral und Beherrschung der
Technik, aber es sollte ein Abenteuer sein, das das Leben
schöner macht und nicht vernichtet.«

»Man erfährt viel in diesem kleinen Buch: über das
Bergsteigen – und über den Menschen Geißler. Ein guter
Tip für Bergfreunde und Politikinteressierte.«
Westfälische Nachrichten

dtv